suhrkamp taschenbuch 1577

»Alle träumten von Cuba, vor allem diejenigen, die nicht das Glück gehabt hatten, hinüberzureisen.« Der junge Manuel, aus einem kleinen Dorf in Galicien stammend, dem »Armenhaus« Spaniens, hat dieses Glück: Als er 1916 nach einer strapaziösen Überfahrt in Havanna eintrifft, muß er jedoch feststellen, daß Cuba nicht das tropische Schlaraffenland seiner Träume ist. Wechselndes Glück begleitet seine Versuche, sich als Kohleverkäufer, Trambahnfahrer oder Schreiner eine Existenz aufzubauen, ebenso wie seine Beziehungen zum anderen Geschlecht. Von Heimweh geplagt, kehrt er in sein Dorf zurück, kämpft auf der Seite der Republikaner gegen Francos Truppen, wird interniert – und entscheidet sich nach seiner Freilassung doch wieder für Cuba, denn: »Havanna ist fröhlich, trotz allem.«

Miguel Barnet, 1940 geboren, lebt in Havanna. Das erste Buch des Ethnologen, Lyrikers und Romanciers, *Der Cimarrón*, die Lebensgeschichte eines entflohenen Negersklaven, wurde zum Welterfolg. Nach dem *Lied der Rachel* schrieb er mit *Alle träumten von Cuba* einen weiteren dokumentarischen Roman, der auf umfassenden, jahrelangen Recherchen basiert. Im Suhrkamp Verlag erschienen von ihm außerdem *Afrokubanische Kulte* (es 2143) und der Roman *Ein Kubaner in New York*.

Miguel Barnet

Alle träumten von Cuba

Die Lebensgeschichte eines galicischen Auswanderers

Roman

Aus dem Spanischen von
Anneliese Botond

Suhrkamp

Titel der Originalausgabe: *Gallego*

suhrkamp taschenbuch 1577
Erste Auflage 1988

Druck: Nomos Verlagsgesellschaft, Baden-Baden
Printed in Germany
Umschlag nach Entwürfen von
Willy Fleckhaus und Rolf Staudt
ISBN 3-518-38077-X

2 3 4 5 6 7 – 08 07 06 05 04 03

Manuel Ruiz ist Antonio, ist Fabián, ist José.
Er ist der galicische Auswanderer, der auf der Suche nach Wohlstand und Abenteuer sein Dorf verlassen hat. Der »leicht an Gepäck«, wie Antonio Machado schrieb, über den Atlantik fuhr, um sich in Amerika ein neues Glück zu schmieden. Sein Leben ist eingegangen in das Leben unseres Landes. Eingegliedert in die cubanische Bevölkerung, tragen der Galicier, der Asturianer, der Katalane oder der Canarier dazu bei, unsere nationale Persönlichkeit zu schaffen. In dieser Geschichte ist Manuel Ruiz, der, wie gesagt, Antonio, Fabián oder José heißen kann, vor allem Manuel Ruiz, der Galicier.

DAS DORF

Galicia está probe
Pr'a Habana me vou
¡ Adios, adios prendas
Do meu corazón!
Rosalía de Castro

Eine fixe Idee verändert das Schicksal eines Mannes. Manchmal fürchte ich mich davor, denn ich bin eigensinnig, und über kurz oder lang tu ich, was mir paßt. Mir setzt man nichts in den Kopf. Ich lasse den Ideen keine Zeit. Sie sind da, und ich führe sie aus. So bin ich nach Cuba gekommen. Über Cuba ist viel geredet worden. Alles war nur Havanna, der Hafen, die Früchte, die Frauen. Und ich, der ich ein Draufgänger bin, sagte mir: Worauf wartest du, Manuel? der Hunger tötet den Verstand, und bin gegangen. In ein paar Stunden hatte ich mein Bündel geschnürt und mich ein wenig verabschiedet von meinen Verwandten, die keine schlechten Menschen waren, aber sie wollten aus dieser Rückständigkeit nicht heraus. Und ich konnte sie gut verstehen. Denn im Sommer war mein Dorf recht lustig, obwohl es arm war. Aber die Kälte und der Regen waren nicht auszuhalten. Ich hatte so viel von Cuba gehört, daß ich es mir nicht zweimal überlegte. Von Cuba träumten hier alle. In ihren Reden war nichts so hübsch und so lustig wie Cuba; wer hätte gedacht, daß man dort so viel arbeiten mußte. Und ich weiß nicht, was schlimmer ist, Getreide zu Garben binden oder Zucker schneiden, denn es ist wahr: In der Kälte arbeiten ist hart, aber die Sonne, die sich einem in die Knochen brennt, ist meiner Ansicht nach schlimmer. Unglaublich, daß der Arme überall schwitzen muß, wohin er geht. Aber ich war fest entschlossen, ich hatte das Dorf schon satt. Und dann der Militärdienst, denn wir machten mit einem Krieg nur Schluß, um einen anderen anzufangen.

Alles für nichts und wieder nichts, die Armen starben und die Obersten und Konsorten kehrten nach Hause zurück, wie sie auch damals, beim Unabhängigkeitskrieg, aus Cuba zurückkamen, und nur die armen Rekruten säten ihre Knochen in den cubanischen Busch oder kamen als Wracks zurück, ganz versaut. Die anderen nicht, die kamen vollgefressen an und wollten unsereinen in den Kampf schicken bei dem Hunger, der in Galicien herrschte, denn uns allen klebte der Magen am Kreuz. Mit sechzehn Jahren wog ich achtzig Pfund auf der Waage der Kriegsdienst-Stelle. Das vergesse ich nicht, denn einer sagte:
– Den schicken wir als Kurier, wenn er das Alter hat, der wird leichtfüßig sein.
Schön, so unrecht hatte er nicht, leichtfüßig war ich, sonst wäre ich nicht bis nach Havanna gekommen. Aber meine Heimat vergessen, wie man so sagt, das nicht. Meine Heimat ist meine Heimat, und die muß ich immer in Ehren halten. Wer seine Heimat nicht liebt, ist wie einer, der seine Mutter nicht liebt, oder wie einer, der einen Sohn hat und läßt ihn brandmarken wie ein Kalb. Das Land, in dem einer geboren ist, ist immer gut, da schmeißt einen keiner hinaus. Wie viele Galicier sind nach siebzig Jahren zurückgekommen und sind geblieben, um ihre letzten Tage im Dorf zu verleben. Die Familie vergißt einen ja auch nicht, selbst wenn keine Briefe geschrieben werden. Wir sind so. Wir sind dem Vaterland und der Familie treu. Na schön, mein Fall lag etwas anders, denn meine Familie war klein und ist heute noch kleiner. Also sage ich, ich habe nicht viel Verantwortung für die Menschheit zu tragen. Ich war ein Mann, der das freie Leben ausgiebig genossen hat. Ohne jemanden zu beleidigen oder irgendwen um einen Pfennig zu bitten. Ich habe mir mein Leben selbst gezimmert mit meiner Arbeit, und gearbeitet habe ich wie ein Maultier, das ist wahr.
Wenn ich an mein Dorf zurückdenke, tu ich es ohne das Heimweh, von dem dort immer die Rede war, denn so viele Jahre sind vergangen, und was mir dort bleibt, ist nicht mehr

viel. Außerdem bin ich auf ein paar Monate heimgefahren und habe alles noch frisch in der Erinnerung. Eine fröhliche Kindheit habe ich nicht gehabt, wie denn. Ich habe wie ein Maultier geschuftet. Trotzdem hänge ich an meinem Dorf. Obwohl es heute nicht mehr so ist wie früher. Der Hunger ist weniger geworden, es gibt Straßen und Zeitungen. Als ich ein Kind war, war das Dorf trauriger als ein Friedhof. Eine Einsiedelei hatten wir, auch ein paar Wirtshäuser, aber ein öffentliches Leben gab es kaum, außer Tratsch und Klatschgeschichten. Viel Grillen, viel Hornvieh, aber kein Horn, um die Arbeiter zusammenzurufen, und kein elektrisches Licht, das gab es damals nicht. Meine Mutter, die arme, ist taub geworden und hat seither nur noch das Kreuz geschlagen und geweint. Für sie ist das Dorf zum Friedhof geworden, seit mein Vater im Brunnen ertrunken ist. Der Großvater sagte immer zu seinen Spezis, sie wäre taub geworden, weil sie in einem fort geschrien hätte: »Manuelillo, Manuelillo, verlaß mich nicht!«, denn mein Vater ist bis auf den Grund gefallen, und um ihn herauszuholen, mußte man den Brunnen trockenlegen und ihm ein Kabel um den Leib binden, um ihn hochzuwinden. Er soll ausgesehen haben wie ein Fisch, der in der Mitte geknickt ist, und als sie ihn hochzogen, stieß meine Mutter ein Geschrei aus, daß sofort die ganze Gegend Bescheid wußte. Ich war zwei oder drei Jahre alt, und einen Vater, kann ich sagen, habe ich nicht gehabt. Eine Mutter schon, wenn man das Mutter nennen kann, Herr des Himmels, an der Wand sitzen in einem von diesen hohen Zedernstühlen und weinen. Sie hat mich überhaupt nicht gemocht. Als sie mich vor sich hatte, sagte sie: »Manuelillo, dein Sohn, schau ihn dir an!«, aber mich hat sie nicht gemocht. Ich hängte mich an die Großeltern, die Eltern von ihr, denn die hatten mich gern und nannten mich bei meinem Vornamen Manuel, nicht Manuelillo, dem Kosenamen für meinen Vater.

Meine Großmutter war eine Frau, die hart arbeitete. Sie wusch in der Flußmündung auf den glatten Kieseln, trug

Körbe voll Wäsche auf dem Kopf und scheuerte den Boden mit alten Fetzen, nicht mit Putztuch und Schrubber wie heute. Sie war ein Maultier, besser gesagt. Und sie ging wenig aus dem Haus, denn wenn sie nicht arbeitete, dann, glaube ich, betete sie für die Seele meines Vaters und für ihre Tochter, die einzige, und schon taub.

Meine Großeltern mußten meine zwei Schwestern aufziehen, Clemencia, die ältere, und Amalia, die mit neun Jahren an Blutvergiftung starb. Ihre Nägel – ich erinnere mich, als ob es gestern gewesen wäre – wurden schwarz wie Oliven, und sie bekam Fieber und schrie. Sie starb nur ein paar Jahre nach meinem Vater, und ich weiß, daß es eine Dummheit meines Großvaters war. Der Arzt in der Familie war er, das konnte ihm niemand ausreden. In Wirklichkeit hat er, ohne es zu wollen, sie sterben lassen, so daß wir nur noch zwei waren, Clemencia und ich.

Ich war als kleiner Junge kein Racker, nein. Ich war eher schweigsam und hielt die Ohren offen. Ich mußte Korn zu Garben binden und auf den Wegen mit einer großen Mistgabel die Kuhfladen auflesen. Wie hätte ich spielen sollen, wo ich doch nach der Arbeit wie gerädert war? Dann kam man nach Hause und mußte beten: »Früh das Morgengebet und abends den Rosenkranz«, wie meine Großmutter sagte, aber weder der Alte noch ich gehorchten ihr. Er war ein überzeugter Atheist, und ich wollte nicht hinter ihm zurückstehen. Eines Tages ging ich in die Kirche und sah einen Heiligen mit einem kleinen Hund neben sich, den schaute ich eine Zeitlang an, und der Pfarrer sagte:

– Bete zu ihm, mein Sohn, das ist der heilige Rochus.

Und auf der Stelle habe ich zu ihm gebetet, daß er mich aus dem Dorf holt und nach Cuba bringt. Ich sagte zu ihm: »Hör zu, Rochus, ich will vorwärtskommen, hol mich hier heraus.« Anscheinend hat mich der Heilige erhört. Fromm bin ich nie gewesen und werde es auch nie, denn die beste Religion ist nicht die der Heiligen, sondern Gutes zu tun, ohne hinzuschauen, wem man es tut. So habe ich selber es immer gehalten und bin stolz darauf. Die Religion ist eher für die fleißigen Sünder, so wie das Dorf für Schafe und Esel ist. Ich sage, jeder soll seinen Weg gehen. Für manchen passen sich Heilige und Messen, und es geht ihm gut. Das einzige, was ich getan habe, war viel arbeiten und niemandem Böses tun. Ich wollte fort, denn, wie es heißt, ein rollender Stein setzt kein Moos an. Ich war immer für das Abenteuer und daß es kommt, wie's kommt.

Wer in einem Dorf geboren wird, sucht den Horizont so lange, bis er ihn erreicht. Niemand weiß, was es heißt, mit hohlem Bauch im Schmutz und im Schnee zu leben. Durch den Wein hat sich der Spanier vor den Frösten gerettet. Der wahre Schutzpatron Spaniens ist der Wein. Wenn du traurig bist, heitert er dich auf, und wenn du lustig bist, macht er dich ein bißchen traurig. Er ist so. Wenn ich sagen sollte, was ich von daheim am meisten vermisse, würde ich sagen, den Wein in der Kürbisflasche und das Schwarzbrot. Alles übrige bekommt man hier. Mein Großvater verstand es, guten Wein zu machen. Er war ein erfahrener Weinschmekker.

– Den Wein darfst du nicht schütteln und nicht am Meer lagern, sonst wird er sauer und schmeckt wie eine verfaulte Schuhsohle.

Mein Großvater war ein Experte im Trinken. Damit hat er den Hunger umgebracht, wie so viele andere auch. Und wenn er warm wurde, fing er an zu erzählen mit einer Anmut, die nur er hatte, oder er rief einen Freund, der genauso gern erzählte wie er. Einer war Schuhputzer. Er hatte in den Süden gehen wollen, um Stierkämpfer oder weiß der Kuckuck was zu werden. Stierkämpfer oder Boxer, das war ihm gleich. Hauptsache, er kam zu Geld und zu Ruhm. Der Ring, die Corrida oder der Fußball waren ihm alles. Aber es wurde nichts daraus, und weil er sich gescheitert fühlte, erzählte der Mann nur noch Lügenmärchen oder jagte den kleinen Kindern mit Schauergeschichten Angst ein. Du brauchtest dich nur auf den Stuhl zu setzen, und er erzählte dir das alles, während er dir die Schuhe wichste, und vor Aufregung lief ihm der Schweiß über den Backenbart. Er wollte um jeden Preis die Leute aus dem Häuschen bringen, die Haare sollten ihnen zu Berg stehen. Mein Großvater erlaubte nicht, daß ich ihm nahe kam. Aber ich stellte mich hinter den Stuhl, und weil ich ein Kind war, sah er mich nicht, so daß ich alles hörte von dem Wolf, der den jungen Mädchen das Blut aussaugte, von dem Tiger, der ins Dorf kam und mit einem kleinen Kind zwischen den Zähnen fortlief, und vor allem die Geschichte vom Mond, der eines Tages so kalt werden würde, daß wir alle stocksteif würden wie das Standbild des heiligen Antonius auf der Plaza Pontevedra, von dem es heißt, daß es mit dem himmelwärts gewandten Gesicht und den vor Entsetzen aufgerissenen Augen des Heiligen fest geworden sei.

Weil es immer so kalt war und das Eis manchmal aussah, als wären es Stücke vom Mond, verkroch ich mich ins Wirtshaus neben den Ofen. Nur dort verging mir die Angst, ich könnte zu Eis werden. Ferreiro ging immer und überallhin allein. Mein Großvater war einer der wenigen, die sein Geschwätz aushielten. Hinterher sagte er, er wäre verrückt und erfände Schauergeschichten. Aber selbst damit konnte er mich nicht beruhigen. Schön, wenn einem das mit dem Mond im Alter von sieben oder acht Jahren erzählt wird, vergißt man das nie mehr. Manchmal schaue ich zum Mond hinauf, wenn ich in der Anlage sitze, und lache über den Schrecken, den mir dieser Ferreiro mit seinen Märchen eingejagt hat und der mir noch heute in den Knochen steckt. Jedem anderen würde es genauso gehen, denn trotz allem und obwohl der Mensch da oben gelandet ist: der Mond ist seltsam wegen der Gestalt, die er je nach Tag und Monat annimmt. An klaren Tagen sieht man ihn ganz. Und an bewölkten Tagen erscheint er manchmal und hat die Gestalt einer Klaue oder Sichel. Immer zeigt er sich auf seine besondere Art. Uns, die wir es auf der Brust haben, schadet der Mond, er kühlt ab und macht einen gleichgültig, und das

wird man nie wieder los. Es hat Leute gegeben, die gestorben sind, weil ihnen der Mond auf die Brust oder auf den Kopf geschienen hat. Ferreiro sagte den Buben, der Mond würde eines Tages auf sie herunterfallen und das wäre das wahre Ende der Erde, der Weltuntergang. Für mich war dieser Mann ein Teufel mit Forke und schwarzem Umhang. Er fällt mir immer wieder ein.
Die Freunde des Großvaters waren alle sonderbar. Sie tranken gern Wein, und dann erzählten sie einander Geschichten. Es waren fast immer Geschichten von unheimlichen Begegnungen, von dem Zug der Totengeister oder Lügenmärchen. Ich glaube, sie spielten, wer die größte Lüge auftischen konnte. Eines Tages fing mein Großvater an, über Cuba zu reden, und sagte, dort wären in jeder Banane mehrere Bananen enthalten, und ein Mango könnte so groß sein wie ein Kürbis. Über das alles sprachen sie, weil sie die Geschichten der Rekruten gehört hatten, die als Wracks aus dem Unabhängigkeitskrieg zurückgekommen waren. Die Rekruten erfanden gern Geschichten über ihre eigenen Heldentaten, und was die erzählt haben, das mußte man gehört haben! Nicht einmal ich konnte es glauben, obwohl ich noch ein Kind war. Ein Rekrut erzählte einem Alten, er hätte mit einem einzigen Bajonettstich zehn Cubaner aufgespießt, und die Macheten wären bloß ein sausender Wind gewesen, wo doch alle Heimkehrer mordsmäßige Schmisse an Armen und Beinen hatten. Die Rekruten waren noch halbe Kinder und als Kanonenfutter in diesen Krieg gezogen, also war das, was sie erzählten, nicht viel wert. Aber mein Großvater, der mehr zusammenschwätzte als sie, hing an ihrem Mund, und hinterher bauschte er auf, was das Zeug hielt. Er wollte immer nach Cuba gehen, aber er hatte keinen Mut, er war zu alt. Sein Traum war, meine Eltern hinüberzuschicken. Mein Großvater konnte erzählen, ja, das konnte er. Er war groß und stark, und von einer Rauferei um eine Frau hatte er eine Narbe am Handgelenk. Und eine Donnerstimme hatte er, die man über alle Köpfe

hinweg hörte. Eine von diesen Stimmen, die man nicht überhört, weil sie mit aller Kraft sprechen. Und ich erinnere mich noch an fast alle seine Märchen, die eigentlich Lehrstücke waren. Er versammelte die Buben um die Zisterne und erzählte ihnen hübsche und moralische Geschichten. Er trat sehr für die Armen ein. Die Armen, sagte er, hätten im Leben immer recht, denn die Reichen handelten aus Interesse und die Armen aus dem Herzen. Da im Dorf alle arm waren, dienten diese Geschichten als Beispiel. Wir mußten viel Elend in der Kälte ertragen, und das ist das schlimmste Elend.

Trotzdem war meinem Großvater der Hunger lieber als die Schande. Also erzählte er die Geschichte von dem guten Schuhmacher, der mit seiner Frau und seinen Kindern glücklich lebte, im Morgengrauen aufstand und sang, wenn er seine Sohlen hämmerte. Er war sehr arm, sehr arm, aber es machte ihm nichts aus, er war sein Leben lang glücklich. Ihm gegenüber wohnte ein sehr reicher, prächtig gekleideter Mann, der immer unzufrieden war. Und da sagte die reiche Frau zu ihrem Mann:

–Sieh, Julián, wie glücklich sind die in ihrer Hütte und haben nichts, und wir mit all dem Geld und ohne Kinder haben keine Freude. Obendrein wird die Frau des Schuhmachers bald wieder gebären. Warum bitten wir sie nicht, daß sie uns das Kind gibt, und wir geben ihnen etwas, damit sie besser leben?

Die Monate vergingen, die Frau gebar, und die anderen machten die Paten für das Kind und brachten ihm Geschenke und schöne Kleider, und alle waren ganz närrisch vor Freude.

Die Reichen waren nun glücklich mit dem Kind, und die Armen waren nicht länger arm und fingen an, in Reichtum und Überfluß zu leben. Sie lebten in einem großen Haus mit Brunnen und Gärten und hatten viel zum Wegwerfen. Aber in der Nacht konnte der gute Schuhmacher nicht schlafen und seine Frau auch nicht, weil sie an die Diebe im Dorf

dachten, die jeden Augenblick kommen konnten, die unverschämten Kerle, um ihnen alles wegzunehmen. Jeden Abend sagte die Mutter zu ihren Kindern:
– Paßt auf, daß ihr die Türen gut verschließt.
Und so ging es weiter, sie sangen nicht mehr und lachten nicht mehr und waren auch nicht zufrieden. Da sagte die Frau zu ihrem Mann:
– Sieh, Pedro, wir sind nicht mehr glücklich. Was nützt es uns, daß wir so viel Geld haben, wenn wir immer in Angst leben? Geh und bring alles deinem Gevatter Julián und sag ihm, daß wir wieder in unsere Hütte zurückkehren, und fertig.
Und so geschah es. Der gute Mann gab dem Reichen alles zurück. Und er verlangte auch das Kind, denn es war ja sein und seiner Frau Kind. Und weil sich das Kind im Schmutz bespritzte, zog es die Schuhe und die schönen Kleider aus. Nackt ging es durch das ganze Dorf und war glücklich. Und die Frau und der Mann fegten und hämmerten und waren auch glücklich. Und die Töchter wuschen und bügelten. Wie zuvor! Als die Frau des reichen Mannes das sah, ging sie zu ihrem Mann und war sehr böse:
– Sieh dir diese rohen Menschen an, Julián, den ganzen Tag singen sie und dabei kommen sie fast um vor Hunger. So sind die Armen.
Ich weiß noch viele Geschichten meines Großvaters. Das Gedächtnis, sage ich immer, ist hinterhältig. Je weiter es zurückgeht, desto klarer wird es. Aber von heute, also von den letzten zwanzig Jahren, weiß ich wenig, beinahe nichts. Da wird mir der Kopf wirr, und ich kann mich an nichts mehr erinnern. Jemand fragt mich, und mein Kopf ist leer, als wäre ich nicht der gewesen, der ich bin. Das kommt von den Jahren. Die Gewebe werden wie alte Bälle und finden nie mehr dahin zurück, wohin sie gehören.
Das Kostbarste im Leben ist die Jugend, wenn alle Fähigkeiten wach sind und der Kopf hell ist. Aber ich wollte weiter von meinem Großvater Gaspar erzählen. Für ihn war Cuba

ein Urwald mit schwatzhaften Papageien und Palmen voller Leuchtkäfer. Alle träumten von Cuba. Hauptsächlich die, die nicht das Glück hatten, hinüberzukommen.
Ich bin mit den Geschichten über Cuba aufgewachsen. Ich sagte mir: »Ich werde nicht sterben, ohne es kennenzulernen.« Und ich bin nicht gestorben. Der Gedanke an Cuba war herrlich und beinahe ein Größenwahn. Da hinüberzugehen war für einen aus dem Dorf, als ob er ins Paradies ginge. In Cuba hinge das Geld selbst in den Trauben, sagten sie. Später habe ich festgestellt, daß Trauben hier kaum bekannt sind. Aber das war eine Redensart dort und kam daher, daß wir so viel hungern mußten und daß wir den Krieg mit Marokko und die Armut loswerden wollten. Es gibt kein größeres Unglück als die Armut. Ein Armer macht einfach alles, er verläßt sogar seine Heimat, obwohl er sie immer in sich herumträgt. Soviel ich weiß, hat kein Galicier je Galicien vergessen, selbst wenn er es nicht wiedergesehen hat. Kein Galicier hat seine Sprache vollständig vergessen. Ich, der ich wie gesagt mit sechzehn Jahren herüberkam, kann Galicisch sprechen wie am ersten Tag, als ich im Hafen ankam. Die Sprache bleibt im Hirn haften, sobald man sie von den Großeltern und den Eltern hört. Wenn ich im stillen mit mir selber rede, tu ich es meistens auf Galicisch, weil ich die Dinge dann stärker empfinde. Vor allem, wenn ich von jemandem Schlechtes denken oder seine Mutter zum Teufel wünschen muß. Der Galicier, der seine Sprache vergessen hat, ist undankbar und ein Verräter. Ich habe die Geschichten meines Großvaters noch heute in reinem Galicisch im Ohr, mit Liedern und allem. So behalte ich sie im Gedächtnis. Unsere Sprache ist älter als das Römische Reich. Deshalb bleibt sie so gut haften. Das erste, was der Mensch gesagt hat, als er auf der Erde erschienen ist, soll ein Fluch auf galicisch gewesen sein. Und als Rodrigo de Triana als erster die Palmen auf Cuba sah, schrie er:
–*Terra, coño!*

Das Dorf war durch und durch traurig. Ich lüge nicht. Am kurzweiligsten waren noch die Geschichten. Es gab kein Kino, keinen Radio, gar nichts, also mußte man reden. Und der Galicier erzählt gern Geschichten. Manchmal sind sie überspannt wie seine Phantasie, aber man hört sie sich an, damit man nicht den ganzen Abend die Wand anstarren muß. Mein Dorf gehörte zu der Provinz Pontevedra. Es hieß Arenosa, war sehr feucht, immer regnete es, ein feiner Nieselregen. Viel gab es da nicht, nur ein paar sehr hübsche Heilquellen. Es war ein Dorf, nicht anders als alle Dörfer in Galicien. Ich kann mir vorstellen, daß es größere gab, vielleicht mit mehr Einwohnern, aber das Leben war überall gleich; aus der Messe zur Feldarbeit und Raketen schießen, wenn zu Sankt Johann oder am Tag des heiligen Rochus eine Kirmes ausgerichtet wurde, oder man ging auf Wallfahrten, denn die gab es überall reichlich. Wallfahrten machten den Leuten viel Freude und waren auch gut zum Geldverdienen, vor allem für die Spritzkuchen- und Brezelverkäufer. Auch die, die mit Skapulieren und Medaillen handelten, füllten sich die Taschen und brachten ihr Schäfchen ins trockene. Ich sage, das Leben ist ein Fandango. Selbst die Wallfahrten waren ein Geschäft mit der Religion. Man ging gerne mit und fand seine Zerstreuung. Aber genaugenommen war alles eine Erfindung der Pfarrer, um Almosen zu erbetteln. Durch die Bettler, die Straßenverkäufer und die Pfarrer waren die Wallfahrten eine Plünderung. Leute wie ich, die kein Geld hatten, gingen nur zum Zuschauen hin, klar. Ich bin immer neugierig gewesen und habe die Ohren überall aufgemacht. Die Leute gingen zu den Wallfahrten, um die letzten Neuigkeiten zu erfahren und um sich einen Mann oder eine Frau zu suchen. Ich habe auf diese Weise meine erste Braut kennengelernt, die Tochter eines gewissen Francisco Fanego, der sehr arm, aber anständig war, auch wenn er ziemlich viel trank. Sie nannten ihn Dickwanst, weil er beleibt war und die Weinschläuche mit Valdeorras in Null Komma nichts leerte. Weil ich ihm zusah, wie er mit anderen um die Wette trank, um zu sehen, wer am meisten vertragen konnte, lernte ich seine Tochter kennen. Casimira war ungefähr ein Jahr jünger als ich, aber eine richtige, fertige Frau. Gut gepolstert oben und das Haar schwarz wie Pech. Allerdings sehr verwöhnt vom Vater, ein Hätschelkind. Kurz und gut, als ich sie sah, verliebte ich mich komplett. Ich ging ihr überall nach, bis zur Einsiedelei ging ich, nur um in ihrer Nähe zu sein. Sie gefiel mir von Kopf bis Fuß. Mit sechzehn Jahren versetzt einem das einen ordentlichen Stoß, der sich später im Leben nicht mehr wiederholt. Wein braucht man da nicht, um den Kopf zu verlieren. Ich sah sie und war weg. Mein Großvater merkte es und sagte, ich würde mit ihr meine Zeit verlieren, denn zwei Zivilgardisten, die immer zusammen gingen wie ein Paar Ochsen, ließen sie nicht aus den Augen. Aber einen, der verliebt ist, hält nicht mal eine Windhose auf. Dickköpfig, wie ich bin, stieg ich ihr so lange nach, bis ich sie überzeugt hatte. Ich warf ihr Zettelchen zu, brachte ihr Blumen, butterweich machte ich sie. Wir wurden mehr oder weniger ein Paar, wenn man zwei, die sich so selten sahen, ein Paar nennen konnte. Wir gefielen uns sehr und hatten unsere Tricks, um uns im Wäldchen oder bei alleinstehenden Höfen zu sehen; wir waren erfinderisch, wie das bei einem jungen Brautpaar üblich ist. Das erhitzte uns das Blut noch mehr. Und das war so lästig, daß wir uns dummes Zeug und ausgefallene Geschichten erzählten, um uns abzulenken.

Casimira hatte über ihre Kuh Pánfila reden hören, die auch ein Hätschelkind des Vaters war, eine dicke Kuh und ganz zahm. Aber so eine Kuh! Sie wollte keine Milch geben. Ihr Euter war trocken, trocken. Niemand wußte, warum. So lange, bis Casimira hinging und auf die Kuh aufpaßte. Die Kuh ging auf ein Steinfeld neben dem Haus, und da verbrachte sie die Stunden. Meine Braut versteckte sich hinter den Büschen und ließ sie nicht aus den Augen, bis sie eines Tages sah, daß sich unter den Steinen etwas bewegte, eine Schlange, eine *majá,* wie sie dort sagen. Die Schlange fängt an, sich aufzurichten, und auch die Kuh streckt sich und steckt der Schlange die Zitzen ins Maul. Die ringelt sich und ringelt sich, bis sie das Euter eingewickelt hat und Milch kommt. Denn die Kuh hielt die Milch nicht für ihr Kalb zurück, sie war ihr auch nicht sauer geworden.

Casimira ging und erzählte dem Vater, was sie gesehen hatte, aber der trieb ihr die Hirngespinste aus und sagte:

– Casimira, du sollst keine Schwindlerin werden.

Da ging sie und heulte vor Verdruß. Als sie der Vater so sah, ging er am nächsten Tag auf das Steinfeld und überzeugte sich mit eigenen Augen. Der Kuh machte es offenbar Spaß, ihre Milch der Schlange zu geben. Danach redeten die Leute darüber und behaupteten, die Schlange hätte sich ganz zart um das Euter geringelt und daran hätte die Kuh ihre Lust gehabt. Ich weiß, daß der Vater die Kuh getötet hat. Er schlug sie so lange mit dem Stock auf den Kopf, bis sie auf dem Steinfeld zusammenbrach.

Mit solchen Geschichten vertrieben wir uns die Zeit, Casimira und ich, bis kam, was kommen mußte.

Ich hatte mir vorgenommen, nach Cuba zu gehen. Das ging mir immer im Kopf herum. Ihr habe ich das bis zum letzten Augenblick verschwiegen. Im Dorf ging nichts voran, alles im alten Trott. Alle Tage waren gleich: Korn zu Garben binden, pflügen, Kartoffeln lesen, die fremde Kuh melken, denn eine eigene hatten wir nicht, und Geld sah man nicht einmal im Traum. Ich weiß kaum mehr, wie ich bei Carmen, der Korbflechterin, lesen gelernt habe. Ein Sprichwort sagt: Der Buchstabe geht mit Blut ein. Mich ist es hart angekommen. Und Blut ist geflossen, denn Carmen war jähzornig und hatte ein Lineal, das mit Kupfer beschlagen war, aber die Buchstaben gingen mir nicht ein. Ich hatte kaum Zeit, mich um meine Braut zu kümmern. Also nützten wir die Zeit, wenn wir uns sahen. Deshalb kam, was kam. Ich sage, es mußte so kommen, denn ich war schon fast ein Mann und sie eine Frau und besser entwickelt als ich. Eines Tages gingen wir an die Flußmündung, es war das einzige Mal, daß

wir aus dem Dorf wegliefen. Sie war nicht zimperlich und nicht nervös. Im Gegenteil, sie hatte mehr Mut als andere Bauernmädchen. Deswegen sage ich, daß die Schuld, wenn es eine Schuld gab, nicht bei mir lag.
– Los, Manuel, sagte sie, als wir uns vor der Tür des Klosters der Madre Pilar trafen.
Sie hatte alles schon im Kopf, denke ich.
– Mach schon, Manuel.
Wir liefen einen Weg entlang, bis wir an eine Stelle kamen, die El Romero heißt. Dort war es einsam. Nicht einmal das Muhen der Kühe hörte man. Da oben fielen wir uns in die Arme, wie die Wilden drückten wir uns aneinander, dann liefen wir hinunter zur Flußmündung. Mir brannte der Kopf. Sie war ruhiger, aber die Augen sprangen ihr beinahe aus den Höhlen. Wir sahen aus wie zwei lodernde Flammen. Da fing alles an. Die Backen von Casimira waren rot und ihre Handflächen auch. Wir umarmten uns noch einmal, obwohl wir schon wie zwei Tiere waren, naß vom Gras, so wälzten wir uns und schwitzten. Sie nahm sich ein blaues Tuch ab, das sie auf dem Haar trug, und gab es mir.
– Ich sage den Eltern, ich hätte es verloren. Behalt es als Erinnerung.
Da ich nichts hatte, was ich ihr geben konnte, ging sie mit leeren Händen weg. Ich wußte kaum, was ich gemacht hatte, aber es war von allem etwas. Das war die erste Frau, die ich mir nahm. Tagelang bin ich nicht aus dem Haus gegangen vor Unruhe, allein wie ein Einsiedler war ich und dachte immer nur an das, was passiert und in ihr geschehen war. Mein Kopf war ein Wirbelsturm. Die Großmutter merkte es und sagte:
– Manuel, was hast du getan? Du bist nicht in Frieden mit dir, sag mir alles.
– Nichts, Großmutter, Sie wissen nicht, daß ich vom Grasschneiden müde und wie zerschlagen bin.
– Aber du kriechst ja fast in die Wand. Komm heraus da, Manuel. Mit dir ist etwas. Geh zum Pfarrer, Manuel.

Die Großeltern erraten, was mit ihren Enkeln los ist. Sie merkten, daß ich wie ein Tier verliebt war. Casimira schickte mir ein paar Botschaften, weil wir uns nicht sehen konnten. Ihre Eltern mußten an jenem Tag etwas gemerkt haben, sie hat es mir nie gesagt, aber sie haben sicher etwas gemerkt. Das war der Grund, warum wir uns eine Zeitlang nicht sahen. Bis ich eines Tages aus dem Haus ging, entschlossen, sie zu treffen. Und ich traf sie. Sie war ernst und wie eingeschüchtert. Damals habe ich ihr zum erstenmal gesagt:
– Ich liebe dich, Casimira. Wir wollen einen Bund fürs ganze Leben schließen.
Sie sprach kaum mit mir. Die Augen standen ihr aus dem Kopf, so verschreckt war sie. Sie wollte nicht, daß man uns sah. Es stimmt schon: kleines Dorf, große Hölle, und unseres war nicht einmal ein richtiges Dorf, nur ein Weiler. Die Leute wußten noch nichts von unserer Geschichte. Vielleicht hatten sie einen Verdacht, aber Genaues wußte niemand. Auf jeden Fall machte sie mich unruhig mit ihrer Angst und ich fing selber an nachzudenken. Aber wie ich sie so sah, hübsch wie sie war, wurde mir anders, ich wollte sie wieder packen, aber sie sträubte sich, ganz widerspenstig war sie. Nicht, weil ich ihr nicht gefiel, sondern weil sie sich schuldig fühlte wegen dem, was sie auf dem Steinfeld und danach an der Flußmündung getan hatte, und auch, weil es selbst mit diesen mutigen Frauen nicht weit her ist.
Kurz und gut, ich rief sie beiseite. Ich kann diesen Tag nicht vergessen, weil ich sie im Leben nie wieder gesehen habe. Und weil sie meine erste Braut war ... Alles war fix und fertig, der Holzkoffer, der Paß, die Überfahrt war so gut wie gekauft ... Ich war schon in Amerika ... Ich träumte vom Dampfer mehr als von ihr. Also beharrte ich, ich hätte ihr etwas zu sagen, und sie gab nach. Zuerst gab ich ihr ein Geschenk, eine kleine Medaille mit der Muttergottes vom Karmel, die ich meiner Mutter gestohlen hatte.
– Das soll helfen, daß wir ein Paar werden.

Ich sagte schon, daß ich nicht gläubig war, aber die Medaille war aus Bronze und glänzte so hübsch. Sie nahm sie und legte sie zwischen ihre Brüste. Sie sagte:
– Manuel, was hast du mit mir gemacht?
– Dich lieb gehabt.
– Manuel, was hast du mir zu sagen, wozu bist du gekommen?
Und ich sagte ihr einen Satz, den ich so gut vorbereitet hatte, daß ich ihn noch heute hundertmal wiederholen könnte:
– Casimira, ich geh nach Havanna, denn sie sagen, daß man dort viel Geld verdient, und wenn ich ein paar Duros beisammen habe, komme ich wieder, um dich zu heiraten.
Sie sagte nicht ein Wort. Sie stand da und starrte mich an. Ich redete und redete. Ich bat sie, sie sollte mir etwas sagen, aber sie, stumm. Wenn sie wenigstens gesagt hätte: »Komm zurück, Manuel, ich warte auf dich«, vielleicht hätte ich dann ein bißchen Geld verdient und wäre zurückgekommen, aber nichts, kein Wort konnte ich aus ihr herausbekommen. Und damit war diese Geschichte aus.

Ein paar Tage danach lief überall das Gerücht um, ich hätte sie gegen ihren Willen entjungfert. Ich mußte hier weg, und zwar schnell. Ich war jetzt ein Fall für die Landpolizei, die bewaffnet und eine Bedrohung war. Mit dem Marokko-Krieg, dem verdammten Militärdienst und der Geschichte mit Casimira war das Maß voll, und ich mußte das Weite suchen. In ganz Galicien herrschte große Not. Die Jungen gingen als Kanonenfutter nach Marokko. Viele kamen nicht zurück. Und mit den Mauren wurden sie nicht fertig, weil es in diesem Krieg mehr ums Geschäft ging als um Gefechte. Die Spanier selber verkauften Waffen nach Marokko, damit ihre eigenen Landsleute umgebracht wurden. Die Soldaten schossen mit Salven, nicht mit Kugeln. Ein Greuel.
Damals fing man an, die Überfahrten in Dampfern von größerem Fassungsvermögen zu organisieren, deutschen

und holländischen. Weit hintennach kamen ein paar alte Schiffe, die von Cadiz oder Vigo ausliefen, die reinsten Nußschalen. Sie brauchten fast einen Monat für die Überfahrt.
Pontevedra lag in tiefstem Schlaf, man mußte hinaus in die Welt, trotz allem, was man zurückließ. Wie schon das Sprichwort sagt: »Pontevedra zum Schlafen, Vigo zum Arbeiten.« So sagte das Sprichwort, aber Arbeit gab es auch in Vigo nicht, höchstens auf dem Feld unter der Sonne oder im Schneetreiben, eine große, große Hölle. Und statt Trauben zu keltern, Mulattinnen zu keltern, wie man dort sagte. Der Großvater war weder froh noch traurig. Alle Tage sang er mir den Refrain: »Meister Laufindiewelt, wieviel Sterne stehn am Himmelszelt?« Es war nur ein Scherz. Denn er hatte mich erzogen, zum Guten oder zum Schlechten: im Grunde würde er mich mehr vermissen als irgend jemand sonst.
– Wenn du gehst, betrinke ich mich dir zu Ehren, sagte er.
Vielleicht hat er sich betrunken. An Wein fehlte es ihm nicht. Aber er wird auch sein Teil mit der Großmutter geweint haben. Denn ich, der ich mit Gepäck und allem über alle Berge ging, habe viel geweint, ich gestehe es als der Mann, der ich bin. Ich weinte vor allem, weil meine Mutter nichts begriffen hatte. Weiß Gott, was sie glaubte, daß ich mit diesem Koffer machen würde. Aber eine fixe Idee verändert das Schicksal eines Mannes. Das ist wahr und läßt sich nicht abstreiten.

DIE ÜBERFAHRT

O mar castiga bravamente
as penas.
Rosalía de Castro

In dieser Nacht schloß ich kein Auge. Ich starrte vor mich hin wie ein Verurteilter. Denn nun stand fest, daß ich am Morgen fortgehen würde. Der Großvater ging unruhig durchs Haus, auch er schlief nicht. Ebensowenig meine Schwester Clemencia, nur daß sie leise weinte, stoßweise und verstohlen, damit ich es nicht merken sollte. Es war, wie wenn im Haus einer stirbt, und dieser eine war ich, der für wer weiß wie lange fortging. Meine Schwester stand in aller Frühe auf und richtete mir einen Korb voll Brot und Äpfel. Wir hatten einen Tisch aus ungehobeltem Holz, darauf stellte sie ihn.

– Glaub nur nicht, daß du dir ein Vermögen verdienen wirst.

Und da sagte ich mir auf galicisch einen Spruch meiner Großmutter, der hieß:

– Wer gut über den März gekommen ist, kommt auch gut über den Mai.

Denn am 3. März 1916 ging ich von zu Hause fort. Es herrschte eine trockene Kälte, daß einem die Knochen klapperten. Bevor ich ging, sah ich mir mein Haus gut an, damit ich eine deutliche Erinnerung mit fortnahm. Mein Haus war weder groß noch schön, keins von beidem, aber es war mein Haus. Hier bin ich am 3. März 1900 geboren worden, deshalb kann ich dieses Datum nicht vergessen. Hier haben sie mich getauft. Die Kirche war weit vom Dorf, und da der Sakristan ein Freund meines Großvaters war, machte er selber den Weg, schlug ein Kreuz über mir und gab mir den Namen Manuel José de la Asunción y Ruiz. Mich verfolgt die Kälte, denn an jenem Tag, erzählten sie, fiel Hagel aufs Dach. Ich denke oft an mein Haus, wie es damals war, nicht wie es jetzt ist. Vielleicht erhält es sich ungefähr so, wie es war: die Steinstiege, der kleine Hof, wo wir den Hühnern den Mais streuten, die Weinstöcke am Haus – was für Weinstöcke! –, die an mein Fenster hinaufwuchsen. Wenn überhaupt, dann sind es diese weit zurückliegenden Dinge, die einen schwermütig machen, wenn sie einem in den Sinn kommen. Spinnräder zum Leinenspinnen, wie das von meiner Großmutter, gibt es nicht mehr. An all das denkt der Galicier oft. Aber ich mußte mich auf die Beine machen, mit mehr Grund als andere. Obwohl dieses Fortlaufen schon eine ernste Sache war: Wir ergriffen zu Tausenden die Flucht.

Ich nahm die Äpfel, das Brot, eine Flasche Wein und ging an den Bahnhof. Als ich ankam, waren meine Füße von den Alpargatas aufgerissen. Die Bahnstation lag mehrere Meilen von meinem Haus entfernt und war in Wirklichkeit ein stinkender Schuppen. Er war wie ein Bienenhaus, so wimmelte es von Menschen. Mütter und Väter, die von ihren jungen Söhnen Abschied nahmen, weinende Bräute, Schwestern der Magdalenen, kurz und gut, es war ein einziges Kommen und Gehen.

Mich begleitete niemand, wer hätte sich kompromittieren wollen, wo ich doch flüchtig war. Außerdem war ich nie ein Freund vom Abschiednehmen. Denn man weiß nie, wann man die Freunde wiedersieht. Und man muß im Leben vorwärts schauen und die Traurigkeit hinter sich lassen.

Ich kaufte noch etwas Schwarzbrot, trank eine kräftige Fleischbrühe und setzte mich auf eine Bank zwischen lauter Hühnerkörbe. Nach Vigo gab es nur einen Zug, der ging um vier Uhr nachmittags. Also wartete ich und sah mir das Schauspiel der heulenden Frauen an.

Schön, sage ich mir heute, die Frauen, die da so heulten, haben andere geheiratet, und die Männer hielten nach frischen Mulattinnen Ausschau, sobald sie auf der Mole standen.

Sie hatten einen richtigen Werbefeldzug veranstaltet mit diesen Mulattinnen, die im Hafen auf den Auswanderer warten und ihn mitnehmen, um mit ihm Rum zu trinken. Das alles sagten die »Anreißer«, um die Leute zu täuschen. Es gab keine gemeineren Kerle auf der Erde als diese Anreißer. Halb Galicien haben sie mit ihren phantastischen Geschichten über Amerika betrogen. Sie waren geschäftstüchtiger als ein Araber. Manche waren ja auch halbe Mauren, deshalb waren sie so gerissen. Sie waren die eigentlichen Agenten bei dem Geschäft mit der Überfahrt. Es läßt sich denken, daß ihnen daran lag, eine große Ladung hinüberzubringen. Das ist der Grund, weshalb sie so viele Leute mit Cuba verarschten. Wie das Manna aus dem Himmel fällt dort das Geld aus den Sträuchern, sagten sie. Und alles sei dort nichts als Rumba und Glücksspiel. Die Anreißer machten ihren Schnitt mit dem Schweiß der Galicier, das ist klar. Deshalb lag ihnen daran, uns herdenweise hinüberzubringen. Ich weiß noch, was ich ausgestanden habe in diesem Trubel, mit den wundgelaufenen Füßen, dem Hunger und dem Warten. Ich war ziemlich durcheinander. Ich war nun schon allein. Das Dorf war weit. Zum erstenmal schwamm ich in einem Strom mit der Menge. In den Ecken der Bahnstation wurden *buñuelos,* Heiligenbilder, Rosenkränze und Schokolade verkauft. Damit man essen und beten konnte, wie es Gott gefällig ist. Dort lernte ich viele Jungen meines Alters kennen, sogar jüngere, die den gleichen Weg gingen.
Einem gewissen Benigno hatte ich es zu verdanken, daß ich während dem Warten Schokolade und Birnen aß. Mit ihm blieb ich auf der Fahrt zum Hafen zusammen. Wir setzten uns nebeneinander, und Benigno fing an und erzählte mir von der Braut, die er verlassen hatte, und solche Sachen. Ich sage immer: In den Mund, der geschlossen ist, kommt keine Fliege. Um so mehr, wenn jemand eine Sünde auf dem Hals hatte wie die, die ich mit mir herumtrug.
– Mann, du machst ja den Mund nicht auf.

– Ich bin so, aber ich habe gern Leute um mich. Was ist los?
– Nichts, aber die Reise ist lang, über etwas muß man reden.
– Rede du, du redest gern, ich hör dir zu.
Und so berichtete er mir sein ganzes Leben. Mit mehr Dichtung als Wahrheit. Benigno hatte ein paar Duros. Denen war es zu verdanken, daß wir auf der ganzen Fahrt gut aßen. Er hatte in Havanna eine sichere Arbeit. Sein Onkel hatte ihm eine Stelle als Kohlenausträger versprochen. Wieviel Ruß es da setzen würde, und bei der Hitze!, daran dachte er nicht. Er war jung und glücklich über sein Abenteuer, wie wir alle, die wir uns Illusionen über die Zukunft machten. Seine Mutter hatte furchtbar geheult und ihm Heiligenmedaillen und Skapuliere mitgegeben.
– Das bist du jetzt los, sagte ich.
– Klar, wo ich jetzt Herr der Welt bin.
Denn wenn der Auswanderer seine Heimat verläßt, glaubt er, die Erde läge ihm zu Füßen. Und dabei erwartet ihn in den meisten Fällen ein finsteres Los.
Benigno und ich waren ungefähr gleichaltrig und sahen uns sogar ein bißchen ähnlich. Der Unterschied war, daß er mit einer festen Arbeit und zwei Empfehlungsbriefen in der Tasche reiste und ich so, wie ich auf die Welt gekommen war. Deshalb hielt ich mich an ihn. Ich wich ihm nicht von der Seite, bis wir im Hafen von Vigo ankamen. Und dort tauschten wir auf einem der Briefe den Namen aus, damit ich mit dem Konsul von Cuba zurechtkam, einem Kerl, der ein bißchen falsch war. Bei diesen Konsuln mußte man schlau sein, damit sie einem kein Geld abnahmen. Mit den Kosten für das Visum beuteten sie die Leute sowieso schon aus. Wir waren vor diesen Herren gewarnt. Deshalb konnten sie uns nicht bescheißen.
Das Konsulat war auch so ein Bienenkorb. Von weitem sah man die Menschenmasse, lauter junge Leute mit schwarzen Baskenmützen und wie wild darauf aus, Erde zu fressen.

Erschrecken konnte man, wenn man sich fragte, wie die alle Platz finden würden auf einer so kleinen Insel, wie Cuba angeblich eine war.
Benigno ging einer sicheren Zukunft entgegen. Ich war es, der nicht wußte, wie und was. Trotzdem sagte er nicht, »Du kannst mit mir kommen«, no Señor, jeder schleift seinen eigenen Stein. Noch heute bin ich ihm dankbar für das, was ich unterwegs gegessen habe, obwohl ich mir dutzendweise seine Geschichten von den Weibern anhören mußte, die sich ihm lammfromm wie Schäfchen ergaben. Das sind die Märchen von lendenlahmen Typen, wie er einer war, Schwächlinge, die sich mit irgendwas brüsten müssen, weil ... ständig kommen sie einem mit Sprüchen wie: »Sie ergab sich mir, sie sah mich an und ging ins Netz«, und mehr so dummes Zeug für den, der's glaubt. Wenn ich ihm das mit Casimira erzählt hätte, er hätte es mir nicht abgenommen, und wer weiß, ob er nicht noch im Zug herumgeredet hätte.
– Woher bist du?
– Ich bin aus San Simón, sagte ich.
Ich hätte die Wahrheit nicht gesagt, und wenn er mir ein Schaf geschenkt hätte. Die Guardia civil in den Zügen suchte Händel, und ich hatte genug an dem, was ich hinter mir gelassen hatte.
Der Konsul sah sich die Papiere an, las den Brief, und zack! zum Schiff, mit Visum und allem. Benigno kannte viel. Er war schon in Vigo gewesen, er hatte einen Seehafen gesehen, eine Großstadt. Vigo war der drittgrößte Tiefseehafen der Welt. Für mich war das alles neu. Mir kam auf den ersten Blick sogar das Meer größer vor als die Erde. Wahrscheinlich, weil es so glatt war und man kein Ende absah. Ein Schiff auf dem Meer war ein Nichts. Deswegen gibt es so viele Schiffbrüche. Das Meer ist unendlich.

In Vigo kauften wir die Überfahrt. Da wir Vierter Klasse fuhren, kam sie uns auf weniger als achtzig Duros. Wieviel spanische Peseten das waren, weiß ich nicht mehr. Wechselkurse vergißt man. Rechnen ist was für kluge Köpfe. Da kamen auch schon die Anreißer und sagten dem blöden Galicier, er könnte ihm die Überfahrt ohne Steuern besorgen. Sie beschwindelten einen nur, denn es gab keine Steuer auf die Fahrkarte. Wenn einer Dritter Klasse fuhr, klar, dann mußte er mehr bezahlen, aber dafür hatte er eine bessere Kajüte, besseres Essen und bessere Behandlung. Aber ein galicischer Auswanderer war in der Dritten Klasse ein Luxus, in der Zweiten eine Rarität, und Erster Klasse reisten nur die Indienfahrer auf dem Heimweg. Die waren stinkfein. Kamen daher wie ein Klempnerladen: Gold an den Handgelenken, Uhrenketten und Ringe mit Edelsteinen. Im allgemeinen reiste der Indienfahrer nur mit erstklassigen Schiffen. Wie hätten die so eine lausige Schaluppe genommen.

Benigno wollte hoch hinaus, den hatten sie zu Hause verzogen. Mühe wollte der keine auf sich nehmen, immer nur vorneweg gehen. »Stell dich doch da nicht an, komm heraus aus dem Trubel, Manuel, wir reden mit dem Kapitän!« Und die Deutschen, die nicht einmal ihrer eigenen Mutter glaubten! Die sahen geringschätzig auf einen herunter. Und sprachen kein Wort Galicisch.

– Komm, Manuel, wir sprechen mit dem Kapitän. Wir sagen ihm, wir hätten gerade erst gedient, dann bekommen wir eine bessere Kost.

– Du mit deinem Kapitän! Komm die Treppe herauf, und fertig.

Wir sollten zwei Stunden vor Abfahrt auf dem Schiff sein. Also mußte ich ihn antreiben. Wenn er mit dem Kapitän sprach, war es nur schlimmer, vielleicht schöpften sie Verdacht. Wir konnten ja Verbrecher sein oder uns auf verbotenes Gelände begeben wollen. Und so gingen wir an Bord der *Lerland*, die unter deutscher Flagge fuhr.

Das Schiff war mit Menschen so vollgestopft wie die Bahnstation. Ich hatte den Eindruck, daß sich ganz Galicien

entvölkerte. Benito wollte unbedingt, wir sollten irgendwas tun, damit wir nicht in die Vierte Klasse hinunterkämen: Kartoffeln schälen, die Küche putzen, das Deck schrubben. Ich wollte nur eins: schlafen. Ich verbrachte die dreizehn Tage Überfahrt wie ein Strolch. Ich war komplett seekrank. Wie es dem Neuling so geht.
Benito ging hin und arbeitete als Freiwilliger, aber es nützte ihm nichts. Hie und da brachte er etwas kaltes Essen mit, mehr sprang nicht heraus. Die Kost war miserabel. Fast immer bekamen wir Linsen oder Bauchspeck mit Brot. Aber in der Not frißt der Teufel Fliegen. Der Wein ging extra, man mußte ihn kaufen, ungemischten Wein aus Ribeiro.
Seekrank, wie ich war, und mit dem Wein im Kopf, war das Schiff für mich ein Fest, trotz den fürchterlichen Schlafsälen, dem Ungeziefer und dem Lärm der Maschinen. Die Schlafsäle waren das reinste Feldlager, alle kamen da zusammen, um ihre Ration zu essen, die um eins und abends um acht ausgegeben wurde. Nie werde ich die Señora vergessen, eine ältere Frau, auch wenn ich nicht mehr sagen kann, wie sie hieß, die behauptete, das Essen würde mit Pferdeschmalz gekocht. Ich hätte am liebsten gekotzt, aber auf hoher See nimmt der Hunger zu, durch die frische Luft an Deck und den Salpeter. Dank Benigno besserten wir die Kost mit Schwarzbrot, gebratenen Zwiebeln, dem einen oder anderen Stück Fleisch auf. Die Nächte waren unterhaltsamer als der Tag. Tagsüber konnte man nichts tun als an Deck stehen und das Meer anschauen und sehen, wie schön es ist, wenn die Wellen über den Bug schlagen. Die Möwen, die Delphine, alles das, was sie in den Romanen schreiben, stimmt. Die Vögel und die Fische rings um unser Schiff waren reizend anzusehen. Manchmal kamen sie in Schwärmen und blieben uns auf der Spur. Wenn es Abend wurde, verschwanden sie mit der Sonne am Horizont. Um diese Zeit überkam einen die größte Sehnsucht nach der Heimat, nach den Großeltern, nach den Mädchen. Aber nach sechs vergaß man das alles. Ich trank meinen Tee gegen die Seekrankheit oder steckte

mir den Mittelfinger in den Mund und übergab mich. Sonst hätte ich weder singen können noch zusehen, wie die Leute tanzten, ich war dann wie ein wandelnder Leichnam. Denn mich macht das Schiff vollkommen fertig. Es ist ein Ziehen von vorn nach hinten, daß einem angst und bange wird.
Die Unterhaltungen unter dem Vordach am Heck waren schon sehr lustig. Jedermann erfand sich seine Geschichte, wie es ihm in den Kram paßte. Benigno redete in einem fort von seiner Braut und von dem Wohlstand seiner Familie. Ich fand, daß er sich lächerlich machte, wo er doch Vierter Klasse reiste, als Putzer diente und nach Havanna fuhr. Solche Leute gibt es aber mehr als genug auf der Welt.
Wenn man ein Stück den Gang zur Dritten Klasse hinuntergìng, konnte man sehen, wie die Leute dort Lotterie, Monte und *siete y media* spielten. Alles um Geld, versteht sich. Man hörte auch die Musik von Trommeln und Tamburinen; sie spielten *airiños,* wie man dort sagt, *muñeiras* und galicische *jotas.* Das Schiff war der reinste schwimmende Jahrmarkt für den, der nicht seekrank war. Ein Mordsbetrieb, mit elektrischem Licht und allem. Die Schiffsbesatzung machte keine Ausnahme, obwohl sie nicht sangen und auch nicht tanzten. Die von der Ersten Klasse bekam man nicht zu Gesicht, es gab nach oben keinen Zugang. Die waren in Tuch gekleidet, na ja, nicht wie unsereiner in Flanellhemden, grauen Kordhosen und Holzpantinen. Ich hatte meine Holzschuhe im Koffer, für alle Fälle. Obwohl Pantinen für kaltes Klima und Regenwetter sind. Das Holz läßt das Wasser nicht durch wie die Alpargatas oder die Gummisohlen an gewöhnlichen Schuhen.
Ich sagte, tagsüber sei es traurig gewesen, weil man fast nichts tun konnte. Benigno und ich hatten uns im Hafen ein paar Schnüre und Angelhaken gekauft, und nun baten wir um Erlaubnis, sie auf See auswerfen zu dürfen. Der Chef vom Zwischendeck sagte, wir sollten es nur tun, aber wir wären Narren. Wer konnte auch angeln bei diesen hohen Wellen und den Schiffsmaschinen, die den Dampfer im

Maultiertrab zogen. Wenn man auf Deck ging und nicht aufpaßte, schlug eine Welle über einem zusammen, oder man erstarrte zu Eis in der feuchten Morgenkälte. Also blieb nichts als erzählen, schlafen oder von weitem den Spielern zusehen. Ein Auswanderer wie ich, der fast nackt ging, hätte in dieser Lotterie nicht eine Münze riskiert. Ich will auch nicht verhehlen, daß ich mich in diesen Spielen nicht auskannte. Wenn ich die Karten vor mir hatte, stand ich da wie der Ochs vorm Berg. Eines schönen Nachmittags sahen die Señora und ich Benigno mit einem Paar guter Schuhe aus echtem Leder daherkommen.

– Woher hast du die, sag?

– Ich hab sie mir mit meiner Arbeit verdient.

Die Señora sah mich an, als ob sie den Worten meines Freundes nicht traute. Es nützte alles nichts. Er war wirklich dümmer als lang, denn er hatte ein Paar Schuhe gestohlen und lief offen in ihnen herum. Das nennt man eine Eselei in jeder Sprache. Nach ein paar Stunden kam die Bordpolizei, ihn abholen. Sie verabreichten ihm zwei Maulschellen, daß es durch die ganze Vierte Klasse hallte. Dann schleppten sie ihn weg. Man hörte immer nur: »Meine Schuhe, Saukerl, meine Schuhe!« Es gehörte schon Mumm dazu, in die Zweite Klasse hinaufzugehen und ein Paar Schuhe zu stehlen. Ich hätte das nie von Benigno gedacht, nie! Aber die Geschichte war nicht zu Ende. Ein paar Minuten später flüsterte mir die Señora ins Ohr:

– Du, da rufen sie deinen Namen.

Ich hatte es schon gehört, klar, ich bin ja nicht taub, und mich durchlief es von Kopf bis Fuß. Der Magen hüpfte mir wie ein Ball.

– Meinen Namen? Ich heiße Manuel José, und sie haben nur Manuel gesagt.

– Schön, ich glaube aber doch, daß sie dich meinen, du warst doch mit dem so dick befreundet.

Da riefen sie wieder:

– Manuel Ruiz!

– Hier bin ich, Señor, womit kann ich dienen?
– Kommen Sie mit, los.
Sie fragten mich aus, sie durchsuchten meinen Koffer, sie schüttelten meine Kleider aus, mein Haar, alles. Die größte Demütigung meines Lebens. Ein armer Kerl wie ich, aus dem Stamm eines Mannes, der so lauter war wie mein Großvater, mußte sich vernichtet fühlen. Zum erstenmal erinnerte ich mich an den heiligen Rochus und betete zu ihm. Ich hörte, wie Benigno in dem Büro für Diebstähle sagte: »Er hat keine Schuld, ich schwöre es, Señor, er hat keine Schuld.« Kurz und gut, der arme Benigno wollte hoch hinaus, er hielt sich für einen Sultan in Alpargatas. Das war sein ganzer Fehler.
Als sie mich laufen ließen, ging ich in den Schlafsaal hinunter, und die Señora streichelte mich und schenkte mir Schokolade. Ich schämte mich zu Tode. Mit der Seekrankheit im Magen, den Kopfschmerzen und dem Diebstahl glaubte ich nicht mehr, daß ich je nach Havanna kommen würde.
Derselbe Mensch, der mich in das Büro für Diebstahl gebracht hatte, nützte am nächsten Tag meine mißliche Lage aus. Anscheinend kam ich ihnen ein bißchen sonderbar vor, und da ich immer mit Benigno zusammengesteckt hatte . . . Tatsache ist, daß sie mich anstellten, Taue und Seile aufzurollen, und als ich in Havanna ankam, waren meine Hände aufgerissen und blutig. Noch heute scheiße ich auf die Mutter von diesem Schuft. Benigno wurde hart bestraft, und als wir anlegten, sah ich, daß sie ihn abführten. Ich hätte ihm gern etwas zugerufen, denn der Mann war fix und fertig, und so, mit einem großen Schandfleck, kam er in ein unbekanntes Land. Ich habe ihn nie wieder gesehen, nie wieder.
Besagte Señora fing an, sich meiner anzunehmen. Sie gab mir von ihrem Essen, kaufte mir Kuchen zum Vesper . . . Schön, ich schlief und rührte mich nicht. Es war schon zuviel, was die Señora mit mir hatte. Bis ich eines Nachts zu ihr hinging und anfing, sie zu berühren und ihren Mantel aufzuknöpfen.

Sie ließ es geschehen, und wir schmusten die ganze Nacht auf den Gängen, während in der Zweiten Klasse die Tamburine spielten und die Leute sich betranken. Als wir im Hafen ankamen, versprach mir die Señora das Blaue vom Himmel. Ihr Vater war Besitzer eines Kohlengeschäfts und sie Witwe eines Cubaners, der im Stadtzentrum einen Laden gehabt hatte. Wir waren jede Nacht zusammen. Sie war heißer als ein Backofen. Aber ihr Fleisch war schon schlaff, nicht wie bei Casimira, die eine Haut hatte, glatt wie ein Pfirsich.

Eines Abends, als wir schon nahe an einem Hafen der Canarischen Inseln waren, kommt einer zu mir und sagt, jetzt gleich würden alle jungen Leute im wehrdienstpflichtigen Alter herausgeholt, in eine Jolle gesetzt und nach Marokko gebracht. Ich erschrak nicht schlecht, denn Marokko war die letzte Karte im Spiel, aber ich sagte:
– Bei mir kommst du nicht an, ich bin erst sechzehn, also minderjährig, und außerdem habe ich meine Papiere.
Er ging weiter hausieren mit seinem Witz, der schon nicht mehr zum Lachen war, und wenn auch nicht mich, so verängstigte er doch die Einundzwanzig- bis Vierundzwanzigjährigen. Ich meine, daß es diesem Andalusier noch ans Leder gegangen ist, denn solche Scherze auf hoher See sind gemein, noch dazu, wo jedermann bei dem bloßen Namen Marokko Gänsehaut bekam. Irgendwer wird ihm sein Fett gegeben haben. Am liebsten hätte ich es selbst getan. Aber als ich es der Señora erzählte, meinte sie, ich sollte mich besser um keinen Menschen kümmern. Und von da an habe ich mit niemand mehr gesprochen. Ich gab mich nur noch mit ihr ab. Wir knutschten jede Nacht . . . Alles in allem, sage ich mir, bin ich ein Glückspilz: Sogar im Gewitter hatte ich mein Vergnügen.
Nachts war das Meer fürchterlich. Durch die Finsternis war nichts zu sehen, und doch stellten sich die Leute an den Bug, weil sie meinten, sie würden die Küste oder sonstwas entdecken. Auch wenn ihnen noch so oft gesagt wurde, wir

kämen noch nicht an, es würde noch drei, vier Tage dauern, sahen sie verzweifelt nach Land aus. Verständlicherweise, denn für uns Auswanderer samt und sonders war die Zukunft eine offene Frage, und die *Lerland* war ein Schiff voller Abenteurer.
Eines Morgens impften mich die Schiffsärzte. An derselben Stelle musterten sie alle Tage die Fahrgäste, um zu sehen, ob blinde Passagiere oder Kranke darunter waren. Schon bei der Abfahrt hatten sie uns alle untersucht, aber diese Impfung war gegen die Tropenfieber. Mit der Seekrankheit, dem Getue der Señora und dem Impffieber lief ich für den Rest der Reise wie im Halbschlaf herum. Als es hieß, Cuba sei in Sicht, konnte ich es nicht glauben, ich meinte zu träumen. Ich hatte kaum die Kraft, vom Bett aufzustehen. Das erste, was ich sah, und ganz aus der Nähe, war das Gesicht der Señora. Sie war um die sechzig. Durch das Fieber schwitzte ich wie ein Braten. Vor allem, weil mein Flanellhemd zu dick war. Die Señora hängte sich wie eine Klette an mich, bis ich ihr sagte, sie sollte mich allein lassen. Ich weiß nicht, ob sie danach einen Zorn auf mich hatte, jedenfalls sah ich sie den ganzen Tag nicht mehr. Ich nahm ein paar Tabletten gegen das Fieber, einen Schluck warmer Kuhmilch und ging an Deck, um zu sehen, wie sich Havanna vom Dampfschiff aus ausnahm. Das Deck war der reinste Ameisenhaufen. Jeder wollte ans Geländer, um die Hafeneinfahrt zu sehen, den Leuchtturm vom Morro, der mir wie die Rute eines Deckhengstes vorkam, und die Gebäude am Malecón und die Alleen.
Und da, im schönsten Augenblick, wir waren fast schon angekommen, kam es zu einer fürchterlichen Katastrophe. Das Meer, das so ruhig gewesen war wie ein Teller, geriet in Bewegung. Es begann mit kleinen Wellen rings um das Deck, dann kam eine frische Brise und Donner. Das Meer wurde schwarz. Und die Wellen nahmen den Passagieren jede Sicht. Das Gewitter kam auf einen Schlag. Ein Sturmwind warf das Schiff wie eine Puppe herum, die Frauen

kreischten hysterisch, und die Besatzung gab Befehl, alle sollten unverzüglich das Deck verlassen. Die meisten gingen in die Kajüten und in die Gänge. Zurück blieben, dicht gedrängt, die Jüngsten und Neugierigsten, ich unter ihnen. Nie hatte ich so etwas gesehen. Ich fand es lustig und war zugleich entsetzt. Der Sturm war eine von diesen zyklonartigen Windhosen, wie sie für die tropischen Meere typisch sind. Und er brach aus, als schon die Schatten der Gebäude zu sehen waren. Es war, wie wenn die eigene Ankunft ein Gewitter ankündigte. Das Schiff sah aus, als wollte es leewärts sinken.

Aber ein Schiff wie die *Lerland* ging nicht so leicht unter. Durch die Regengüsse hindurch sahen wir die ersten Anzeichen der Stadt. Da waren mehr Bäume als in Vigo und mehr Kutschen und Automobile fuhren herum. Gegen halb sieben abends kamen wir an. Als wir an einer der größten Molen der Bucht, der Machina, anlegten, steckte uns der Schrecken über den Hurrikan noch in den Knochen. Ich kam völlig durchnäßt an; das Fieber war noch nicht abgeflaut, aber ich ließ mir vom Anblick der Stadt nichts entgehen. Die Leute schrien: »Viva La Habana! Viva Cuba!« Ich habe selber mitgeschrien, und nicht schlecht.

Eine Ankunft sollte immer ein Grund zur Freude sein. Die Abschiede sind traurig genug. Aber meine Ankunft in Cuba war schlimmer als jeder Abschied. Einmal, weil es wie aus Kübeln goß und weil es Nacht geworden war. Regen habe ich nie gemocht, und Nächte waren zum Feiern da und nicht, damit einem passierte, was mir passiert ist. Also, ich stehe da und muß immerzu einen Typ anschauen, der zottelig und zerzaust am Ende der Schlange aus dem Schiff kommt. Er sah aus wie ein ungeschorenes Schaf. Auch er sah mich an, anscheinend mit einer gewissen Neugier. Schließlich machte er mir Zeichen, die ich nicht verstand. Ich tat, als hätte ich nichts gemerkt, denn ich bin ein Pechvogel, und ich sagte mir: »Wer weiß, ob der dir nicht die Ankunft

verdirbt.« Aber so unansehnlich und zerlumpt, wie er da stand, tat er mir leid, und weil ich seine Zeichen nicht verstand, fragte ich ihn:
– Was ist los mit dir?
– Ich bin betrogen worden. Und ich brauche deine Hilfe.
Ich mußte aus meinem Herzen einen Stein machen, um ihm zu sagen, daß ich ihm kein Geld anbieten konnte. Ich war selber knapp bei Kasse. Er gab mir zur Antwort:
– Um Geld geht es nicht. Die Sache ist ernster. Ich bin betrogen worden.
Unterdessen rückte die Schlange vor, und unter dem Regen, der schon ein Wolkenbruch war, kontrollierten die Inspektoren die Papiere. Unten riefen die Leute, Freunde, Verwandte, Geschäftspartner, die Namen der Zuletztgekommenen. Aber was ging das mich an, wo mich niemand erwartete? Deshalb hörte ich mir die Geschichte des Jungen an, der zwei oder drei Jahre älter war als ich.
– Ich heiße José Gundín – das alles, versteht sich, in reinem Galicisch.
– Ich bin betrogen worden, das ist mit mir los.
Auf der Mole riefen die Inspektoren Namen auf, und die Reihe rückte über die Treppe nach unten vor. Aber die Geschichte von Gundín war so dramatisch, daß ich mir kein Wort entgehen ließ, so baff war ich.
Es war so: Kurz nach der Ankunft in Vigo kam ein Gauner namens Brea auf ihn zu, Pepe Brea hieß er, und versprach ihm, die Reise sollte ihn billiger kommen als die anderen. Der Brea war einer von den Anreißern, versteht sich. Billiger bekam er sie allerdings, aber das sollte ihm viel Kopfzerbrechen bereiten. Ganz schön hineingeritten haben sie ihn, den armen Teufel.
– Gib mir sechzig Pesos, und Schluß.
Aber anstatt daß er wie alle anderen an Bord ging, wurde er um elf Uhr nachts mit Stricken an Bord gehievt, wie ein Paket. Alles im Einverständnis mit dem Schiffs-Nachtwäch-

ter, der zu dieser Stunde am Bug Wache stand. Der Nachtwächter wird wohl auch seinen Teil bekommen haben, eine Hand wäscht die andere. Kurz und gut, er kam als blinder Passagier an. Bezahlt haben und blinder Passagier sein, das war der Gipfel. Die Agentur bekam das Geld nicht zu sehen, auch sonst niemand, nur der Brea und der Nachtwächter, die dieses Geschäft gut eingefädelt hatten. Gundín kam ohne irgendein Dokument auf dem Schiff an, ohne Paß oder Visum noch sonstwas. Das einzige, was er zu seinem Vorteil bei sich hatte, war das, was mir fehlte: ein gutes Empfehlungsschreiben an eine Familie im Vedado. Die Reisetage mußte er in einem Versteck zubringen, damit ihn die Besatzung nicht sah. Der Nachtwächter steckte ihn in eine Kammer voll Zwiebeln und deckte ihn vollständig zu. Am nächsten Tag brachte er ihm Regenwasser und Knorpel. Und einen Nachttopf, damit er seine Notdurft verrichten konnte. Haar und Bart wuchsen ihm, und er wurde dünn wie eine Flunder. Wer kann von Knorpeln und Wasser leben! Ich habe ihn auf der ganzen Überfahrt nicht gesehen, bis zu dem Augenblick, wo wir an Land gingen und er mir sagte:

– Ich bitte dich als Landsmann. Du brauchst nur sagen, daß du gesehen hast, wie einer mir den Paß und die Dokumente gestohlen hat.

Da er mich so verzweifelt darum bat, sagte ich es zu. Alles in allem war er ein Opfer der Anreißer und ein guter Mensch.

Der Nachtwächter hatte gesagt, er würde keine Probleme haben, wenn er sagen würde, er hätte das Schiff nur besichtigen wollen, und dazu sollte er auf dem Laufsteg stehenbleiben und so tun, als sei er verwundert, ein so großes Schiff zu sehen, wie die *Lerland* eins war. Der Galicier mag naiv sein, aber so blöd ist er doch nicht. Welcher Kapitän würde ihm das abnehmen, wenn er vor ihm stand mit der Hautfarbe und dem Haar eines echten galicischen Eingeborenen? Und da verfiel er auf den Gedanken,

mich anzusprechen und mich um das zu bitten, worum er mich gebeten hatte. Ich sagte:
– Komm mit, wir werden schon sehen.
Tatsächlich sagte der Kapitän, als er ihn sah:
– Du wolltest wohl Scherereien haben, was?
Und mich fragte er, was ich dabei vorstellte. Ich sagte ihm das, was ich mit Gundín ausgemacht hatte, und er gab zur Antwort:
– Kommst du mir mit demselben Märchen?
Aber als er sah, daß meine Papiere in Ordnung waren, sagte er nur noch:
– Also ein Menschenfreund an Bord, wie?
Sie führten uns beide als Gefangene ab, ihn als blinden Passagier und mich als Hehler. Er ging in Handschellen, aber ich nicht, mich nahmen sie nur am Arm, sonst nichts. Der Inspektor, der uns wegbrachte, sagte nur immerzu: »Jetzt aber heim mit euch ins Vaterland, ihr Strolche.« Mir standen die Haare zu Berge. Zu denken, daß ich in Havanna ankam und gleich in eine Gerichtssache verwickelt wurde, wo ich doch keinerlei Schuld hatte. »Wenn es nur die Großeltern nicht erfahren«, dachte ich mir auf der ganzen Fahrt.
Sie brachten uns auf eine Schaluppe, und in Tiscornia legten wir an. Eine Flasche Anislikör, die Gundín für die Familie im Vedado mitgebracht hatte, nahm dieser Scheißkerl von Inspektor ihm ab, während wir durch die Bucht von Havanna kreuzten. Dann machte er meinen Koffer auf, aber weil ich nichts Eßbares drin hatte, ließ er mich als unverbesserlich stehen. Die Schaluppe hatte kein Verdeck, es regnete zwar weniger, aber mein Fieber stieg. Das Fieber und das Kopfweh, denn zu allem Übel hatte ich wegen der Seekrankheit und allem übrigen keinen Stuhlgang. Endlich kamen wir an einen Weg und gingen zu Fuß einen Abhang hinauf. Da lag die Tiscornia.
– Herr des Himmels, das ist ja ein Gefängnis, sagte José.

– Und wohin hast du geglaubt, gehen wir? Auf ein Volksfest vielleicht?
Mit Stößen trieben sie uns an diesen Ort, der für jemand, der spazierengehen oder Angehörige besuchen wollte, recht hübsch war, mit Parkanlagen, Baumgruppen, frisch gestrichenen Bänken und Blumenbeeten. Aber für einen selbst war es die Hölle. Sofort steckten sie uns zusammen in eine winzige Zelle, die finster war wie ein Wolfsrachen und nur eine Bettstelle hatte. Da schliefen wir diese Nacht, wenn man das schlafen nennen konnte. Gegen sechs, mit dem ersten schwachen Lichtschein, der durch das Loch in der Wand hereinfiel, wurden Gundín und ich gerufen. Ein Herr mit Schnurrbart, ein Cubaner, schmiß uns ein Handtuch hin, als ob wir nur einer gewesen wären, und sagte uns, wir sollten uns duschen unter einem Wasserstrahl, der weder eine Dusche noch sonstwas vorstellte. Das Wasser brannte mich wie Feuer, durch das Fieber und mein schlechtes Befinden stachen mich die Tropfen in die Haut. José schoren sie Haar und Bart. Da rannten die Läuse.
Mir, der ich an mein Haus gewöhnt war, schmeckte das nach Unglück. Wanzen, Flöhe, Schaben, von allem gab es in diesem Loch. Ich glaube, wir waren ungefähr drei Tage eingesperrt, als ein Offizier kam und mich aufforderte herauszukommen. Ich erzählte ihm die Geschichte, wie sie war. Und er brachte mich in einen Seitenflügel, in dem sämtliche Nationalitäten vertreten waren: Chinesen, Spanier, Polen, was weiß ich! Es war das reinste Sprachengewimmel. Die Frauen waren getrennt untergebracht, um Ansteckungen und Geschlechtsverkehr zu verhindern. Ich wurde mit Chinin und Guareana-Saft kuriert. Schon nach wenigen Tagen spazierte ich durch die Gärten, ging herum und sprach mit jedermann. Ich sage, Kichererbsen mit Reis mögen ein Schlangenfraß sein, aber mich hat das auf die Beine gebracht. Das gab es dort am häufigsten. Obwohl sie manchmal auch Fleischbrühe und Bataten ausgaben, aber die, nebenbei bemerkt, habe ich nie gern gesehen.

Als ich durch Tiscornia ging, merkte ich erst, daß alles mit Stacheldraht eingezäunt war. Es war wie ein Gefängnis für den Einwanderer, der keine Empfehlung mitbrachte oder krank ankam. Hier verbrachten sie die Quarantäne; manche einen Tag oder nur ein paar Stunden, je nachdem, wieviel Geld oder Einfluß sie hatten, die anderen, wie ich und José, dreißig Tage. Tiscornia war voll von Polizisten. Um acht Uhr abends schickten sie die Leute mit ein paar langen Pfiffen schlafen. Dann donnerte der Neun-Uhr-Kanonenschuß, und jeder machte in seinem Bett Jagd auf Wanzen und Schaben. Noch heute treffe ich Leute, die behaupten, Tiscornia sei ein Spaziergang. Für mich war es ein Alptraum.

Die Ärzte ließen einen die Zunge herausstrecken. Die besahen sie sich, sonst nichts. Wenn man Geld hatte, ab, auf die Straße. Wenn nicht, wartete man auf gut Glück. Alles war Geschäft. Als ich hier herauskam, erfuhr ich, daß ein gewisser Carlos Cabrera dadurch reich wurde, daß er Chinesen Gesundheitszeugnisse ausstellte, damit sie für ein paar Pesos ins Land einreisen durften. Sie konnten verrottete Lungen haben – wenn sie Geld springen ließen, ab, auf die Straße. So lief das Geschäft in Tiscornia. Was ich dort gesehen habe, wäre für eine Geschichte der Gaunerei geeignet. Die Angestellten lebten gut, in guten Holzhäusern und mit gutem Essen, aber der Einwanderer mußte viel Not leiden. Weil ich meine Notdurft in diesem finsteren Loch verrichtet hatte und man sie auf ebener Erde verrichten mußte, kam mir ein Parasit in die Därme, der *Nertore americano* heißt. Er nistete sich in meiner Leber ein und richtete mich so zu, daß ich nur noch auf Zehenspitzen gehen konnte. Ein paar Monate, nachdem ich aus diesem Gefängnis heraus war, bin ich an diesem Scheißparasiten beinah gestorben.

Ich dachte schon, ich käme nie mehr heraus. Alle Tage gingen Leute weg in die Stadt. Angehörige oder Freunde kamen und holten sie ab. Zu mir und Gundín sagten sie

nichts. Zu ihm schon gar nicht. Sie hielten ihn zwar nicht mehr in dem finsteren Loch, aber das änderte an seinem Fall nichts, denn sie wollten ihn nach Vigo zurückschicken.
Eines Nachmittags saßen wir auf einer dieser grün gestrichenen Bänke und sonnten uns, da kam ein großes Automobil Marke Chandler an und parkte vor dem Südeingang. Da seh ich José hinrennen wie einen Hasen. Er fängt an, mit dem Chauffeur zu sprechen, der dem Aussehen nach ein anständiger Mensch war. Kurz darauf winkt er mir und sagt:
– Ich stelle dir meinen Freund vor, er heißt Benito.
Durch den Stacheldrahtzaun gab er mir die Hand. Und sagte uns, wir sollten ganz ruhig sein, er sei befreundet mit Constantino Veloz.
– Wer ist der? fragte ich Gundín.
– Das ist der Mann, der uns hier herausholen wird, er ist Chauffeur bei der Señora de Conill, und Benito kennt ihn gut. Manuel, wir haben das große Los gezogen!
Ich dachte, das wäre wieder nur ein Märchen von José. Aber nein, zwei oder drei Tage später kam Constantino in einem großen Auto an, einem mit Segeltuchdach. José sagte zu ihm:
– Da siehst du, wie es mir gegangen ist, dagegen konnte auch der da nichts machen. Die sechzig Pesos, die mir deine Mutter geliehen hat, habe ich gezahlt und bin betrogen worden. Das war einer von diesen Anreißern in Salanova. Für dich habe ich eine Flasche Anislikör mitgebracht, und sie haben sie mir weggenommen. Nichts als Kalamitäten, Constantino. Und Manuel ist mit mir durch dick und dünn gegangen, den muß man auch hier herausholen, denn er hat zwar Papiere, aber keine Empfehlung.
Durch den Einfluß, den die Señora de Conill hatte, holten sie uns am Ende heraus. Sie war sogar mit dem Präsidenten befreundet, wie ich später erfuhr.
– Ungebürstete Schafböcke, ihr! rief Veloz uns zu.
Und so fuhren wir von dort weg in dem großen Automobil mit den auf Hochglanz polierten Hupen, das den Abhang

hinunterfuhr wie auf Luft. Da habe ich zum erstenmal lachen müssen, als ich eine Kutsche den Berg heraufkommen sah mit einem schwarzen Kutscher, und dahinter saßen zwei weiße Damen. El Castillo de la Fuerza, La Cabaña, El Morro, das war das erste, was ich von der Stadt gesehen habe.

– Jetzt geht bloß nicht hin und eßt die Bananen mit der Schale, sagte Constantino.

Mir kam alles vor wie ein Traum. Gundín, das weiß ich noch, schlief während der Fahrt ein. Derselbe Mann, der mich wegen böser Machenschaften da hineingebracht hatte, holte mich auch wieder heraus. So ist das Leben. Deshalb sage ich immer, man muß alles nehmen, wie es kommt.

DIE INSEL

Pasan n' aquesta vida
cousiñas tan extrañas . . .
Rosalía de Castro

Die Hitze drang mir in die Poren. Ich schwitzte wie ein Vieh, bis ich mir ein Hemd aus Baumwolle besorgte. Havanna feierte in diesen Tagen, weil die heilige Jungfrau vom Kupfer als Schutzpatronin der Insel genehmigt worden war. Kleine Medaillen und Bildchen wurden verkauft, auf denen die Jungfrau und das Boot abgebildet waren samt dem Neger und zwei anderen, die nach menschlichem Ermessen ertrunken wären, wenn sie nicht gekommen wäre und sie aus hoher See errettet hätte.

Der Anblick von Havanna kam mir ganz natürlich vor. Ich war schon in Vigo gewesen, das ja auch groß und sehr belebt war. Aber in Havanna war mehr Betrieb und es war lustiger. Gundín, das muß man sagen, hat sich sehr anständig gegen mich benommen. Er schrieb mich in den Wohltätigkeitsverein ein und forderte mich auf, ihn im Haus der Señora de Conill zu besuchen, ein paar Stockwerke über einer Garage in der Trece y Paseo. Er besorgte in diesem Haus alles mögliche, obwohl er eigentlich als Gärtner angestellt war. Er machte das Mädchen für alles. Sein Schiff fuhr glücklich mit vollen Segeln, wer nicht wußte, wohin, war ich. Am Tag unserer Abfahrt aus Tiscornia hatte ich mir noch Hoffnungen gemacht, bis ich ein Gespräch zwischen Veloz und Gundín hörte, in dem Veloz sagte, bis zur Lagertür hätte er gegen mich seine Schuldigkeit getan. Er hätte mich da herausgeholt, schön und gut, aber mich auch noch unterbringen, nein. Da kam ich ihm zuvor:

– Hör zu, laß mich hier aussteigen. Du hast deine Schuldigkeit getan.

Das war am Eingang zur Bucht, an der Mole Machina. Bis

dahin waren wir in dem Ford Kabriolett gekommen. Gundín gab mir seine Adresse, und nach ein paar Monaten besuchte ich ihn, denn mir stand das Wasser am Hals, das will ich nicht leugnen. Bei dieser Gelegenheit gab er mir drei Bons des Wohltätigkeitsvereins und ein paar Pesos. Fünf oder sechs, glaube ich.

Aber noch einmal zurück: An diesem ersten Tag wußte ich nicht, wohin. Ich kannte keinen Menschen, ich wußte nicht, sollte ich links oder rechts gehen. Ein Freund meines Großvaters hatte mir gesagt, an der Plaza del Polvorín fände ich eine Señora namens Antonia Cillero, Besitzerin eines Obststandes und Galicierin. Ich hatte mir den Namen in die Schuhe geschrieben für den Fall, daß sie mir den Koffer stehlen würden, denn in Arnosa sagten sie, hier wären alle Langfinger. Sie redeten viel Zeug zusammen und fast alles war Lüge. Wenigstens die Mulattinnen, die einen einluden, Rum zu trinken, erschienen nirgends. Mulattinnen gab es viele, Kuchenverkäuferinnen, Dienstmädchen, Hausfrauen ... Aber einen einladen ... nicht mal im Traum.

Ich fing an, durch die Stadt zu laufen. Ich glaube, ich bin wenigstens sechs Stunden herumgewandert, um alles anzusehen und um zu hören, was geredet wurde. Mein Spanisch war dürftig, so sehr ich auch in meinem Dorf versucht hatte, ein paar Wörter zu lernen. Aber der Cubaner spricht sehr schnell. Das einzige, was ich verstand, war:

– Da geht ja ein *galleguibiri!*

Das riefen sie, wenn sie mich mit meinem Koffer und meinen Holzpantinen sahen. Und dann lachten sie und wollten Peseten von mir haben. Alle Männer hatten Strohhüte auf dem Kopf und gingen in Hemden mit langen Ärmeln. Sie brieten, aber es war Mode. Als ich vom Gehen müde war, kehrte ich meine Taschen um und hatte genau dreizehn Pesos, um es mit der Welt aufzunehmen. Ich kaufte mir eine Coca Cola und ein Stück Kuchen. Das Geld steckte ich in die Schuhe, und das erste Lehrgeld bezahlte ich, als ich ein Mietauto anhielt, eine von diesen alten Klapperkisten

Marke Ford, und der Chauffeur zwei Pesos verlangte, um mich an die Plaza Polvorín zu bringen, die quasi um die Ecke war. Ich wollte im Auto ankommen, damit die Señora Antonia nicht dächte, ich wäre ein Bettler. Und der Schuß ging mir nach hinten, denn die Fahrt kostete damals zwanzig Centavos. In macher Hinsicht hatten die bei mir daheim schon recht, wenn sie sagten, die Cubaner wären Gauner. Ich stieg aus und ging über den Platz. Dort suchte und suchte ich und fand keine Person dieses Namens.
– Kennen Sie zufällig Antonia Cillero?
– Ja freilich, Galicier! Die arbeitet in San Isidro. Es ist doch die, die vorn einen Einschuß und hinten einen Machetenhieb hat?
Sie machten sich über mich, den Neuling, lustig, und das war hart für einen Mann, der nicht wußte, wohin. Aber in Cuba lebt man vom Witz. Sie spotten über alles und jeden. Und was hätte ich tun sollen? Ich ging weiter und weiter, bis ich einen Mann traf, der mich rief und mir sagte:
– Ich kenne den Sohn von Antonia. Komm mit.
Wir gingen wieder auf den Platz. Der Junge war dort Verlader. Ich erklärte ihm, was ich wollte. Er erinnerte sich an den Freund meines Großvaters. Und er erzählte mir, daß seine Mutter vor drei Jahren an der Beulenpest gestorben sei. Der Junge hieß Conrado. Er schenkte mir einen Strohhut, ging mit mir auf dem Platz herum und verkündete jedermann, ich sei ein Cousin von ihm und gerade aus Spanien angekommen. Die Leute lachten, anscheinend, weil ich so verschreckt aussah. Wir tranken Guarapo, aßen Bananen, und später lud er mich ein, mit ihm hier zu Mittag zu essen. Klar, daß mir das Beefsteak und die Kresse schmeckten. Ich sagte:
– Weißt du, Conrado, ich glaube, diese Kresse geben sie bei uns in Galicien den Kühen, und selbst die lassen sie stehen.
Aber ich aß alles ratzeputz auf. Conrado hat sich mir gegenüber sehr gut benommen. Ich mußte noch einmal an

den heiligen Rochus denken und sagte zu ihm: »Wenn es stimmt, daß es dich gibt, dann danke ich dir, Scheißkerl.« Ich stellte den Koffer neben mich an den Tisch und aß zum erstenmal wieder in aller Ruhe und ohne an die Zukunft zu denken.

Es hörte nicht auf zu regnen. Aber immerhin: Ich trabte durch die Stadt, zu Fuß wie der heilige Jakob auf Pilgerfahrt, mit seiner Kürbisschale auf dem Rücken. Conrado brachte mich in der Trambahn bis in sein Haus in Buenavista. Die Trambahnen waren hübsch anzusehen und sehr beliebt. Sie gaben der Stadt etwas Fröhliches und fuhren schnell dahin auf den Gleisen, die Galicier in Cuba verlegt hatten. Auch das Geräusch, das sie machten, war hübsch, und sie waren bequem und luftig, vor allem, weil die Sitze aus Korbgeflecht waren und die Fenster Leinenvorhänge hatten, damit man sich gegen die Sonne schützen konnte. Noch heute muß in mich hineinlachen über das, was mir da passierte. Die Trambahn, in der wir fuhren, war ziemlich voll. Da kam ein Neger herein, sehr groß und von Kopf bis Fuß weiß gekleidet. Und ich sehe ihn an und kann die Augen nicht abwenden.
– Was ist? fragte mich Conrado. Hast du noch nie einen Neger gesehen?
– Doch, schon, aber einen so schwarzen nicht.
– Und warum starrst du ihn so an?
– Weil mich wundert, daß er nicht abfärbt und seine Kleider schmutzig macht.
Conrado glaubte, es wäre ein Witz, aber nein. Für mich war diese Haut wirklich eingefärbt, ich war nicht daran gewöhnt. Später hatte ich eine große Vorliebe für »Milchkaffee im großen Glas«, wie sie hier die Mulattinnen nennen.
Die Trambahn fuhr eine lange Strecke durch die Stadt. Ich glaube, an diesem einen Tag bekam ich einen ziemlich vollständigen Eindruck von den Stadtvierteln von Havanna. Klar war die Stadt größer als Vigo. Und bunter durch die

Blumen und durch die Gebäude, die blau und grün und rosa angestrichen waren.

Ah, und die Kühe, die aus den Ställen kamen! Das Komischste war, daß sie vor der Haustür gemolken wurden. An jeder beliebigen Stelle konnte man eine Kuh mit ihrem schlacksigen Kalb sehen, überall gab es einen Stall. Die Leute tranken frische Milch auf der Straße, ohne sich etwas zu denken. Kuhwarme Milch, direkt aus dem Euter. Aufgefallen ist mir auch die große Zahl von Ausrufern, die überall zu hören waren. *Tamales,* Süßigkeiten, Erdnüsse wurden auf der Straße verkauft . . . Ein ohrenbetäubendes Geschrei.

Die Zeitungsverkäufer sprangen auf die Trambahn mit *La Discusión, Diario de la Marina, El Heraldo.* Aber Zeitungen waren hier der reine Blödsinn. Die Leute erzählten sich die Neuigkeiten auf der Straße. Man ging ins Café und erfuhr alles, bis zum letzten Witz. So daß es wirklich idiotisch war, so viele Zeitungen zu kaufen. Das Leben in der Hauptstadt war teuer. Das Pfund Brot kostete einen Peso, Fett dasselbe; Fleisch gab es keines, und Kleider waren unerschwinglich, so daß Zeitungen auch nur kaufte, wer konnte.

Menocal, der damals Präsident war, stürzte das Land in die größten Schulden, die es je hatte, er wirtschaftete es in den Bankrott. Und das war ein Jammer, denn die Reichtümer lagen nur so herum. Eine Reihe Bananenstauden auf der einen Seite und auf der anderen ein Kartoffelfeld in einer Einfassung von Mangobäumen ist in diesem Land die gewöhnlichste Sache von der Welt. Es gab keinen Grund, daß der Cubaner in diesen Jahren solche Not leiden mußte.

Ich sage das, weil ich die kräftige Sonne sah, den nährenden Regen und die rote Erde und mir sagte; »Wenn es in Pontevedra auch nur ein bißchen von dieser Sonne gäbe, kein Mensch würde auswandern.« Denn das muß man zugeben, mein Land ist schon ein bißchen traurig, nicht wie Cuba. Cuba ist ein Fest.

Die Trambahn kam an, und ich und Conrado stiegen aus. Es war die Endstation. Der Regen hatte endlich ganz aufgehört,

und von der Erde stieg ein Dampf auf, daß einem angst und bange wurde. Mir klebte das Hemd an den Schultern. Und die Kordhose kam mir vor wie eine Decke. Für jemand, der neu angekommen ist, ist die Hitze in Cuba eine wahre Tortur.
Wir waren gerade ausgestiegen, da rauften zwei Frauen und brachten sich gegenseitig Schnitte bei mit den Glasscherben einer Bierflasche. Buenavista war ein schlimmes Viertel, mit viel Raufereien und Räuschen. Da also ließ ich mich nieder.
In diesem Teil der Stadt lebte man billiger. Eine Wohnung kostete sehr wenig, und das, was Conrado hatte, konnte man kaum eine Wohnung nennen. Es war ein feuchtes Loch, kaum größer als die Zelle in Tiscornia, aber mit noch mehr Wanzen. Als erstes übergoß ich das alles mit Alkohol und am meisten die Ecke, die er mir abtrat und die bisher das Zimmerklo gewesen war. Ich konnte mich da kaum ausstrecken. Ein Bett war nicht da, auch keine Pritsche oder sonstwas. Also warf ich drei Jute-Säcke auf den Boden und nahm meine Kleider als Zudecke. Am Tag darauf schenkte mir eine Ungarin, die in derselben Mietskaserne vorne hinaus wohnte, ein altes Wattefutter, und daraus machte ich mir eine richtige Decke. Bei der Hitze, den Wanzen und den Ratten konnte ich kaum ein Auge zutun. Die ganzen Monate, die ich hier lebte, waren mir vergällt. Um einschlafen zu können, sagte ich mir: »Zähl Schafe, Manuel«. Und so zählte ich Schafe, bis ich müde wurde. Ich erinnere mich, daß ich manchmal bis zum Schaf tausend kam, und dann fing ich wieder von vorne an, denn in Hunderten zu zählen ist leichter als in Tausenden. Ich habe in diesem Zimmerchen schwere Prüfungen ausgestanden. Und Conrado spielte nicht ehrlich mit mir. Aber das ist Mehl aus einem anderen Sack. Was mich betraf, das Persönliche schmerzte mich mehr, vor allem, weil die Sache mit dem Diebstahl nie aufgeklärt wurde. Die Geschichte war die, daß die Ungarin einen alten Papagei hatte, der niemand schlafen ließ. Die

ganze Nacht schrie er nach einem gewissen Nicolás und ging allen auf die Nerven. Eines Tages reichte es mir, das war alles, und ich murkste das verfluchte Vieh ab. Die Ungarin hatte mich im Verdacht, und weil sie mir etwas Gutes getan hatte, verzieh sie mir nicht. Meiner Ansicht nach hat sie einen von diesen Strolchen aus dem Viertel angestiftet, die alle eine Bande von Räubern waren, und ihm gesagt, er soll mir einen Denkzettel verpassen. Ich konnte früh immer nicht aufwachen, weil die Nächte so hundsmäßig waren. Manchmal schlief ich bis um sieben in der Frühe. Conrado nicht, der ging im Morgengrauen weg, um auf der Plaza Polvorín als Verlader zu arbeiten, auch wenn er zehn Liter Schnaps intus hatte. Aber er ließ die Tür halb offen, damit Licht hereinkam und ich aufstehen und mir eine Arbeit suchen konnte. Und ich denke mir, daß bei dieser Gelegenheit jemand hereingekommen ist und mir meine Holzpantinen gestohlen hat. Es stimmt schon, sie waren hier nicht gut zu gebrauchen, aber man konnte sie verkaufen, und das war meine Absicht gewesen. Die einzige Person außer Conrado, die wußte, daß ich ein Paar Holzpantinen hatte, war die Ungarin. Wir verkehrten zwar weiterhin miteinander, aber scheinheilig. Sie war eine mißtrauische Alte, verhutzelt wie eine Dörrpflaume. Scham kannte die nicht. Sie erzählte uns alles, was sie in ihrer Jugend in San Isidro getrieben hatte, als sie in einem Bordell angestellt war.

Die Freunde, die zu ihr kamen, und es waren viele, hatten am kleinen Finger den Nagel lang und spitzig. Es waren Männer ungefähr ihres Alters. Gegen Abend machten Conrado und diese Freunde Amargen betrunken. Wenn es Nacht wurde, war die Alte stockbesoffen, kaum daß sie noch lachen konnte. Sie warf sich nach hinten, verdrehte die Augen und schnitt die abscheulichsten Grimassen, die man sich vorstellen kann. Gebildet schienen die Kerle nicht zu sein, waren es auch nicht. Trotzdem sagten sie keine ordinären Wörter wie die Jüngeren, die dreckiger daherredeten als ein Müllkutscher. Sie tranken, machten Witze und hatten

eine Zeitlang ihr Vergnügen an ihr. Ich, der ich hier neu war, hielt den Mund, aber ich hörte und nahm auf wie ein Schwamm. Alle waren mindestens fünfzig Jahre älter als ich, bestimmt.
Dabei erschien eines Tages ein Aufseher, er hatte die Nummer zweihunderfünfundzwanzig auf dem Schild seiner Mütze. Er sagte:
– Du, Galicier, weißt du, wem das gehört?
Es waren meine Holzpantinen. Ich gab zur Antwort, es wären die meinen, ich hätte sie in La Toja gekauft. Da sagte er mir, daß sie bei dem Mann, der sie gestohlen hatte, viele Dinge beschlagnahmt hätten, und er hätte eingestanden, daß die Holzpantinen aus dem Haus von Amargen wären und einem neu angekommenen Galicier gehörten, der nach hinten hinaus schlief.
– Danke, Señor.
Der Aufseher sah die Gruppe fest an, spöttisch und verächtlich, und ging.
Amargen warf sich nach hinten, wie es ihre Art war, und lachte mit ihrem Mund voller schwarzer Zähne. Am nächsten Tag wartete ich keine Minute länger und verkaufte die Pantinen an den Barbier, der mir die Mähne schnitt. Ich kaufte ein Paar Gummischuhe, und sieben Pesos blieben noch übrig. Wenn ich dieses Geld nicht richtig einteilte, würde es zu Wasser und Salz werden. Ich wurde richtig hart. Wenn es einen knausrigen Galicier gab, dann war ich es. Meine Absicht war, das Geld so lange zu strecken, wie es nur ging. Und wenn es auch das reinste Wunder Jesu war, es reichte, bis ich Arbeit fand. Conrado brachte Guyavanpaste und gelben Käse mit. Guayaven widerstanden mir, und der Käse war aus Kartoffeln statt aus Milch. Trotzdem hielt einen das auf den Beinen. Die Sache war nur, kein Geld zu verschleudern. Und irgendwas im Magen zu haben. Mein Magen ist dankbar. Er verkraftet Steine wie Leckerbissen. Ich habe ihn gut abgerichtet. Die Ungarin brachte mir manchmal einen Teller Essen, aber ich stand schon immer

gern auf den eigenen Beinen. Ich kochte mir selber, damit ich von niemandem abhängig war. Darin bin ich sehr spanisch. Ich habe festgestellt, daß der Cubaner sein Zeug zum Fenster hinauswirft. Er ist geselliger. Ich war immer am liebsten unabhängig von anderen. Also kaufte ich mir einen Spirituskocher, und darauf kochte ich Kartoffeln und Speck. Einen Tag aß ich Kartoffeln, den anderen Speck und Salz. Brot war knapp, also konnte ich es mir nicht leicht beschaffen. Heute verstehe ich nicht mehr, wie ich diese Kost so lange ausgehalten habe. Eines Tages nahm mich Conrado in ein Wirtshaus mit, La Brisa de Paula hieß es und lag in der Oficios 92. Ich habe mir die Nummer gemerkt, weil zweiundneunzig meine Paßnummer war. Dort aß ich eine galicische Fleischsuppe, ein Götteressen.
Ave Maria Purissima! Zu schwitzen fing ich an von der Fleischbrühe, und ich spürte eine Kraft in mir, daß ich mir drei Säcke Reis auf den Buckel hätte laden können wie nichts.

Die erste Arbeit, die ich bekam, bestand darin, Säcke von einem Karren abzuladen, der von den Molen zu einem Großhandelsgeschäft fuhr, dessen Besitzer ein Galicier namens Fernández war. Reissäcke, Kartoffelsäcke, Salzsäkke, Baumwollsäcke, Butterkanister: All das trug ich vom Karren ins Lager, ohne Laderinne, ohne Schulterschutz, auf der bloßen Haut. Und im Magen viel Limonade mit Speck und Zwieback, wenn überhaupt. Das Leben in Havanna war hart, aber ich hatte den Sprung getan und mußte ans Ende kommen. Wer hätte auch zurück gekonnt unter solchen Umständen und bei den hohen Reisekosten? Gewünscht habe ich es mir manches Mal, die *Lerland* oder die *Alfonso XII* zu besteigen. Ich sah sie an der Mole ankommen und nach Pontevedra abfahren und sagte mir: »Was tu ich hier ohne Familie, ohne Frau, ohne irgendwas?« Aber Cuba hielt mich fest, obwohl ich beinahe verhungerte. Irgend etwas hielt mich aufrecht. Ich glaube, es war die Zukunft. Die

Zukunft hält die Menschen aufrecht. Wenn es keine Zukunft gäbe, wäre die Gegenwart eine Sauerei. So habe ich immer gedacht.
Die Säcke wogen ziemlich schwer. So schwer, daß diese Arbeit die härteste Plackerei war und niemand sie wollte. Da kamen junge Bürschlein und fingen an, sich Säcke aufzuladen, und kaum waren sie so weit, daß sich der Rücken abhärtete, liefen sie wieder fort. Viele kamen um die Zeit, wo es Trinkgelder gab, kassierten und – Adieu, Lola! – waren spurlos verschwunden. Die Zuckersäcke wogen an die dreihundertfünfundzwanzig Pfund, die Salzsäcke zweihundert und die Baumwollsäcke und die Butterkanister je zweihundertneunzig. Und das alles auf der Schulter, ohne Unterlage oder Handgelenksbandagen. Auf der bloßen Haut.
Ich habe es oft gesagt und muß es noch einmal sagen: Es war bestialisch, denn die Haut auf der Schulter verbrannte einem, und auf die offene Wunde mußtest du dir die Salzsäcke laden, die wie der Teufel brannten. Und die Baumwolle war noch schlimmer, weil sie rutschte, der Sack fiel, und dann allein die zweihundertundneunzig Pfund wieder vom Boden aufheben! Je wütender man wurde, desto schlimmer, desto öfter fielen einem die Säcke hinunter. So daß es besser war, darüber zu lachen oder *muñeiras* zu singen. Sonst verdientest du dir nicht einmal das Essen, und selbst so . . . Diese Arbeit mußte man in Alpargatas machen. Sie sind leichter, und man kann den Fuß besser bewegen, ihn gegen die Rinne oder das Brett stemmen, auf das man steigen mußte. Manchmal stieg man hinauf und der Sack, platsch! Dann mußte man die Kartoffeln oder das Salz oder was weiß ich wieder auflesen. Ich denke nicht gern daran zurück, aber die Leute sollen nur wissen, daß dahin kein Galicier als Tourist kam. Wir arbeiteten schwer. Wenn ich in mein Zimmerchen kam, rieb ich mich von Kopf bis Fuß mit Alkohol ein, dann schüttete ich mir einen Kübel Wasser über den Kopf, und ab, ins Bett. Nichts von Kino, Theater, Frauen, nichts! Am Morgen wachte ich auf, frisch wie Salat.

Ich war eben noch jung, denn heute werde ich schon müde, wenn ich nur unter die Dusche gehe.
Das beste Getränk, um die Muskeln anzuregen, war der Gin. Obwohl mir Traubenschnaps *Mosteira* lieber war: Der Gin wirkte stärker und schneller. Ich erinnere mich noch gut an Faustino, einen Galicier aus Orense, der dort mit mir zusammen Karren entlud. Er war fast ein Zwerg, mit einem großen Kopf und zwei Blumentöpfen als Beine. Auf der rechten Schulter hatte er einen Höcker, als hätte ihm die Arbeit da ein natürliches Kopfkissen angelegt. Faustino lud mehr als sonst einer und verdiente auf Provisionsbasis. Er konnte sich den Luxus leisten, Gin *La Campana* zu kaufen.
– Trink, sagte er zu mir, das ist gut für die Schultern.
Ich kippte den Gin, aber ohne Begeisterung, eigentlich nur, um es nicht mit ihm zu verderben. Er hingegen trank bis zu zwei Flaschen am Tag.
– Campanuca, sagten wir, wie trinken die Schultern?
Er sah uns so blöd an, wie er war, ging zu seiner Flasche und soff sie zur Hälfte leer. Das haben mir nicht andere Leute erzählt, das habe ich in der Calle Egido mit eigenen Augen gesehen.
Aber eines Tages machte der Körper nicht mehr mit, und Faustino krepierte. Am Morgen kam er lustlos an. Er stellte die Flasche auf einen Sack und schaute sie nicht mal an. Als er sich einen Sack Reis auflud, brach er zusammen. Der Mund stand ihm voll Schaum, und er machte kleine Hopser. Wir riefen:
– Campanuca! Campanuca!
Aber er reagierte nicht mehr. Sie gaben ihm ein schönes Begräbnis, weil die Galicische Gesellschaft für alle Kosten aufkam. Ich ging nicht hin. Einen Mann aus der eigenen Heimat in diesem Zustand zu sehen, ist kein schöner Anblick. Deshalb trank ich künftig wieder Traubenschnaps. Der ist gesünder und bringt einen nicht um.
Ich suchte nach einer anderen Arbeit. Ich konnte mich an

das Verladen nicht gewöhnen. Meine Schultern waren schmal und härteten sich nicht ab. Außerdem wollte ich heraus aus dem Zimmerchen und nicht mehr von Conrado abhängen, der an mir zum Räuber wurde, aber das ist Mehl aus einem anderen Sack. Ich hatte schon etwas Geld beisammen. Ich gab fast nichts aus. Die Trambahn kostete mich zwanzig Centavos am Tag, hin und zurück, versteht sich. Also konnte ich mir auch dieses Geld noch sparen. Als erstes fragte ich in Buenavista herum, wie die Aussichten standen. Aber dort, nicht die Bohne, dort gab es Arbeit für niemand. Viel Schmutz, viel Kampf ums Leben und viel Diebstahl.

Ich hatte mir rechtzeitig einen Zwirbelschnurrbart wachsen lassen, damit ich älter aussah, als ich war. Je älter ich wirkte, desto besser, dachte ich, denn die Leute machten sich über einen lustig, wenn man schwächlich und jung war.

Eines Tages, wie ich zur Hochbahn gehe, seh ich einen von diesen großen Lastkarren, die es damals in Havanna gab, mit Regenschutz über dem Kutschbock und einem Zeltdach gegen die Sonne. Ich geh zum Fahrer hin, und es stellt sich heraus, daß er ein Galicier ist. Ich erzählte ihm mein Leben. Und als ich sagte, ich sei aus Pontevedra, rief er:

– Donnerschlag, du bist ja aus meiner Heimat!

Wir fuhren zusammen nach Buenavista. Ich packte meine Sachen zusammen, es war fast nichts, und warf sie auf die Schlafbank. Ich verabschiedete mich von Amargen, und für Conrado schrieb ich einen Zettel, sehr dankbar, denn dankbar war ich ihm trotz allem, was er mir später angetan hat. Als wir zurückfahren, Fabián und ich, kommt Conrado und sieht mich.

– He, wohin fährst du?

Ich stellte ihm meinen Landsmann vor und erklärte ihm, daß er mir geholfen hätte und daß er mich nach Havanna fuhr, damit ich in seinem Haus wohnen und mit ihm arbeiten konnte.

– Mach's gut, war alles, was er sagte.

Er wollte zehn Pesos von mir, die ich ihm im Augenblick nicht geben konnte, denn mein ganzes Kapital betrug etwas über vierzig. Also gab ich ihm fünf, mit dem Versprechen, wir wollten Freunde bleiben wie bisher.
Fabián war über sechzig. Er schloß mich in sein Herz. Die ganze Familie, Frau und Töchter, waren ihm an der bösartigen Beulenpest gestorben. Er selber, wie ein Mast. Er lud und entlud Säcke von der Mole für die Großhandlung Rodriguez & Co. in Corrales, bei der Endstation der Bahn. Sein Karren war groß und hatte auf der einen Seite eine Reklame für Malzbier Tivoli. So daß wir jedesmal, wenn wir an einer Kellerei vorbeikamen, eine Dose gratis tranken. Das war zwischen ihm und der Firma abgesprochen.
Fabián kannte fast alle alten Galicier von damals und war eine Autorität, wenigstens in seinem Umkreis. Jedesmal, wenn wir an einen öffentlichen Ort kamen, will sagen, Weinkellereien, Kantinen oder Chinesen-Läden, riefen sie ihm zu:
– Fabián, Donnerschlag! ein echter Galicier.
Oder sie fragten ihn im Scherz:
– Fabián, weißt du, was ein Diktionär ist?
– Verscheißere du deinen Vater, antwortete er.
– Schau mal, ein Diktionär, das ist ein großes Buch, und da steht drin, daß ein Galicier ein Tier ist, das im Norden Spaniens geboren wurde zum Nutzen der Menschheit.
Und dann gaben sie ihm die Hand und luden ihn auf ein Bier ein. Sie mochten ihn, weil er ein braver Dummkopf war und sehr menschlich. Die Leute sprachen leise über das mit seiner Frau und den Töchtern, die von einem Tag auf den andern gestorben waren. Ich glaube, ich zog das große Los, als ich ihn traf. Er liebte mich wie ein Vater, ohne Blutsverwandtschaft.
Das Dorf, aus dem Fabián stammte, war noch ärmer als meines. Es war auf keiner Landkarte verzeichnet. Es war nur ein sogenannter Weiler mit sechs Häusern und viel Weideland für die Schafzucht. Wir erzählten uns unser Leben. Er

hielt mich zum Guten an und gab mir viele Regeln für ein anständiges Leben. Fabián hatte nicht lesen gelernt, unterschrieb aber mit einem schön gemalten »F«. Zählen, immerhin, konnte er, weil er es unter Schlägen hatte lernen müssen, denn sonst stahlen sie ihm die Schafe, und der Großvater legte ihn über ein Brett und schlug ihn mit einem Stock aus Kirschholz.
– Entweder du lernst zählen, oder du heißt nicht mehr Fabián.
Er lernte es, weil es anders nicht ging. Denn eines Abends kommt er pfeifend und an einem Maiskolben nagend mit seinen Schafen nach Hause, und der Großvater schreit ihn an:
– Hör zu, wo ist die Canela?
Die Canela war ein junges Schaf, das immer von der Herde weglief und an diesem Abend fehlte. Da sagte Fabián, die Schafe wären alle gleich, er könne eins nicht vom andern unterscheiden. Da wurde ihm klar, wie wichtig es ist, daß man zählen kann. Mit elf Schafen war Fabián fortgegangen, mit zehn kam er zurück. Für ihn war eins wie das andere, und so mußten sie ihm mit Holzkugeln und Schlägen beibringen, wie man rechnet.
Ich war Fabián sehr von Nutzen; ich schrieb ihm die Bestellungen auf, ich rechnete für ihn, ich schrieb überhaupt alles. Ich las ihm aus dem *Heraldo* oder aus *La Marina* vor, sogar mit seinem Geld hantierte ich ein bißchen. Er hatte volles Vertrauen zu mir.
– Wenn du eine Frau am Bändel hast, dann geh nur, du bist schließlich ein Mann, was?
– Nein, Mann, ich hab es doch bequem bei Ihnen.
Bequem, das sagte man so, in Wirklichkeit war alles die gleiche Tretmühle: Reissäcke und Kartoffelsäcke von der Mole auf den Karren und vom Karren ins Geschäft tragen. Aber leichter war es doch, denn Säcke mit mehr als zweihundert Pfund nahm Fabián nicht an, und die Strecke von der Mole zum Karren und vom Karren in die Firma war

kürzer. Bei der letzten Arbeit hatte ich mit der Last auf der Schulter meterweit gehen müssen.
Fabián und ich kauften viel Zuckerrohrschnaps. Wir hatten immer eine Flasche bei uns, die wir in einen Sack einwickelten, denn sonst bettelten einen die Vagabunden alle Nase lang um ein Maulvoll an, und Vagabunden gab es in Havanna die Menge, Kerle, die sich zu gut waren, den Rücken krumm zu machen. Entweder die oder Gassenbuben oder Bettler. Alle kamen sie zum armen Fabián und wollten was haben. Selbst die *botelleros* von der Regierung gingen immer herum und streckten die Hand aus. Sie strichen ihre *botella* ein, gaben alles aus, und dann kamen sie mit politischer Propaganda zum Galicier und bettelten ihn wieder an.
Fabián erklärte mir, warum ich mich auf diese Leute nicht einlassen sollte.
– Alle Präsidenten sind das gleiche Gesindel, sagte er, von Palma bis zu diesem Scheiß-Menocal, der zuerst Eigentümer von Zuckerfabriken war, und jetzt ist er Eigentümer des Landes.
Es war nur allzu wahr. Um den Hungerleider kümmerten sich die Regierungen überhaupt nicht. Dem hatten sie eine Tarnkappe übergeworfen, und kein Mensch zog sie ihm ab.
Wir Galicier hatten hier viel Mühe. Wir liefen uns die Schuhsohlen ab, aber verhungert sind wir nicht. Als ich anfing, mit Fabián zu arbeiten, schrieb ich meinem Großvater den ersten Brief:

Lieber Großvater,
es geht mir gut. Ich kam unter vielen Scherereien hier an, habe mich aber erholt. Ich arbeite mit einem Herrn von dort, der Fabián heißt und ein Mensch ist, besser als Brot. Ich wohne in seinem Haus, einem Zimmer mit Küche, Abort extra, in der Altstadt von Havanna, zwei Schritte von der Bahnstation. Ich habe einen Parasiten bekommen, der aber

mit Honig und Schlafen weggegangen ist. Es geht mir schon wieder besser. Wenn ich Dir Geld schicken kann, erzähle ich Dir mehr. Sag dort nicht, daß ich in Cuba bin, sag, ich wäre in Portugal oder sonstwo, denn hier kommen jeden Tag Dampfschiffe voll Galicier an, und womöglich weiß einer, was passiert ist. Du weißt, Großvater, daß ich Dich nicht vergesse, die Großmutter, die Mutter und die Schwester auch nicht. Gott und die Jungfrau sollen Euch beschützen.

Euer Manuel

Den Karren zog ein Maultier, das schon ziemlich alt war. Es hieß Farola. Es war stark und fraß viel Gras. Ein komisches Maultier war das, es schwitzte nicht, immer war es trocken und kalt. Und das war schon seltsam. Anfangs setzte ich mich auf den Kutschbock unter das Regendach, und da sah ich, daß es sicher seinen Weg ging. Das wunderte mich. Ich sage zu Fabián, er soll die Zügel loslassen, und da lacht er:
– Was glaubst du, Mann! Die Farola findet ihren Weg zur Firma Rodríguez allein.
Und so war es. Da das Maultier von dem vielen Karrenfahren auf denselben Straßen seinen Bestimmungsort, die Firma Rodríguez & Co., allein fand, legte ich mich hin und schlief. Fabián schnarchte sogar. Und wenn das Maultier im Hafen war, luden wir. Später habe ich andere Maultiere gekauft, aber so klug wie Farola war keines mehr. Als sie starb, die Arme, standen ihr die Rippen aus dem Bauch und sie schnappte nach Luft.
Danach hatten wir die Zarza, die an die vierzig Pesos kostete; sie war dreijährig, aber störrisch, das verdammte Vieh. Man mußte sie führen und anschreien. Da war es aus mit dem Schläfchen zwischen der Mole und dem Geschäft. Wenn sie ein Muschelhorn hörte, scheute sie; wenn eins von diesen großen Automobilen an ihr vorbeifuhr, machte sie sich steif und wollte nicht weiter. Man mußte vom Kutschbock herunter und sie an den Ohren ziehen. Das einzig Gute

an ihr war, daß sie jung und kräftig war, aber sie fraß auch mehr als die Farola.
– Du frißt mich arm, Mistvieh, verfluchtes! schrie Fabián sie an.

Ich legte einen Centavo um den andern in einen Lederbeutel. Wirklich, in diesem Jahr habe ich nicht viel ausgegeben. Sonntagvormittags kochte Fabián zu Hause, und ich holte die Aufträge herein. Ich mußte sparen, denn die Familie drüben hatte es noch schlechter. Die Freunde kamen und luden einen zum Würfeln oder zum Trinken ein. Alles, um einem die Taschen zu plündern. Deshalb blieb ich zu Hause, sah die Wand an und dachte nach. Dabei kam mir das Verlangen nach Frauen, das schon groß war. Hier gab es immer sehr hübsche und anschmiegsame, Frauen aus Galicien, Asturien, von den Canarischen Inseln und cubanische Mulattinen. Die waren mir die liebsten.
Eines Sonntags gehe ich an die Cortina de Valdés hinter der Kathedrale von Havanna, um den Buben zuzusehen, die im Brunnen badeten. Sie badeten fast nackt und tauchten nach Kupfermünzen, die die Leute ihnen zuwarfen: die freigebigen, versteht sich. Ich selber war nicht in der Lage, was springen zu lassen. Aber es war lustig, ihnen zuzusehen. Fast alle waren Negerbuben. Wie sie die Kupfermünzen im Mund festhielten! Sie sahen aus wie schwarz gefärbte Fische, die an den Riffen hochsprangen. Nicht einen Wurf verfehlten sie. Ich vergnügte mich an dem hübschen Anblick, und es kostete mich nichts. Das nenne ich, mit dem Kopf handeln und nicht mit den Pfoten, wie es die anderen machten, die in die Bordelle, in die Schmierentheater, in die Kneipen gingen und bettelarm wieder herauskamen.
Aber ich will die Geschichte an der Cortina weitererzählen. Also dort höre ich, wie so ein molliges Mädchen ihrem Bruder zuruft, er soll heraus aus dem Wasser, die Mutter braucht ihn. Sie schrie aus Leibeskräften:
– Lazarito, los, komm heraus, Bengel!

Aber der hörte nicht hin. Und wie ich sie da stehen sehe, die Bluse straff über den Brüsten, gehe ich hin zu ihr und sage:
– Laß ihn doch, dummes Ding. Da drin ist noch keiner ertrunken.
Da sagt sie lachend:
– Ach, ein Galleguito!
– Na und, das ist doch nichts Schlimmes?
– Nein, nein.
– Also?
– Nein, gar nicht.
– Wohnst du hier?
– Ja!
– Soll ich dir ein Stück Kuchen kaufen?
– Ach, ja!
Ich kaufte ihr den Kuchen, sie aß ihn sauber auf und lief weg.
Am nächsten Sonntag war ich in aller Frühe dort. Gegen elf Uhr kam sie. Ich hatte aber schon mit Lazarito gesprochen und ihm auch seine Münze zugeworfen. Ich wußte sogar schon, in welchem Haus sie wohnten. Ich ging zu ihr hin und sagte:
– Du wohnst da und da, du heißt so und so – denn wie sie wirklich hieß, fällt mir um alles in der Welt nicht mehr ein –, du hast Vater und Mutter und bist gerade fünfzehn geworden.
Ich war gut und gern siebzehn. Fabián wollte es nicht glauben, er hielt mich für älter, weil ich ernst war, weil ich einen Schnurrbart trug und weil ich mir seine Geschichten anhörte. Ein Junge, der sich die Geschichten eines Alten anhört, das war ich.
Jeden Sonntag wollte ich die kleine Mulattin sehen. Wenn die Buben mit ihren Kupfermünzen abzogen, stellten wir uns hinter ein paar Schwefelbehälter, die da standen, und berührten uns am ganzen Körper. Wenn es dunkel wurde, gingen wir in die Anlage. Sie gefiel mir besser als Casimira,

wegen der Haut und weil sie viel Feuer hatte. Ich nahm die Hand, und wenn ich sie öffnete, war es, als ob ich ein heißes Füllen berührt hätte, dann bückte ich mich hinunter und hatte eine Zeitlang den Kopf da stecken. Sie machte dasselbe mit mir, aber stehend, denn sie hatte Angst, daß uns ein Aufseher sehen könnte, wenn wir uns hinlegten, oder einer von den Buben.

Ein paar Monate lang hatte ich es leicht mit ihr. Wenn sie nicht auf die Cortina kam, holte ich sie mit dem Magnet aus ihrem Haus in Puerta Cerrada. Der Magnet war ein Peso oder ein Bündel Bratbananen. Ihre vielen Geschwister und die Mutter wußten mehr oder weniger, daß ich Fleisch witterte. Aber sie hielten den Mund, und das heißt, sie ließen es zu. Fabián sagte nur:

– Die hat dich am Wickel, Junge, die kleine Mulattin hat dich am Wickel.

Er hatte recht, aber was hätte ich tun sollen in meinem Alter und mit dem Ding, das so hart war, daß es einen Ziegelstein durchschlagen konnte. Später wurde alles komplizierter. Sie wollte wissen, wo ich wohnte, was ich machte; alles wollte sie herausbekommen. Ich, schweigsam wie ein Grab. Aber verausgabt habe ich mich mit ihr, mein Geld habe ich ausgegeben.

Als sie anfing, wie wär's mit der Ehe und so, ließ ich sie sitzen, und das war, als ich anfing, mit einer anderen zu gehen, die mit einem Alten vom gleichen Jahrgang wie Fabián verheiratet war. Ihr Mann hieß Justo Vilanova, der Simpel. Sie war Mulattin und wohnte in der Apodaca 61, aber diese Geschichte gehört nicht hierher.

Was mich an diesem Land am meisten gestört hat, waren die wolkenbruchartigen Regenfälle. Immer kommen sie, wenn man nicht darauf gefaßt ist. Wir fuhren auf unserem Karren, der Himmel bewölkte sich, dann wurde er total schwarz, und es fing an zu donnern. Das Maultier bockte und wurde nervös. Selbst unsereiner, der an diese Art Regen nicht gewöhnt ist, war gereizt. Der Wolkenbruch prasselte auf das Segeltuchdach des Karrens und wollte es wegreißen. Manchmal knickte er die Stangen, an denen es befestigt war. Es waren tropische Wolkenbrüche. Auf so einen Gewitterregen bekam ich Husten und Katarrh. Zum Glück war ich immer stark, und mit Chamberlain-Saft und Bienenhonig brachte ich alles weg. Nie gewöhnt man sich an ein anderes Land, auch wenn die Jahre dahinfliegen wie Schwalben. Immerhin, nach und nach paßte ich mich an, mit meinem Stolz als Spanier und meiner Ehrsamkeit als Arbeiter, versteht sich. Nicht, daß es mich Überwindung gekostet hätte, mit Cubanern umzugehen, sondern ich war von Geburt an ein Einzelgänger. Ich hatte in meinem Dorf keine wirklichen Freunde gehabt. Hier hatte ich welche, Galicier und auch Cubaner. Der Cubaner ist spottlustig, aber nobel. Darin ist er galicischer als der Galicier selber.

Ich liebe Cuba, als ob es mein Land wäre. Trotz allem, und obwohl ich hier schwere Zeiten durchgemacht habe. Aber Galicien vergißt man nicht. Immer hatte ich den Wunsch, nach Galicien heimzufahren, und als ich meine goldenen Eier schön ordentlich im Schrank aufgereiht hatte, tat ich es auch.

Aber ich fuhr heim, und wie's mit dem Teufel geht, bekam ich wieder die fixe Idee: Cuba, nichts als Cuba. Ich schaute mich um und sah wieder nur Königspalmen. Ich sage das, weil einer auf seine Heimat stolz sein und doch ein anderes Land lieben kann, so wie ich dieses. Ich bin stolz darauf, ein Galicier zu sein. Sogar Kolumbus war Galicier. Sie wollten ihn zum Portugiesen, zum Italiener machen, ein Dutzend Länder streiten sich um ihn, aber davon kann keine Rede sein. Ein Mann, der, wie es heißt, einzig und allein Galicisch sprach, der eine Insel entdeckte und sie La Gallega nannte! Und sein Schiff, die Karavelle, in der er herüberkam, hieß nicht Santa María, La Gallega hieß sie, und einer von seinen Begleitern war es, der ihr den Namen Santa María gab. Schlecht ist am Galicier nur, daß er manchmal zu lange zuwartet. Er verdient, er arbeitet wie ein Maultier, aber er unternimmt nichts. Darin bin ich nicht so galicisch. Mir steht der Sinn nach Abenteuern, ich bin gern einmal da, einmal dort. In dieser Beziehung bin ich hier auf meine Kosten gekommen. Wie auch die Politik ein ständiges Hin und Her war. Ich wollte den Arbeitsplatz wechseln und umziehen. Immer war ich auf der Suche nach Neuem. Es machte mir Spaß, zu erfahren, was in der Regierung los war. Hier die Liberalen und dort die Konservativen, die die Staatsgelder veruntreuten. Menocal, der Mann, der im Sattel saß, war konservativ. Das Volk mochte ihn nicht. Mit Spottliedern und Schüssen stachelten sie die Regierung auf. Jeden Augenblick wurde jemand verhaftet, oder sie entdeckten einen Kanister voll Pulver in irgendeinem Haus. Der Cubaner ist aufrührerisch, sich gegen Mißstände auflehnen, das tut er gern. Er hält den Schnabel nicht, nicht einmal zu dem, was der Pfarrer sagt. Sie sangen die *Chambelona:* Kleine Orchester mit Kabeljaukisten, Löffeln und Bongos zogen durch die Straßen, und dahinter rottete sich das Volk zusammen. Es gab viele rote Fähnchen und Bier. Die *Chambelona* war die Hymne der Liberalen:

Yo no tengo la culpita
ni tampoco la culpona,
aé, aé, aé, la chambelona.

Aber weder Fabián noch ich konnten da mitmachen, obwohl es ein lustiger Zeitvertreib gewesen wäre. Fabián sagte:
– Wenn sie Menocal stürzen, setzt sich ein Schlimmerer in den Sattel.
Fabián war Spanier durch und durch. Er war alt und hatte seine ganze Jugend unter der Kolonialherrschaft verlebt. Er hatte den Unabhängigkeitskrieg miterlebt und auch ein bißchen gekämpft. Für einen Rekruten war er zu alt gewesen. Er lebte zwar schon in Cuba, aber zum Offizier hat er es auch nicht gebracht. Fabián war beschränkt und ein Mann

der Routine. Das war, was mir an seinem Charakter nicht gefiel.
Routine ist schlimmer als Ermüdung. Etwas Eintönigeres als, zum Beispiel, diesen Karren gab es nicht. Am Anfang kam mir wenigstens das Malzbier Tivoli zugute, später war es mir zuwider. Ich sah nirgends ein Vorwärtskommen. Jeden Tag die gleichen Einnahmen. Kein Centavo mehr, keiner weniger. Eher weniger von Tag zu Tag. Diese großen Lastwagen mit den massiven Gummireifen fingen an, alles Mögliche an der Mole zu laden, und waren eine starke, aber schon eine sehr starke Konkurrenz. Und wenn ich Grippe hatte oder einen Parasiten bekam oder was immer, hatte ich nicht einmal Zeit, krank zu sein, denn Fabián, der wie ein Mast stand, wollte von Husten oder Durchfall nichts hören.
– Sobald einer aufhört zu arbeiten, Manuel, ist er geliefert.
Das war zwar ein guter Rat, fast wie von einem Vater, nur mit der Wirklichkeit stimmte er nicht überein. Ich war anfälliger gegen Krankheiten als er, abgesehen vom Magen. Der war bei mir wie ein Stein.

Fabián war tüchtig wie kein zweiter. Aber taub gegen jede Veränderung. Routine, sonst nichts. Nein, von Veränderungen durfte ich ihm nicht sprechen, so wenig wie von Politik.
– Ich kenne nur zwei Parteien: die, die den Rücken krumm machen, und die Vagabunden.
Wie hätte man bei solchen Donnerworten mit ihm sprechen können? Er war ein engstirniger Mann und starrsinnig. Ich sagte zu ihm:
– Hören Sie zu, Fabián, warum fahren wir nicht Tabakballen für die Witwe Méndez? Dort werden Lastkarren gebraucht.
Man verdiente besser, die Strecke war zwar länger, aber nicht so eintönig. Alles war besser. Ein Tabakballen wiegt

weniger als ein Sack Reis oder ein Butterkanister. Er gab mir zur Antwort:

– Weder Witwe Méndez noch silberne Hoden.

Da sah ich schwarz. Hinter seinem Rücken fing ich an, eine andere Stelle zu suchen. Und konnte nichts auftreiben. Es gab keine Arbeit. Ich besuchte Gundín. Er war sehr freundlich. Er arbeitete immer noch als Hausangestellter bei der Señora de Conill, aber es war immer das gleiche:

– Wenn es am Bau was gibt, rufe ich dich. Im Augenblick ist da nichts.

Am Bau, das hieß, als Maurer im Tagelohn im Vedado arbeiten. Weit weg und ebenfalls Schwerarbeit. Aber nicht einmal das. Die Aussichten waren schlecht. Mein Leben, das war entweder der Karren mit Fabián oder der Hungertod. Bei alledem hatte ich meinem Großvater nicht einen Centavo schicken können. Ich schämte mich, aber zuerst mußte ich selber den Kopf frei haben, danach konnte ich an die anderen austeilen. Ich sah keinen Lichtstreifen, *no señor*, keinen.

José Martínez Gordomán war ein treuer Freund von Fabián. Er stammte aus einem Dorf der Provinz Pontevedra, das man nicht einmal ein Dorf nennen konnte, weil es eine Hungersnot durchgemacht hatte, und fast alle Leute waren an der Kälte und den Entbehrungen gestorben. Er war etwas jünger als Fabián und wohnte in einem Miethaus in der Calle Compostela unter lauter Spiritisten, Ñañigos, Santeros und was weiß ich. Der Mann war überzeugt, er glaubte an diese Religionen, obwohl er ein echter Galicier war. Es war aber auch kein Wunder, denn seine Frau war eine Negerin namens Estrella, die ständig mit einem Haufen Ketten am Hals herumlief. Sie hatte große schwarze, sehr schöne Augen. Sie roch immer nach Rasierwasser und puderte sich den ganzen Hals und die Schultern mit Talg. Dadurch würde die Hitze abgehalten, sagte sie, weil der Talg die Poren verstopft, und gut riechen würde sie dadurch auch. Sie war sauber herausgeputzt, sehr sympathisch, und José war ganz verrückt mit ihr. Der Sohn der beiden – Arsenito oder so ähnlich – schlug die Trommel, und ein anderer, der Sohn eines Asturianers, der im Café Azul arbeitete, spielte Bongo. Der hieß Angelín. Gordomán war der beste Dudelsackpfeifer in ganz Havanna. Er soll den Dudelsack in den Cafés und bei den Volksfesten im Parque de Palatino eingeführt haben. Er spielte wie ein Engel. Seine Backen blähten sich wie ein Blasebalg, und er schloß die Augen. Ave Maria, wie hübsch ist der Dudelsack!

Gordomán hatte einen Strohhut und einen gewichsten Schnurrbart, über den die Leute viel redeten. Die drei Männer und Estrella machten viel Geld. Sie sang nicht, aber sie bekam auch manches, weil sie so sympathisch war, und wenn sie zwei Biere getrunken hatte, erzählte sie gepfefferte Geschichten. Manchmal kam José und holte Fabián aus seinem Zimmer. Sie nahmen ihn ins Brisa oder in die Casa Azul mit. Ich ging natürlich mit. Wir tranken zwei oder drei Cognacs, hörten uns den Dudelsack und die Geschichten von Estrella an, wir witzelten ein bißchen.

– Fabián, du mußt nochmal heiraten, Junge.

– Da kannst du ganz ruhig sein, Estrella, ich bin ein seriöser Mann.

– Und was hat das damit zu tun? Hör zu, sag José, er soll dich mit Asunta bekanntmachen. Sie ist gar nicht häßlich. Mit ihren fünfzig Jährchen hat sie das richtige Alter für dich.

– Mir gefällt aber die Caridad, die vom Fleischstand. Die ist Mulattin wie Sie, und erst achtzehn.

Nach zwei Gläsern hatte Fabián auch seinen Humor.

– Aber schau doch, Fabián, die mit ihren achtzehn wird dir Hörner aufsetzen.

– Soll sie mir welche aufsetzen. Besser ein Täubchen für zwei als eine alte Wachtel für einen.

Das waren unsere Zerstreuungen. Danach kam wieder die Routine. Bis ich mich eines Tages doch daran erinnerte, daß

ich der Sohn meines Vaters und nicht der von Fabián López war, und ihm sagte:
– Fabián, von dem Geld, das ich habe, und von dem, das ich nach Spanien schicken wollte, kaufe ich mir ein Maultier. Und ein paar Monate später einen großen Karren. Das Geschäft mit der Kohle ist schmutzig, aber es bringt mehr.
Gordomán überredete Fabián. Der Alte hatte schon ein bißchen Wasser in den Beinen und wollte nicht allein bleiben. Er kutschierte den Karren, und ich lud die Kohlesäcke, die nicht schwer wogen, und verkaufte sie. Fabián brauchte vom Kutschbock nicht herunter, außer um sich das Geld in die Taschen zu stecken. Wir zogen in ein Wohnheim im Viertel La Timba, hinter dem heutigen Platz der Revolution. Rollender Stein setzt kein Moos an, sage ich immer.

Das Leben war hart. Der Druck kam von oben, von der Regierung. Sie redeten von den fetten Kühen, aber der Arme hatte immer nur die mageren. Die fetten für die Reichen und die mageren für die Ausgehungerten. Das Kohlegeschäft hat mich beinahe umgebracht. Da hab ich mich halbtot geschuftet. Ich hatte mir das anders vorgestellt, wirklich, aber das spottete jeder Beschreibung, das war ein totaler Reinfall. Hier stand jedem das Wasser bis zum Hals, dem einen mehr, dem anderen weniger, alle waren pleite, wie man damals sagte. Alles verschwor sich gegen die Ruhe, die Zyklone, die Streiks – über zwanzig Streiks in ein paar Monaten – Jesusmaria! Und dazu die Trupps der Liberalen in den Straßen mit ihren Spottliedern. Es gab keinen Ernst. Die Arbeiter klebten an den Maschinen oder schnitten Zucker, und die Politiker aßen das beste Stück vom Kuchen. Ein anständiger Mensch mischte sich da nicht ein und arbeitete, um zu essen, sonst hängten sie dir noch das Büßerhemd um und brachten dich nach Chirona, und dagegen war kein Kraut gewachsen. Dort konntest du sterben, und keiner hielt die Hand für dich ins Feuer. Wenn sie also kamen und einen nach der Politik fragten, war es das beste zu nicken, aber nur mit dem Kopf.

La Timba war ein schlimmes Viertel, voller Gesindel und voller Zauberei. Dort kauften wir das Maultier und den Lastkarren. Ein gewisser Benito Suárez verkaufte uns beides für 560 Pesos, 200 für das Maultier und 360 für den Karren. Fabián behielt noch einen Rest Geld, ich nicht einen Nickel. Ich setzte alles auf eine Karte. Der Großvater mußte wieder einmal warten. Es war schon über ein Jahr her, daß ich angekommen war, und ich hatte denen zu Hause noch nichts beisteuern können. Das machte mich ganz krank, ich schämte mich zu Tode. Ich hatte sie in einer schlimmen Lage zurückgelassen. Ein alleinstehender Alter mit einer kranken Tochter und einer Enkelin, die keine Feldarbeit verrichten konnte, weil sie mager wie eine Flunder war. Manchmal hätte ich am liebsten alles hingeworfen und wäre auf einem Dampfer heimgefahren, als blinder Passagier, wie Gundín, oder als Scheuerjunge. Aber ich hatte keinen Mut. Die Wahrheit ist, daß es hier doch mehr Abwechslung gab.
Das war es, was mich zurückhielt. Also ran an die Kohle, auch wenn sie schwarz machte. Und so kam es. Ungefähr zwei Jahre blieb ich bei diesem Geschäft. Wir wohnten in einem Schweinestall, aber nur Fabián und ich. Es war das einzige Zimmer, in dem nur zwei Personen lebten. In den anderen hausten sie zu fünft oder zu sechst, lauter Spanier, aus Orense, aus Lugo und aus Pontevedra. Alles in allem eine galicische Kolonie mit Namen La Timba. Wir machten uns eine echte galicische Fleischsuppe mit Kohl und getrocknetem Schinken. Das aßen wir abends. Gesundes Essen wie zu Hause, manchmal ohne Brot, denn Mehl war hier immer Mangelware, und wenn wir Brot hatten, gab es kein Fleisch dazu, nur ein Spiegelei. Ich dachte noch an die Zeit, wo ich abwechselnd Speck und Kartoffeln gegessen hatte, und tröstete mich. Wenigstens konnte ich mir jetzt den Luxus

leisten, eine gut zubereitete galicische Fleischsuppe zu essen. Ich nährte mich ganz gut. Und die Arbeit mit der Kohle war zwar schmutzig und undankbar, aber sie brachte einen nicht so um diese verdammten Butterkanister und die Reis- und Baumwollsäcke. Als ich eines Tages ein bißchen angeheitert war, weil ich ein paar Gläser getrunken hatte, sagte mir Fabián:

– Du freust dich wohl, weil du keine schweren Lasten mehr schleppen mußt. Du wirst schon sehen: Das ist noch schlimmer.

Das war ein paar Tage, nachdem ich mit dem Kohleschleppen angefangen hatte und noch glaubte, daß ich es nun leichter hätte. Ich fühlte mich wie ein Esel, wenn man ihm das Geschirr abnimmt. Aber das dauerte nicht länger als eine Meringe vor der Schultür. Kaum einen Monat später verfluchte ich die Kohle. Aber nun hatte ich mich aufs Pferd gesetzt und mußte vorwärts. Und ich tat es ohne Furcht. Fabián ging es besser, auch wenn er zu stolz war, es mir zu sagen. Er steckte nur noch das Geld ein und schrieb die Schulden der Leute, die auf Pump kauften, in ein Heft. Auf Pump zu kaufen war hier sehr verbreitet. Und die Leute kamen einem auf die üble Tour. Sie kauften Säcke für einen Monat, und wenn man kam und kassieren wollte, waren sie umgezogen, ohne eine Adresse anzugeben. Das war der Trick einiger Familien. Andere kauften kleine Mengen und bezahlten nicht, einfach, weil sie keine Lust hatten.

– Lern erst mal rechnen, ich hab dir schon drei Reales bezahlt.

Sie wollten einen betrügen, aber Fabián kannte sich mit Rechnungen aus und ich nicht minder. Manchmal mußte ich mit Fäusten losgehen, wenn so ein Mannsbild halbnackt aus dem Zimmer kam:

– Was ist los, Galicier, ich verbitte mir diese Unverschämtheit.

Es war keine Unverschämtheit, sondern sie wollten mir weniger bezahlen, und die Frauen sagten zu ihren Männern, ich wäre ihnen frech gekommen. Aber ich hatte eine eiserne Faust. Denen habe ich Angst eingejagt, diesen Schlafratzen, die um zehn und noch um zwölf Uhr mittag die Augen nicht aufbekamen. Obwohl mehr Krach war in diesen Häusern als in einer Schmiede. Es waren Vagabunden, die hier hausten. Die hatten nichts anderes im Kopf, als sich auf die faule Haut zu legen, sich eine goldene Medaille zu kaufen und von Fußball zu reden.

Der Arbeiter ist immer ein Sklave gewesen. Ein Strafgefangener hatte es besser. Man verdiente mehr, das will ich nicht leugnen; aber wenn man das Geld in die Hand nahm, schmeckte es bitter. Zum Schwein mußte man werden, um es zu verdienen. Ich konnte mich mit Alkohol abwaschen, soviel ich wollte, am Morgen wachte ich rußig auf und hatte das schwarze Kohlenfett unter den Fingernägeln. Selbst das Haar verfärbte sich. Ich stülpte mir einen zusammengelegten Sack als Kapuze über, und das schützte meinen Kopf ein wenig, aber was nützte das schon, die Kohle ist verflucht.

La Timba war das Viertel der Kohlenhändler, und das waren vor allem Canarier und Galicier. Es lag hinter der Ermita de los Catalanes, ein Armenviertel, und wimmelte von Ñañigos. Dort wurde der Verkauf von Holzkohle für fast ganz Havanna kontrolliert. Wohin man sah, lag Yana-Holzkohle. Zum Glück stank sie weniger, sonst wäre es überhaupt nicht auszuhalten gewesen. Die Kohle kam auf Schonern aus Bahía Honda und aus der Ciénaga de Zapata, wo der Yana wächst, der den Flußmangroven ähnlich ist. Sie wurde an die Mole gefahren und von dort in die Großhandlungen verladen. Und die Großhändler verkauften sie weiter an die Einzelhändler, das heißt an uns. Fabián hatte die Gewohnheit, den Karren vollzuladen. Er kaufte achtundzwanzig Säcke, manchmal dreißig. Und das meiste davon verkauften wir in kleinen Mengen. Ein Sack kostete damals einen Peso. Und wir schauten, daß wir so viel wie möglich herausschlagen konnten. Der Kohlenmann war das Gespött aller. Die

Kinder riefen ihm schmutzige Wörter hinterher. Die Erwachsenen auch. Mir riefen sie manchmal nach:
– Du bist schwärzer als der Wachtmeister Ramón.
Das war ein pechschwarzer Wachtmeister von der Dritten Polizeistation, der nach links und rechts Prügel austeilte. Oder sie sagten, ich hätte mir wohl die Haare mit der Kürbisschale geschnitten. Und das kam daher, daß ich mir die Haare im Nacken rund schneiden ließ; das war früher der Haarschnitt der galicischen Kohlenmänner.
Sehr hart, die Arbeit. Um fünf Uhr in der Frühe gingen wir aus dem Haus. Noch um sechs Uhr abends zuckelten wir durch das Vedado. Wir gingen in Mietskasernen, in Krankenhäuser und in Herrschaftshäuser, denn in vielen gab es noch kein Gas. Die Leute nahmen lieber Kohle, vor allem für die Wasserboiler, ich weiß nicht, warum. Ich verkaufte viel Kohle an reiche Familien im Vedado. Ich erinnere mich, daß eine sehr gebildete Frau mich eines Tages nicht erkannte, als ich kam, um die Monatsrechnung zu kassieren. An einem Sonntagvormittag geh ich hin, schön gebadet und gebügelt. Und sie sagt, ausgeschlossen, ich wäre doch nicht Manuel:
– Du hast ja sogar blaue Augen.
Die Augen konnte man natürlich nicht sehen, mit dem Sack über dem Kopf und dem vielen Ruß.
Der Lastkarren brauchte seine Wartung. Man mußte die Holzräder regulieren, man mußte ihn anstreichen, das Dach mit Karton oder grünem Segeltuch abdecken. Er brauchte mehr Pflege als das Maultier. Wir trugen am Gürtel große Ledertaschen mit gelben Metallknöpfen. Darin hatten wir die Kohle für den Detailverkauf. Der Karren hatte auch seine Schelle, die Fabián mit dem Fuß in Gang setzte. Wir brauchten nur an eine Straßenecke zu kommen, und sofort lief das ganze Viertel um uns zusammen. Vor allem die Kinder. Die ärgerten mit Vorliebe das Maultier und läuteten die Schelle. Unser Maultier trug nie Glocken, nicht einmal einen Namen hatten wir ihm gegeben. Es hatte viele schlech-

te Angewohnheiten, manchmal fing es plötzlich zu rennen an, sogar Funken schlug es aus dem Pflaster. Das Maultier war die andere Tortur. Es war groß, ein schönes Tier, ein Maulesel für schwere Lasten. Man mußte ihm viel Mais und viel Heu geben. Ich badete es wer weiß wie oft, sonst stank es, daß es nicht auszuhalten war. Ich striegelte es mit einer Drahtbürste, ich sah das Zaumzeug nach und putzte es. Die pure Sklaverei!
Unser Lastkarren hieß EL PROGRESO, ein Name, den ich ihm gegeben hatte. Außer Kohle verkauften wir eine Art von Briketts aus getrocknetem und gepreßtem Kuhmist. Damit konnte man leichter Feuer anmachen. Sie gaben eine hohe blaue Flamme, die viel stärker war. Darauf wurden die Kohlenbrocken geworfen. Aber diese Briketts wurden mehr in den großen Häusern gekauft. Die Armen nahmen die Kohle, und Schluß.
Da wir durch das ganze Vedado fuhren, und manchmal bis zum Cerro, kam ich oft durch den Paseo zurück, wo mein Freund José Gundín wohnte. Wenn er den Karren nur von weitem sah, rief er die anderen Bediensteten der Señora de Conill zusammen, und dann schrien sie am Gartentor:
– Da kommt der Satan! Vorsicht vor dem Satan!
Das war nicht gerade ein taktvoller Witz, aber ich hatte meinen Spaß an den Scherzen meiner Freunde. Außerdem stimmte es ja, mit der Kapuze und schwarz vor Ruß sah ich aus wie der leibhaftige Gottseibeiuns. Aber da mir niemand einen Teller voll Essen hinstellte, auch nicht sagte: Komm mit, da ist Arbeit für dich, mußte ich weitermachen mit der Kohle, damit ich etwas zurücklegen und nach Hause schikken konnte. Zu dieser Zeit hatte ich noch keinen Centavo an meinen Großvater geschickt. Ich schämte mich wirklich, und dadurch war ich auf Gedeih und Verderb an die Kohle gefesselt. Man mußte die Wohnung bezahlen, einiges für Frauen aufwenden und jeden Augenblick Alpargatas kaufen. Wer in der Kohle arbeitet, muß in Alpargatas laufen, weil er lange Wege zurücklegt. Trotz alledem hatte ich schon ein

hübsches Sümmchen beisammen. Auch fürs Kegeln gab ich Geld aus. Mit Gundín und ein paar Leuten aus dem Haus der Señora de Conill ging ich in eine Kegelbahn, die neben dem Teatro Martí lag. Manchmal spielten wir auch hinter meinem Haus auf ebener Erde, ohne Holzbahn oder sonstwas. Ich hatte eine glückliche Hand beim Kegeln, so daß meine Pesos in der Tasche blieben. Fabián hatte es nicht mit den Kegeln, sondern mit den Karten. Er spielte mit den Trödlern Soteiro im Hinterzimmer eines Kaufladens in der Zapata y Dos. Der Ladenbesitzer verkaufte uns Lebensmittel auf Pump. Und da Fabián bei den Karten fast immer gewann, drückte er manchmal ein Auge zu. Er peilte über den Daumen, nach unten, versteht sich, was jeder von uns bezahlen sollte. Der Sonntag war dafür der einzige Tag. Und manchmal nur in den Abendstunden. An den Sonntagvormittagen mußte man in die reichen Häuser kassieren gehen. Auf diese Weise kam man an Süßspeisen mit Sirup, *pantelitas Corrachas, Coniatillos* ... Weil wir durch die Küche hineingingen, bot uns die Köchin manches an. Wenn Fabián mit mir ging, aß ich für zwei, denn auf Süßigkeiten war er nicht scharf. Und zum Schluß bekamen wir Kaffee oder Zigarren für Fabián.

Ich kann nicht mehr nachrechnen, wie lange ich Kohlenmann gewesen bin. Aber das weiß ich, daß ich an dem Tag, an dem Fabián starb, alles verscherbelte. Ich verkaufte das Maultier, Zaumzeug und Kummet, sogar zwei Säcke Kohlen, die ich aufgehoben hatte. Das kam so:
Wir fuhren durch die Calle Cuatro und die Veintisiete, als ich merkte, daß Fabián den Zungenschlag hatte, wenn er mit mir sprach. Ich dachte, er hätte in der Nacht ein paar Cognacs getrunken, und gab nicht weiter acht. Er hatte schon Wasser in den Beinen. Er kam fast nicht mehr vom Karren herunter und paßte auch nicht mehr so auf, wieviel wir jeden Tag einnahmen. Ich machte alles allein. Aber da er weiterhin Karten spielte und aß wie immer, maß ich dem

keine Bedeutung zu. Genau an der Ecke Cuatro und Veintisiete sehe ich, daß er sich zurückfallen läßt und den Kopf auf den Wagenrand legt. Ich rief ihn an, und er gab keine Antwort. Da hoben ein Herr und ich ihn auf und betteten ihn auf die Säcke. Als ich mit ihm nach Hause kam, war er schon tot. Ich war mir nicht sicher, weil die Leute meinten, es könnte auch eine Embolie sein oder eine Ohnmacht wegen der Hitze. Aber es war ein Herzschlag. Die Galicische Gesellschaft schickte Geld und bezahlte die Beerdigung. Wir begruben ihn in der Grabstätte der Gesellschaft. Leute, die mitgingen, wie Gundín, sagten, mir sei ein Vater gestorben. So war es auch. Ich habe nie und über nichts geweint bis an den Tag, als ich ins Zimmer kam und Fabiáns Mütze hinter der Tür liegen sah.

Mit dem Vater von Gordomán, der mit der *Reina María Cristina* nach Vigo reiste, schickte ich meinem Großvater fünfhundert Pesos. Das war um den Oktober 1919. Danach war ich ziemlich blank. Aber ich hatte meine Pflicht erfüllt. Auch ein paar Schachteln Guayavepaste und einen Strohhut schickte ich mit. Mehr zu tun lag nicht im Bereich meiner Möglichkeiten, denn die Lage war düster. Die Liberalen kämpften gegen die Konservativen, und später sah man, daß sie unter einer Decke steckten. Menocal und Gómez speisten einträchtig auf Banketten, sie ließen sich feierlich miteinander fotografieren, und das Volk auf der Straße dachte, sie wären Feinde. Die Anarchisten waren die einzigen, die einem keine Märchen erzählten. Sie waren gegen alles, gegen den Staat, gegen die Disziplin, gegen die Polizei, gegen alles. Sie stellten die Präsidenten so dar, wie sie waren. In diesen Jahren sympathisierte ich mit ihnen, dem Hörensagen nach. Obwohl fast alle Anführer Galicier waren. Sie saßen in den Gewerkschaften und den Gremien. Als ich Tischler wurde, kam ich näher mit ihnen in Berührung.
Mein Großvater antwortete mir sofort und hocherfreut. Allem Anschein nach glaubte er, ich wäre schon ein reicher

Mann. Ich schrieb ihm in meiner krakeligen Schrift und versprach ihm, ich würde ihm mehr Geld schicken. Jetzt würde ich auch der Galicischen Gesellschaft Geld für die Dorfschulen geben. Ich sagte es und Gott hörte mich. Denn eines Tages gehe ich durch Monserrate und sehe einen Losverkäufer mit der Endzahl 225. Ich mochte die Zahl, weil sie in der Scharade »doppelter Schmuckstein« bedeutet. Ich sollte es nicht sagen, aber ich war hell und lernte die Scharade sofort. Außerdem war 225 meine Glückszahl. Der Aufseher, der mir damals im Haus von Amargen meine Holzpantinen zurückbrachte, trug diese Nummer auf dem Mützenschild. Ich gewann genau fünfhundert Pesos, schön, genau das, was ich meinem Großvater geschickt hatte. Es gibt ein galicisches Sprichwort, das ich nie vergessen habe: »Wer ehrlich eine Tugend übt, dem wird Gesundheit nicht fehlen.«

Gesundheit fehlte mir nicht, aber Geld schon. Ein paar Monate lang lebte ich ausschweifend und tat mich mit einer Frau zusammen, die keine Skrupel hatte. Danach war ich völlig blank. Eine Zeitlang lebte ich von dem, was gerade vom Himmel fiel. Ich wußte nicht, sollte ich nach links oder nach rechts gehen.

Ich zog wieder nach Havanna, in die Calle Corrales, in das Haus meiner Freundin. Dort wurden *tamales* für den Verkauf hergestellt. Das ganze Viertel kam hin und aß sie. Librada trieb alles mögliche auf. Sie gab mir Unterkunft, weil sie sich in mich verliebt hatte oder . . . na ja. Tatsache ist, daß sie mir ein paar Monate lang das Leben gerettet hat.

Man soll nicht spielen. Beim Spiel verliert der Mensch den Kopf. Ich verlor alles bei der Lotterie und beim Kegeln. Und das, obwohl ich durch den Verkauf des Karrens und des Maultiers und durch den Glückstreffer eine ziemlich hohe Summe beisammen hatte. Librada verschaffte mir eine Stelle als Putzer in der Manzana Gómez. Dort redeten sie noch immer über den Tod des Besitzers, Andrés Gómez Mena, der Spanier war und Millionär. Während ich den Rücken krumm machte und Böden wischte, hörte ich die Geschichte von dem Mord. Ich hörte viel. Das Haus war die reinste Durchgangsstation und das Personal ziemlich gemischt. Die Manzana Gómez war das Handelszentrum von Havanna. Er hatte es mit dem Geld aus seinen Zuckerfabriken aufgebaut. Er war sehr eingebildet, wie alle Reichen. Er hielt sich eben für einen Gott. Für ihn gab es keine Arbeiter. Er lebte noch in den Zeiten der Sklaverei. Deshalb haben sie ihn zu Staub gemacht. Die Geschichte war dort das tägliche Brot. Und dabei waren schon zwei oder drei Jahre vergangen. Ein Uhrmacher namens Fernando Neugart soll ihn umgebracht haben. Aus Eifersucht, denn Gómez Mena war ein geiler Alter. Da er mit dem Präsidenten befreundet war, glaubte er, er könnte Gott am Bart ziehen. Die Frau des Uhrmachers war aus Valencia, sehr hübsch und anständig wie keine zweite. Sie ging zu Gómez Mena und ersuchte als Neugarts Frau um einen Vertrag über den Juwelierladen ihres Mannes. Gómez Mena sagte, sie sollte nächste Woche wiederkommen, und sie ging. Aber er betrog sie wie ein kleines Kind. Ihr Mann mußte den Juwelierladen verkaufen und aus der Manzana Gómez ausziehen. Der Alte stellte der Frau nach und vergewaltigte sie eines Abends in seinem Büro. Neugart wollte sich mit ihm duellieren, aber der Alte nahm die Herausforderung nicht an. Da ging Neugart mit zwei Pistolen los und suchte ihn. Er traf ihn, als er in Begleitung eines Priesters durch den Zentralpark ging. Er feuerte fünf Schüsse auf ihn ab. Der Alte rannte noch bis zum Geschäftshaus, die verwundeten Arme hingen ihm herunter, und das Pflaster wurde rot von Blut. Am nächsten Tag starb er an Herzversagen. Wenig hätte gefehlt und sie hätten die Valencianerin verhaftet, denn sie hatte ihrem Mann die Pistole abgenommen, nachdem er geschossen hatte. Als der Alte starb, war er bereits vielfacher Millionär. Die Familie erbte alles. Aber die Reichen sind die Reichen. Dem Alten errichteten sie in der Manzana Gómez ein Denkmal, und der

Sohn zog wenige Monate später das große Los in der Lotterie von Madrid. Sechs Millionen Peseten strich er ein. Mit rechten Dingen, sage ich, ist das nicht zugegangen, das lasse ich mir nicht weismachen. Wahr ist auf jeden Fall, daß arm bleibt, wer arm geboren wird. Ich habe noch jahrelang gespielt, aber nie mehr auch nur einen Centavo gewonnen.

Auch Fenster putzen und mit gekrümmtem Rücken Böden aufwischen war eine harte Arbeit. Ich mußte das um sechs Uhr früh tun. Danach übernahm ich, was anfiel. Manchmal arbeitete ich zwölf Stunden am Tag und darüber. Die Drucker gingen in Streik, um den Achtstundentag durchzusetzen. Ich lachte nur. Welcher Geschäftsmann würde die Arbeitszeit verkürzen? Die Jahre vergingen, und ich habe den Achtstundentag leibhaftig gesehen. Um so besser, sagte ich mir.

Diese Zeit der Herumtreiberei, einmal hier, einmal dort, war fast noch schlimmer als eine feste Arbeit. Ich hatte Leerzeiten, tote Zeit. Ich lernte alle Sorten von Menschen kennen. Aber im Grunde war ich ein Narr. Nicht einmal zum Zuhälter taugte ich. Ich war klein von Statur, hatte eine lange Nase – jetzt ist sie etwas kürzer geworden –, X-Beine hatte ich auch, und das Haar war schon damals dünn. Ich hatte nicht das Auftreten eines Zuhälters. Mich rettete einzig und allein, daß ich nicht auf den Kopf gefallen war. Wenigstens das. Umsonst hat sich Librada nicht in mich verliebt und mir Essen und Unterkunft gratis gegeben. Ich bin nie gern in das Viertel der schlimmen Weiber gegangen. Anfangs mußte ich ziemlich oft hin, anders wäre ich krepiert, aber später zog ich mich zurück. Zuviel Rauferei, zuviel Diebstahl, zuviel Geschlechtskrankheiten. Bauernmädchen, die frisch vom Land kamen; der Bräutigam hatte sie hergebracht und beutete sie aus. Sie verteilten sich auf alle Molen: San Isidro, Jesús María, später auch Colón. Du zahltest fünfzig Centavos und gingst mit dem Recht auf einen Kurzen hinein. Der Chef betrachtete dich von Kopf bis Fuß, um zu sehen, was mit dir los war. Der Schüchterne war nichts für einen anrüchigen Ort. Und die Puffmutter hatte so einen Blick, daß einem der Schreck in alle Glieder fuhr. In Marquéz González, so um 1920, lernte ich sechs Ungarinnen kennen, die nicht mehr die Jüngsten, aber hübsch waren. Ich habe am großen Tisch und am kleinen Tisch gegessen. Das einzige Gericht, das ich nicht probieren konnte, waren die Chinesinnen. Wenn sie Negerblut hatten, dann schon; das sind dann diese verzwickten Mulattinnen, die nach Schmalzgebackenem schmecken und denen man die Jahre nicht ansieht.

Librada hatte einen chinesischen Einschlag, aber wenig. Am meisten merkte man es an den Augen. Das Haar war kraus wie bei der Mutter, Haar wie ein Topfreiber. Die beiden Frauen machten gemeinsame Sache. Wenn ich kam, sprachen sie leise. Die Alte bettelte mich immer um Pesos an. Ich weiß nicht wozu, denn sie ging nie aus dem Haus. Sie sah alles, sie war verschlagen. Alle Tage kaufte sie ein Lotterielos, die Dreizehn, die Neun oder die Siebzehn, eine Zahl, die alle Farbigen besonders gern mögen, weil es der Geburtstag des heiligen Lazarus ist. Hier ging nichts ohne den heiligen Lazarus, selbst zwei Lazarette trugen seinen Namen, eines im Rincón und das andere in Mariel. Im Haus von Librada standen überall Heilige. Als ich das erstemal hinkam, war ich richtig erschrocken. Denn neben der Tür stand eine heilige Barbara, wie ich nie eine gesehen habe. Sie war so groß wie ich, hatte natürliches Haar und Augen aus gelben Steinen. In der Hand hielt sie ein Holzschwert, das bis auf den Boden reichte, und innen drin waren verfaulte Äpfel und Schnapsgläser. Ein heiliger Lazarus war auch da und die ganze heilige Gesellschaft. Sogar das Bad war vollgestopft mit kleinen Besen, geröstetem Mais, was weiß ich. Mir war nur das Zimmer wichtig und das Essen. Wenn sie mir Kölnischwasser in die Waschschüssel tat oder es über die Ecken versprühte, kümmerte mich das auch nicht. Dieser ganze Kram war etwas sehr Hiesiges und für das Land typisch. Ich wollte nichts anderes als ruhig schlafen und etwas im Magen haben. Und da ich selber keinen Glauben hatte, war alles, was dort über Religion geredet wurde, für mich Chinesisch. Sooft draußen etwas passierte, hielten sie Versammlungen ab und bekakelten es. Librada zwang mich zu nichts, aber ich sah und hörte alles. Ich steckte viel mit den Schwarzen zusammen. Der größte Teil der Frauen, die hierher kamen, waren Negerinnen und Mulattinnen. Die Mutter von Librada weissagte aus Schneckenmuscheln, und Spiritistin war sie auch. Sie war die Prinzipalin. Man kann sagen, daß sie mich links liegen ließen. Ich verstand von all dem nicht soviel. Und als Galicier behandelten sie mich als Minderbemittelten, als Dummkopf, als komische Figur. Dafür galt der Galicier damals in Cuba. Der einzige Ort, wo wir ein bißchen mehr galten als der Neger, war das Bett. Wer jetzt hingeht und den Jungen von heute sagt, er sei im Anzug angekommen und mit Geld in der Tasche und er hätte gleich gut dagestanden, der ist ein Lügner. Manche soffen den Schnaps flaschenweise und hatten keinen Ort, wo sie sich zum Sterben hinlegen konnten, und jetzt erzählen sie, sie hätten es mühelos geschafft, sie hätten zuerst mit dem Einzelhändler Soundso gearbeitet, und eine Woche später hätten sie einen Laden gekauft. Das ist falsch. Das sind Angeber.

Ich habe fast alle Krankheiten durchgemacht. Das kam von der Arbeit. Kurieren mußte ich mich allein. Wenn ich Fieber hatte, hieß es trotzdem: die Böden aufwaschen. Wenn mir von der Grippe alle Knochen wehtaten: Böden aufwaschen. Wenn ich Nagelgeschwüre bekam, mußte ich eben Monesia-Salbe kaufen. Und was für Nagelgeschwüre ich hatte! Das Kaliumkarbonat *Sello Rojo,* das es damals gab, zerfraß mir die Finger. Dadurch bekam ich leicht Infektionen, und so entstanden die Nagelgeschwüre. Das alles mußte man aushalten, ohne zu seufzen. Dann kam ich erst am späten Abend in das Haus von Librada, weil sich noch dies oder das

anbot: Fenster putzen im Geschäft irgendeines Großhändlers oder ein Auto schön sauber waschen. Dabei gab es immer Pulver. Wenn ich ankam, saßen sie überm Spiritismus oder bei irgendeiner Fresserei, und dann hieß es:
– Da kommt ja der *galleguiri.*
Ich mußte gute Miene machen und auf den schlechten Scherz eingehen.
Eines Abends kam ich an und sah eine ernste Versammlung. Sie sagten, ein spanisches Schiff sei untergegangen, die *Valbanera,* ein weißer, sehr hübscher Passagierdampfer, sie hatten ihn im Hafen gesehen. Das war 1919. Andere sagten, nein, die *Valbanera* versuche, mit dem Morro Verbindung aufzunehmen, es sei nicht so schlimm. Die ganze Insel geriet in Aufruhr. Die *Valbanera* wurde ein berühmter Fall. In diesen Tagen hatte ein starker Hurrikan in Havanna gewütet. Das Meer stieg auf Höhe der Stadt, und der Sturm riß die Stromabnehmer der Trambahnen um, entwurzelte Bäume und warf die »harten Kalten« um. Die »harten Kalten«, so hießen die Steinbänke in den Anlagen von Havanna, weil sie kälter als Eis waren. Die Calle Hornos wurde völlig überschwemmt: Häuser, Bäume, Strommasten, Autos. Dieser Hurrikan war schuld daran, daß die *Valbanera* unterging. Aber die Spiritistinnen behaupteten, sie empfingen Botschaften von der Besatzung. Dieses Märchen erfanden sie, um die Leute einzuwickeln. Vor allem die Angehörigen der Passagiere, die ganz verzweifelt waren, die armen Leutchen. Mindestens eine Woche lang gab es keine Nachrichten von dem Schiff. Und viele machten sich immer noch Illusionen. Alle möglichen Gerüchte liefen um: Es sei auf Grund gelaufen, es sei gestrandet, es treibe auf dem Meer . . . Nichts davon stimmte. Die *Valbanera* ging vor Florida unter, an einer sehr tiefen Stelle. Die cubanischen Kanoniere, die ausfuhren, um sie zu suchen, kamen zurück, ohne eine Spur gefunden zu haben. Es hätte nicht genug Kohle an Bord gehabt, hieß es, die Maschinen seien alt und kaputt gewesen, der Lotse hätte das Schiff nicht zu der Zeit in den Hafen

gebracht, zu der er sollte, der Kapitän sei ein Milchbart, was weiß ich. In diesen Tagen wurde über die *Valbanera* mehr gesprochen als über Menocal. Im Haus von Librada brachten sie nichts heraus. Die *Valbanera* sank mit über vierhundert Passagieren an Bord. Sie hörte auf, der Seestation am Morro Zeichen zu geben, und war verschwunden. Librada und ihre Mutter steckten viele Pesos ein mit dem Märchen, daß die *Valbanera* noch immer Lebenszeichen gebe. Die Angehörigen, fast alles Galicier, kamen und wollten wissen, wie es stand. Ich sagte ihnen, sie sollten zum Roten Kreuz oder zur Polizei gehen und nicht auf diesen Unsinn hören. Aber wenn die Leute verzweifelt sind, fallen sie ins Bodenlose. Ich nicht, ich gehöre zu denen, die auf die Zeit hoffen. Die Taucher fanden keine Leichen, aber viel Unrat im Heck, und der weiße Schiffsrumpf hatte eine leichte Havarie. Ein Taucher kam hoch und sagte:
– Es ist die *Valbanera,* ich hab's auf dem Bug gelesen.
Und damit war der ganze Spiritismus im Eimer. Der Taucher wurde ausgezeichnet. Er erzählte, wie die Haifische um den Bug geschwommen wären und sie nicht hätten arbeiten lassen. Die Taucher sind tüchtige Kerle. Einen Monat lang, glaube ich, widmeten sich die Zeitungen diesem Thema. Sie gaben das ganze Verdienst den Amerikanern. Dank deren Tauchern und deren Schiffen sei die *Valbanera* zum Vorschein gekommen. Die traurigste Geschichte bei diesem Schiffsunglück war die eines Passagiers, der in Santiago de Cuba an Land gegangen war, um den Zug zu nehmen und schneller in der Hauptstadt anzukommen. Er wollte ein Haus kaufen für seine Frau und seine zwei Töchter, die auf dem Schiff geblieben waren und bei dem Unglück ums Leben kamen. Der Mann lief wie ein Verrückter durch die Straßen, langhaarig und bärtig kam er an die Mole und sagte, er müsse die *Valbanera* herauffischen, seine Frau und seine zwei Töchter wären darin. Es tat einem weh, wenn man ihn sah. Irgendwer – wer es war, könnte ich um die Welt nicht mehr sagen – hatte ein Gedicht auf die

Valbanera gemacht. Meiner Ansicht nach war es der Einfall eines Galiciers, um Stunk zu machen. Die Leute sagten es in den Cafés auf. Es ging ungefähr so:

In Cuba gibt's keine Freude mehr,
seit das Meer, stürmisch und wild,
verschlungen hat die *Valbanera,*
als sie aus Spanien kam.
Ich weiß nicht, ist es Eifer,
daß ich es jetzt bekenne:
Fahr eines Tages ich zurück,
dann fahr ich nicht über's Meer,
dann will ich lieber hinüber
in einem Trambahnwagen.

Concha, die Pastetenbäckerin, war die Mutter von Librada. Eine gute Köchin, sehr sympathisch, aber abergläubisch! Sie hatte ihre schlimme Vergangenheit hinter sich, und nun verkaufte sie über die Straße, was sie zu Hause kochte: *bollitos de carita, tamales*, wie ich schon sagte, *boniatillo, cusubé,* auch Milchreis, von allem etwas. Sogar gerösteten Mais machte mir die Alte. Dort lernte ich den cubanischen Zuhälter kennen, wenn er seine religiösen Anwandlungen bekam und mit Concha über das Leben redete. Concha steckte sie alle in den Sack. Ich beschränkte mich darauf, gut zuzuhören. Concha verspottete sie ins Gesicht hinein. Aber der spanische Zuhälter war, soviel ich gehört hatte, gerissener als der cubanische. Der cubanische war ein prahlerischer Zuhälter, der spanische, nach dem, was Fabián mir erzählt hatte, ein einsilbiger. Er unterwarf sich die Frauen schweigend. In Cuba wurde immer alles zu Wasser und Salz. Der Zuhälter, das ist meine Meinung, muß die Frau schweigend strafen. Der cubanische Zuhälter war ein großer Maulheld und eingebildet. Ein Marktschreier. Deshalb liefen sich die Frauen die Hacken für ihn ab. Sie nannten sich selbst Zuhälter, sie kleideten sich als Zuhälter; sie waren ein Schauspiel auf der Straße. Sie behaupteten, sie hätten bis zu

zwölf Frauen und bekämen von allen Geld. Die phantastischsten Geschichten. Sie waren übles Gesindel.
Die Frauen waren in diesen Jahren geschenkt. Sie sagten zum Galicier:
– Bist du aber häßlich, Galicier, mit deinem großen Kopf.
Oder sie sagten den dummen Spruch vom Galicier, der sich nicht einmal in Bisamwasser wäscht. Aber sie gingen ins Netz. Geld war keines da, die Zeiten waren schlecht, und sie mußten essen und für ihre Geschwister sorgen. Sich durchschlagen, wie man so sagt. Sie kamen und sagten:
– Hör zu, Galicier, wenn du mir ein Beefsteak mit Brot bezahlst und mir ein Eis am Stiel kaufst, geh ich mit dir und wir drehen eine Runde auf dem Malecón.
Und bei dieser Hitze, *madre mía*, in diesen glutheißen Straßen kamst du um vor Schläfrigkeit, wenn du nicht etwas Kaltes zu dir nahmst. Das Eis am Stiel, das die Polen herübergebracht haben, war eine Labsal.
Librada und ihre Mutter plünderten mich ziemlich aus. Fast alles, was ich verdiente, gab ich ihnen. Ich war mit Librada sehr zufrieden, bis ich ihr eines Tages auf die Schliche kam.
– Manuel, sagt sie zu mir, was hältst du davon, wenn wir heiraten?
Verrückt wäre sie, sagte ich ihr, ich wollte eine Señorita heiraten. Ich hatte ihr von Casimira nie auch nur ein Wort erzählt. Ich glaube, daß ich ihr gegenüber im Recht war. Librada war mit Maurern, Schleifern, Dudelsackspielern gegangen, immer mit Galiciern. Und ich wußte es. Trotzdem blieben wir beisammen. Einige Zeit darauf trinke ich in der Casa Azul ein Bier mit Gordomán und Perico, dem Pfahl, und mich packt schon die Eifersucht, wie er sagt, er wäre der Mann von Librada gewesen. Perico stammte aus Regla, und den Pfahl nannten sie ihn, weil er damit angab. Er bezahlte mein Glas, und das gefiel mir gleich nicht, denn das hieß, daß etwas hinterher kommen würde. Und da wirft er

mir ohne weiteres an den Kopf, Librada hätte ihm gesagt, ich wäre offiziell ihr Mann und wir würden bald heiraten. Er sagte mir auch, sie spotte über meine Männlichkeit und spreche immer nur von dem Fingerhut, kurz und gut, er wollte mich lächerlich machen. Ich ließ Perico reden, ich stellte mich dumm. Aber als ich den letzten Schluck Lager getrunken hatte und im Haus von Librada erschien, war es das gleiche.

– Was ist los, Galicier, fragte mich Concha.

– Ich will Ihrer Tochter nur sagen, daß sie mich nicht mehr zu sehen bekommt, nie mehr. Hier läuft nichts mehr.

– Aber Galicier, gib doch nichts auf das Gerede der Leute. Ich hab dir gerösteten Mais gemacht . . .

Librada hätte sich gern versteckt, aber sie konnte nicht, weil ihre Patin ihr am Hals ein paar Warzen wegmachte. Das Zimmer roch nach verbranntem Fleisch. Ich linste kurz zu ihr hinüber. Sie saß auf einem Stuhl mit den Wattebauschen auf den Warzen. Das einzige, was ich fühlte, war: Sie gefiel mir, und die Mahlzeiten würden mir fehlen. Wenn sie Perico gegenüber den Schnabel gehalten hätte, wer weiß, wie es gekommen wäre. Perico war einer von diesen schundigen Zuhältern, von denen ich gesprochen habe. Deshalb hatte ich eine solche Wut auf diese Typen, die weder essen noch essen lassen. Der Besitzer der Casa Azul, ein Asturianer, der Bescheid wußte über den Strich, weil er in einem Hurenviertel lebte, sagte, der cubanische Zuhälter würde selbst überhaupt nicht keltern. Klar, er übertrieb, und als alter Zornnickel war er auch neidisch. Jedermann wußte, was seine Frau auf den Reissäcken mit Pastorcito trieb, den er nach der Geldentwertung aus Spanien hatte kommen lassen. Aber so unrecht hatte er trotzdem nicht. Zuhälter, sagte er, nur die aus Spanien.

Kurz und gut, ich stand auf der Straße. Wieder mußte ich mit dem Kleiderbündel auf der Schulter Wohnung und Arbeit suchen. Diesmal hatte ich etwas mehr Geld bei mir, denn ich hatte das Lotteriespielen aufgegeben, und die Kegel

waren sparsamer, man verlor wenig, und das Geld blieb unter uns. Weder Gundín noch Constantino noch Gordomán ließen es zu, daß einer von uns gänzlich pleite ging. Ich besuchte Gundín, und er sagte das gleiche wie früher:
– Am Bau, keine Arbeit, Manuel.
Das war wie ein Kübel kaltes Wasser auf den Kopf.
– Hostie! war das einzige, was ich herausbrachte.
Das war schon 1920. Hier sprachen alle nur noch über Streiks, Bomben, wie die von Caruso, und Wahlen. Ein paar Wochen lang lebte ich so dahin. Brot und Wasser. Hin und wieder eine süße Speise, und schlafen ging ich in ein Heim für ledige Männer, wo ich mein Geld in die Schuhe stecken und mit den Schuhen an den Füßen schlafen mußte. Havanna behandelte mich schlechter als einen Seeräuber. Aber ich lernte immer mehr Leute kennen. Ich lernte die Frau von Veloz kennen, die ein strammes Weib und sehr fidel war. Dort ging ich von Zeit zu Zeit hin und schmarotzte. Mit ihrer jüngeren Schwester hatte ich später etwas. Und ich lernte Manuela kennen. Manuela war ein Fall für sich. In ihr Haus ging man nur, um zu essen. Es war ein großes altes Haus in der Calle Esperanza. Die eigentliche Erholung war im letzten Zimmer. Der Bruder von Manuela war Verlader und ungefähr in meinem Alter. Alle Welt ging dahin und stillte seinen Hunger mit Brot. Denn Brot gab es dort immer. Manuela hatte breite Kinnbacken, sie sah aus, als hätte man ihr Keile mit Gewalt in den Mund getrieben. Sie kochte im Haus eines Reichen, dem Besitzer einer Weberei in dem Dorf Calabazar. Er war ein geriebener Alter. Mit ihrem Bruder hielt er sie in der Zange. Sooft Manuela nicht zur Arbeit kam, machte er ihren Bruder fertig. Ihr gegenüber kein Wort. Alles nur über den Bruder. Bis herauskam, daß sie von A bis Z alle Geschichten des Alten kannte: Betrügereien, Bestechung von Zöllnern, Geliebte, Drogen etc. . . . Niemand war diskreter als Manuela, nie sagte sie ein Wort, die Arme, und alle, die wir zu ihr gingen und unseren Hunger stillten, wußten genau, daß das Brot und der Kaffee

von dort kamen. Nicht umsonst konnte sie so viele Leute für ein Vergeltsgott und ohne nachträgliche Forderungen ernähren. Sie aß gern Brotkrume, weil sie weiße Männer mochte. Alle, die wir zu ihr gingen, waren Weiße und Spanier. Sie war eine schwarze *Alma mater.* Alle mochten sie gern und behandelten sie gut, speziell ihres Geschlechts wegen. Aber jetzt kommt das, was für uns alle ein Schlag vor den Kopf war. Eines Abends holt mich ein Freund ab, um an die Mole zu gehen. Ich setzte mich dort gern auf die Mauer, um mich zu unterhalten und die frische Luft zu genießen. Die Luft an der Mole ist gesund, und einen würzigeren Geruch als den Meergeruch gibt es nicht.

– Manuel, das Haus von Manuela ist geschlossen, was ist los?

Dieses Haus lebte von den offenen Türen. Aber tatsächlich, ich komme hin und sehe, alles ist geschlossen. Ich klopfe, ich rufe, nichts.

– Was zum Teufel ist los! Was zum Teufel ist los!

Und ich schreie:

– Manuela, ich bin's!

Die Leute im Viertel fingen an, die Schnauzen rauszustrekken. Niemand hatte an diesem Tag Manuela gesehen. Das Vorlegeschloß war auch nicht von außen zugeschlossen. Da ich dünn und leicht war, sprang ich zum Oberlicht ihrer Tür hoch, durchstieß einen Karton, der statt Glas im Rahmen steckte, und fiel kopfüber zwischen das Bett und den Stuhl. Da sah ich Manuela neben dem Korb mit schmutziger Wäsche liegen, den Kopf nach oben, die Augen offen, glasig wie Fischaugen, und den Mund voll Ameisen. Es fehlte nicht viel und ich hätte laut geschrien. Aber als Mann beherrschte ich mich. Minutenlang konnte ich kein Wort herausbringen. Sie riefen mich von draußen, und ich konnte keine Antwort geben. Ich konnte mich kaum bewegen. Meine Füße und Hände waren wie festgeschraubt und das Kinn gelähmt.

Meiner Ansicht nach hatten die Nachbarn einen Verdacht, wollten aber nicht sprechen, weil Manuela nur ihren Freun-

den gehörte, sonst niemandem. Alle waren mucksmäuschenstill, als ich aus dem Zimmer trat. Mein Freund und ich gingen zu Manuelas Bruder.
– Moro, sie haben deine Schwester umgebracht. Ein Verbrechen, Moro, ich mußte es dir sagen.
Er rannte durch den ganzen Prado. Wir zwei hinterher, völlig verstört. Der Moro sah aus wie ein losgelassener Dämon. Als wir ankamen, war schon die Polizei da. Sie verhörte mich mit den dümmsten Fragen, als ob ich der Henker dieser Toten gewesen wäre. Ich sage es ja, was ich auf der Erde erlebt habe, werde ich in der Hölle nicht erleben. Sie nahmen mich fest, weil ich durchs Fenster eingebrochen war. Ich saß hinter Gittern mit anderen Freunden Manuelas. Der von der Klempnerei *El Sortilegio* war da, Evaristo, der Schlächter, Gordomán, der Arme, obwohl er Familienvater war und alles. Und die Mutter von Manuela, die eine resolute Negerin war und nicht weinte, sagte nur immer, ihre Tochter wäre anständig wie keine zweite gewesen. Später, als sie Manuelas Leiche sah, brach es aus ihr heraus:
– Heilige Maria, Mutter Gottes, du hast sie geholt, damit sie nicht länger in der Sünde lebt.
Manuela gehörte nicht zum Milieu. Sie war eine lustige Frau gewesen, hatte ihren Freunden zu essen gegeben, pikante Geschichten erzählt und Rumba getanzt, sonst nichts. Man ging zu ihr, um sich zu erholen, um sich auf heitere Art zu zerstreuen.
Der Alte hatte sie töten lassen, weil er entdeckt hatte, daß sie seine ganze Lebensgeschichte einem Grenzwächter namens Vicente erzählt hatte, von dem es hieß, daß er ihr Mann sei. Der Alte hat sie auf der Stelle umbringen lassen, am hellichten Tag.
– Kannten Sie sie?
– Ja.
– Wann haben Sie sie kennengelernt?
– Vor ein paar Monaten.

– Was haben Sie in diesem Haus gemacht?
– Geschichten angehört und umsonst gegessen.
– Was sonst?
– Sonst nichts, Herr Richter. Ich bin ein Ehrenmann.

Ein paar Monate später kam ich an der Weberei vorbei und sah den Alten mit seinem Wanst und seiner Zigarette vor der Tür sitzen. Ich sah ihn mir gut an und sagte mir: »Caramba, wie klein ist die Welt. Wenn dieser Alte wüßte, was ich von ihm weiß, dann würde er nicht hier sitzen und Rauch in die Luft blasen.«

Aber so ist es, die Armen unten büßen für die Sünden, und die Reichen sehen der Tragödie der Welt zu, als ob sie nichts damit zu tun hätten.

Das schmackhafteste Brot, das ich in Havanna gegessen habe, wenn es auch sonst nichts dazu gab, habe ich im Haus dieser Manuela gegessen.

Ich lebte weiter von einem Fehlschlag zum andern. Gundín hat mir oft aus der Klemme geholfen. Ich kann sagen, daß er mein bester Freund war. Nie habe ich ihn um mehr als fünf Pesos gebeten. Und jedesmal gab ich sie zurück, ihm wie auch José Martínez Gordomán.

Ich weiß wahrhaftig nicht, warum sie uns Galicier in Cuba so einen schlechten Ruf angehängt haben. Vor allem als dumm und als knausrig sind wir verschrien. Schön, und wo bleibt da der Andalusier? Das mit dem Ruf ist alles falsch, aber der Andalusier ist wirklich schwer von Begriff und macht Sachen, die ihn das Leben kosten können.

Ich kenne einen Haufen Geschichten über Andalusier und Neger. Über den Galicier haben sie viel gespottet, aber der Neger ist stärker diskriminiert worden, und das ist viel schlimmer.

Da ist der Andalusier, der solchen Hunger hatte, daß er seine Söhne ausschickte, sie sollten auf einem Yucafeld Yuca stehlen. Die Söhne kamen zurück, mit Säcken beladen. Sie kochen einen Riesenkessel voll Yuca, und der Andalusier

setzt sich an den Tisch und ißt und ißt und ißt. Nach einer halben Stunde sagt einer der Söhne:
– Hören Sie, Papa, das wird uns in der Kehle stecken bleiben.
Und der Alte brachte keine Antwort heraus, weil sein Hals innen so gestärkt war, daß er ihn nicht bewegen konnte.
Und da ist der Andalusier, der stirbt und in den Himmel geht. Er kommt an und sieht den heiligen Petrus so recht aufgeblasen zwischen Engeln und Wolken stehen.
– Andalusier, sagt Petrus, hier kommt man nur zu Pferd herein.
Wieder auf der Erde, trifft der Andalusier, der sehr dumm ist, einen Neger:
– Neger, in den Himmel kommt man nur zu Pferd. Ich habe eine Idee, wie wir beide hineinkommen. Ich setz mich auf deinen Rücken, und so erweise ich dir eine Gunst.
Der Andalusier und der Neger machen sich auf den Weg. Und wie sie ankommen, fragt der heilige Petrus, der so aufgeblasen ist, den Andalusier:
– Wie kommst du her, zu Fuß oder zu Pferd?
– Zu Pferd, antwortet er.
– Gut, dann laß das Pferd draußen und du, komm herein.
Der Neger ist der wirklich Diskriminierte, denn schließlich und endlich: der Andalusier kam hinein, nicht?
Andalusier gab es hier viele. Sie waren sehr gute Arbeiter, aber ihr Fehler war, daß sie tranken. Sie soffen ganze Kisten voll *Tropical negra.* Ich kannte einen gewissen Benito Gorvea, einen professionellen Trinker. Er setzte sich in La Tropical unter einen *mamoncillo*-Strauch und trank mit anderen Andalusiern und Galiciern um die Wette, und immer ging er als Sieger hervor. Er trank bis zu dreißig Flaschen Bier an einem Abend. Und trotzdem stand er fast im Morgengrauen auf und buk *churros* mit seiner Frau. Buk *churros* und verkaufte sie. Er war ein sehr volkstümlicher *churrero* in Havanna. Alle in seiner Familie waren

Andalusier. Gorvea war mit einer Schwester der Frau von Constantino Veloz verheiratet, einer X-Beinigen. Sie waren vier Schwestern, und die jüngste hatte es damals auf mich abgesehen. Ich mußte nach dem ersten Rettungsanker greifen. Die Andalusierin war nicht häßlich, obwohl sie Leoncia hieß. Sie machte mir alles. Eines Tages sagte sie zu mir:

– Bleib bei mir, wir werden bescheiden leben, aber glücklich.

Ich blieb, probeweise. Wir hatten das letzte Zimmer in einem Haus in der Calle Escobar, in der Nähe des Malecón. Benito war der Chef der Familie. Er soff wie ein Bürstenbinder, war aber redlich und sehr arbeitsam. Für mich war alles neu. Ich hatte nie mit einer andalusischen Familie gelebt. Lustig ist es schon, das kann man sagen, aber den Rücken muß man krumm machen. Da die drei Schwestern unter einem Dach lebten, machte jede etwas anderes: *churros*, Staubwedel, Topflappen, Tischtücher, Besen und Flaschenbürsten. Es war eine erstklassige Werkstatt mitten in Havanna, und da ich etwas tun mußte, sagte ich Benito, daß ich am liebsten Besen und Flaschenbürsten verkaufen wollte. Ich kannte mich in Havanna einigermaßen aus. Ich hatte harte Beine vom vielen Laufen, und diese Arbeit war tausendmal besser, als weiter Böden aufzuwaschen oder diesen knickrigen und eingebildeten Bonzen die Büros zu putzen. Ein Spanier als Besenverkäufer war hier nichts Alltägliches. Ich rief meine Ware nicht einmal aus. Ich ging auf Nummer Sicher. Da ich nicht an jeder Straßenecke stehenblieb, um dummes Zeug zu schwatzen oder an den Ständen der Chinesen Maispasteten zu essen, verkaufte ich mehr als jeder Einheimische. Die Besen von Leoncia waren aus sehr gutem Maisstroh, erstklassige Qualität. Sie wurden vierzig Centavos das Stück verkauft, die Federwische für einen Real. Die langen Wege waren eine Kalamität. Ich kam nach Hause, schlimmer als ein ausgeleierter Maure, ich war fix und fertig. Ich trank Wasser oder Limonade und ließ mich aufs Bett fallen. Oft steckte ich die Füße in heißes Wasser, und so, mit den Füßen im Eimer, schlief ich ein. Ich wäre wie der schwarze Zeitungsverkäufer, sagten sie, der um sechs Uhr früh von *La Discusión* loszog und durch die ganze Stadt lief, von der Altstadt bis zum Cerro. »Teufelspferdchen« nannten sie ihn, weil er durch die Straßen nur so flog. Genauso ich. Aber mit mir legte sich niemand an. Ich nahm vielen das Geschäft weg. Durch meine Fixigkeit und die Qualität meiner Ware. Außerdem galten wir Galicier im Geschäft immer als seriös und zuverlässig. Wenn man sagte, ein galicisches Dienstmädchen, hieß das so viel wie die Chefin eines ganzen Betriebs. Zuverlässig und vertrauenswürdig. So war es mit einem selbst auch. Der Cubaner verscheißert dich, aber er weiß, was du in Wirklichkeit wert bist. Dafür hat er Luchsaugen.

Ich ging aus Escobar um sieben in der Frühe weg. Wenn ich in die Altstadt kam, war es ungefähr zehn. Um diese Zeit aß ich eine *cajita premiada.* Zum besseren Verständnis: *Cajitas premiadas* waren gebackener Stockfisch mit gerösteten Süßkartoffeln, köstlich. Sie weckten einen Toten auf. Oder ich aß ein paar *pitos de auxilio,* die in Form von Kroketten aus Kastanienmehl gemacht werden. Das alles kostete nicht viel. Es war Armenkost, aber sehr nahrhaft. Selbst Kid Chocolate ging, bevor er der wurde, der er war, zum *Paño de Lágrimas* in Aguacate y Virtudes und aß da seine drei *cajitas* und ein paar *buñuelos,* und weiter gings mit dem Verkaufen. Er verkaufte *La Discusión,* die meistgelesene Zeitung damals, soviel ich weiß. Als er Weltmeister wurde, brachten die Chinesen an ihren Verkaufsständen ein Schild an:

»Hier aß Kid Chocolate.«

Eine Gallenblase aus Blei mußte man haben, um so fett zu essen, ohne Schaden zu nehmen. Aber der Galicier mußte sich notgedrungen Innereien aus Blei anschaffen. Deswegen sagte Steinhardt, der Besitzer der Trambahnen und ein echter Millionär, wenn er die Galicier beim Verlegen der Schienen sah:

– Verdammt, diese Galicier essen um zwölf Uhr mittag Brot und Sardinen, bei dieser Gluthitze, und ich hab's am Magen. Meine Vermögen gäbe ich drum, wenn ich das auch könnte.
Steinhardt starb an einem Leberanfall. Es gibt ein Sprichwort, das heißt: »Was Gott dir gegeben hat, segnet Sankt Petrus.« Und wir haben einen privilegierten Magen. Am 3. März bin ich achtzig geworden und kann noch heute um zwei Uhr nachts eine galicische Fleischsuppe essen und lege mich hin und schlafe den Schlaf des Gerechten.
Aber ich sprach von der Andalusierin. Leoncia war eine gute Perle. Aber es brachte mir nichts. Man wußte in diesem Haus nicht, wo einem der Kopf stand. Benito befahl, die Frauen kommandierten. Wieso das? Wenn er wegging, um *churros* zu verkaufen, machten sie genau das Gegenteil von dem, was er gesagt hatte, allen voran die X-Beinige. Untereinander vertrugen sich die Schwestern gut. Sie erzählten sich alles. Und da fing der Ärger mit den Männern an. Sich selber fanden sie ganz in Ordnung, aber um die Männer wickelten sie ihre Klatschgeschichten. Eines Tages mußte das Haus gestrichen werden, weil der Verputz von einer Stunde zur andern abblätterte. Da sagte ich zu Leoncia:
– Ich streiche die eine Hälfte und Benito die andere.
Aber nichts da. Gleich sagt Angelita:
– Benito hat das im Nu gestrichen. Er muß es machen in diesem Haus.
Da es für mehr nicht langte, kauften wir Kalkmilch. Kalkmilch ist kälter als ein Winter in Galicien. Benito war wirklich ein Maulesel. Und dann heißt es, die Galicier. Er war starrsinnig und ließ sich nicht raten. Er sagte, er hätte bedacht und genau kalkuliert, was er tut. Und ich wäre ein Angeber
Als ich die Eimer mit Kalkmilch sah, bekam ich es mit der Angst. Ich wußte, wie leicht man sich in diesem Klima durch einen raschen Temperaturwechsel eine Lungenentzündung holt. Aber es war mit ihm nicht zu reden, also hielt ich den

Mund. Es war ein Sonntag. Angelita richtete ihm alles her: eine Stange Brot, eine Flasche Rotwein, den Pinsel und die Eimer mit Kalkmilch. Aber an diesem Tag ging es Benito nicht gut. Er hatte Schleim in der Nase, als hätte er einen verdeckten Katarrh. Ich sagte nichts, ich hab auch meinen Dickkopf.
– Benito, Sie niesen immerzu. Die Kalkmilch ist kalt, lassen Sie das für einen anderen Tag.
– Mein Mann weiß, was er tut, Manuel.
Also ging ich hin und legte mit Leoncia Schnüre. Sollte Benito machen, was er wollte. Angelita reichte ihm die Eimer die Leiter hinauf, und er kleckste wie ein Wilder, daß man es noch im hintersten Zimmer klatschen hörte. Alles aus Angeberei, klar. So gegen drei oder vier stieg Benito von der Leiter herunter, bleich und vor Kälte zitternd. Und das bei dieser Hitze! Er trank Wein und aß fast die ganze Stange Brot. Er schwoll an wie ein Ballon. Dann duschte er und wurde so blau, wie er vorher weiß gewesen war. Die Andalusierin sagte nur immer:
– Das vergeht, Mann. Das vergeht schon wieder.
Aber es verging nicht. Benito starb, wo er stand, ohne Husten, ohne irgendwas. Er hatte sich von Kopf bis Fuß erkältet, und das brachte ihn direkt auf den Friedhof. Die Andalusierin schrie:
– Benito, wach auf!
Aber Benito machte die Augen nicht zu, bis ich sie ihm schloß. Das ist eine von den Andalusier-Geschichten, die ich selbst erlebt habe, bei andalusischen Bekannten. Der Galicier ist überlegter. Der Andalusier, sage ich, bricht sich lieber das Genick, als daß er sich den Arm brechen läßt.
Ich wurde bei Leoncia nicht alt. Und das aus Gründen, die sehr gerechtfertigt waren. Nun war Angela Herr im Haus, und die Tyrannei war komplett. Sie wollte, daß ich *churros* verkaufte, aber ich weigerte mich. Da rief sie einen Jungen und hängte dem die Schürze um. Das Geschäft lief weiter, ging aber zurück. In der Stadt wurde es immer schlimmer,

man konnte nichts mehr verkaufen. Zu allem Unglück fiel mir ein schweres Brett auf den einen Fuß, so daß ich mein Leben lang ein wenig hinkte. Schuld war ich selber, weil ich nicht wollte, daß sie ihn mir in Gips legten. Mit den Besen auf der Schulter lief ich herum, und der Fuß war blau wie eine Aubergine. So blieb er monatelang, und deshalb hinke ich.

Leoncia war schon ziemlich kitzlig. Ich kam zerschlagen nach Hause, und sie:

– Manuel, das Essen steht auf dem Tisch.

Mir fielen die Augen zu:

– Manuel, das Wasser ist heiß, wasch dich schon.

Was hieß da waschen! Ich war fix und fertig und wollte nichts, als mich auf die Matratze werfen und schlafen, schmutzig oder wie immer. Leoncia hatte mich schon bis oben. Aber ich mochte sie auch. Und sie kochte gut. Sie machte mir alles. An demselben Tag, an dem Zayas die Macht übernahm, traf ich in der Prado, in der Nähe des Marsfeldes, Conrado, den Sohn von Antonia Cillero. Ich hatte ihn nicht oft besucht. Ich war ihm dankbar für das, was er für mich getan hatte, aber ich hatte keine Zeit, bis zur Plaza Polvorín zu laufen oder die Trambahn nach Buenavista zu nehmen. Als ich ihn sah, offensichtlich arg heruntergekommen, rief er mir zu:

– Im Glück vergißt man die Freunde . . .

– Was heißt da Glück? Siehst du nicht, daß ich den Mast auf dem Rücken trage?

Ich hatte noch an die sechs Besen bei mir und ein Pech wie nie. Man konnte nichts verkaufen, es gab keine Taglöhnerarbeit, nichts. Wir steckten in einem bösen Engpaß, nicht einmal die Züge funktionierten. Alles war Streik und wieder Streik der Transportarbeiter und der Verlader.

– Und warum ziehst du den Fuß nach?

– Nichts, ein Brett.

– Laß es dir besprechen, Galicier.

Die Zauberei nützte nicht die Spur. Aber die glaubten

daran. Die Andalusierin genauso. Nachts träumte sie vom Teufel, von Pfarrern, die ihr erschienen und mit ihr schliefen, von zahnlosen Hexen. Sie hatte mich schon bis oben satt.
Ich erzählte Conrado, was ich gemacht hatte. Er versprach mir eine Arbeit als Verlader, aber ich wußte, das war nur so hingeredet. Was sollte der mir anbieten, wo er es selber zu nichts gebracht hatte? Er lebte in demselben feuchten Loch wie früher, nur daß die Ungarin gestorben war und er nun alles selber machen mußte. Er, der mehr heruntergekommen war als ich, wollte mir etwas versprechen.
– Wenigstens gut, daß du noch Arbeit hast.
– Weil ich ein Lastesel bin, Manuel.
Er tat mir leid, und ich nahm ihn mit nach Hause, damit er Leoncia kennenlernte und einen Bissen mit mir aß. Schließlich und endlich hat er das erste Beefsteak bezahlt, das ich in Havanna gegessen habe. Gegen drei Uhr nachmittags nahmen wir die Trambahn.
In San Lázaro stiegen wir aus. Und wie ich zu Hause ankomme, fragt mich Leoncia, warum ich keinen einzigen Besen verkauft habe. Ich mußte ihr eine aufs Dach geben. Einem Mann das vor seinem Freund antun, ist eine tödliche Beleidigung.
Conrado und sie verstanden sich gut. Sie fingen an, Späße und Witze und Blicke zu tauschen. Ich stellte mich dumm.
– Schau, Leoncia, der war es, der mir das erste Essen in Cuba bezahlt hat.
Die Schwester von Leoncia machte den Mund nicht auf. Sie war eine Strenge. Witwe, jung und sehr herrisch. Anscheinend paßte es ihr nicht, daß ich mit einem Besuch kam. Ich tat nicht dergleichen. Von da an kam Conrado jeden Sonntag, um Domino zu spielen. Er soff den Schnaps weg wie Wasser. Leoncia lachte über alle seine Witze. Vor allem über das Märchen vom Andalusier, das er immer erzählte, wenn er am Trinken war.

Es war einmal ein sehr undankbarer Andalusier. Er hatte seine Mutter in Cadiz im Stich gelassen, um in Havanna Arbeit zu suchen. Er fand auch eine, weil er ein Andalusier mit Glück war. Er verdiente Geld, und da kaufte er seiner Mutter einen Papagei. Schönes Geschenk, nicht? Der Papagei war alt und kahl, denn der Andalusier wird immer übers Ohr gehauen, samt seiner Schlauheit und allem. Dieser war doppelt betrogen worden, denn der Papagei quasselte wie ein Irrer. Tag und Nacht kreischte er. Und das Schönste war: als er im Dorf ankam, ließ er Sprüche los, wie »Fick deine Mutter, Scheißkerl« und ähnliches Zeug.
Bald darauf schickte die Mutter dem Sohn einen Brief, in dem sie schrieb:

»Lieber Sohn, das Federvieh, das Du mir aus Cuba geschickt hast, war ein Schwein. Er schiß Kürbiskerne im ganzen Haus. Und sobald Dein Vater durch die Tür hereinkam, schrie es: »Fick deine Mutter, Scheißkerl«. Es tut mir leid um ihn, weil er so bunt war, aber Dein Vater hat ihm eines Abends den Hals umgedreht, und da war Schluß.«

Conrado gewann die Sympathie der Leute, die zum Spielen ins Haus kamen. Der Cubaner war bei den Spaniern immer beliebt. Aber das Domino ist ein Spiel, das die Gemüter erhitzt. Und eines Abends gingen Gundín und er mit den Fäusten aufeinander los. Gundín schmiß ihn zu Boden. Und ich sah, wie Leoncia hinlief, um ihm zu helfen. Ich witterte Unrat, aber ich sagte mir: »Manuel, sei kein Schuft, denk nicht schlecht von anderen.«
Zu zweit halfen wir Conrado auf. Aber mit dem Frieden war es ein für allemal vorbei. Noch am selben Tag, nachdem Conrado mit seinen Prügeln abgezogen war, nahm mich Gundín beiseite:
– Manuel, es ist häßlich, wenn ein Mann dem andern die Frau knackt. Conrado und Leoncia ...
Ich war starr vor Staunen. Gundín war mein Freund seit

langem und Conrado in Wirklichkeit nur ein Falschspieler. Ich weiß es genau, ich kann nur nicht alles sagen.
Er kam nie wieder ins Haus. Leoncia bekam es mit den Nerven. Alles regte sie auf. Von mir wollte sie nichts mehr wissen. Ich kam mit meinen Besen, und für sie war es, wie wenn sie einen Fremden gesehen hätte. Den Bauch merkte ich als erster. Sie hat mir nichts gesagt. Ich hatte meine Zweifel, weil Gundín mir die Sache mit ihr und Conrado in den Kopf gesetzt hatte. Ich sagte, dieses Kind wäre nicht von mir, ich würde ihm meinen Namen nicht geben. Und da, unter Weinen und Schimpfen, wollte sie mich aus dem Haus jagen. Ich verzieh ihr, denn was man sagt, ist eine Sache, was man ist, eine andere. Aber als es geboren wurde, war es ihr wie aus dem Gesicht geschnitten. Von mir hatte es gar nichts. Andererseits war es dunkelhäutig, verbranntes Fleisch wie Conrado. Ich sagte ihr:
– Leoncia, dieses Kind ist nicht von mir.
– Glaub, was du willst, gab sie mir zur Antwort.
Schließlich war es Angela, die mich aus dem Haus warf. An Männern wäre hier kein Mangel, sagte sie. Ich wurde fuchsteufelswild. Aber ich mußte gehen. Von den Andalusierinnen habe ich nie wieder etwas gehört. Nicht einmal den Namen, den sie dem Kind gaben. Das war das zweitemal, daß ich auf dieser Insel Lehrgeld bezahlte.

Um diese Zeit bekam ich häufig sehr starke Kopfschmerzen. Ich konnte mich nicht an die Sonne gewöhnen. Und Mützen trug ich nicht gern. Mit dem, was ich in der Tasche hatte, mietete ich mir ein Zimmer im Vedado. Es lag in der Efe y Diecisiete. Ich verkaufte Luftballons auf den Märkten im Palatino und Süßigkeiten: *malarrabias, motoristas, alegrías de coco* . . . cubanische Süßigkeiten aus einer Konditorei, die von Mulatten betrieben wurde. Sehr gute Süßigkeiten. Ich trug sie auf die Volksfeste, die von den Galiciern veranstaltet wurden, und die Kinder kauften mir ab. Aber mehr als Süßigkeiten wurden dort galicische Pasteten gegessen. Sie

buken *buñuelos* und *churros*, aber das Hauptgericht waren die galicischen Pasteten.
Auf den Volksfesten lernte ich viele Spanier kennen. Obwohl ich ein kleiner Mann war, na ja, eben nicht zur Klasse der Kaufleute gehörte. Ich war immer bei denen, die sich ihr Essen suchen mußten. Ich tanzte keine *muñeiras*, ich sang keine *alalás* noch sonstwas. Gordomán und die Kinder, natürlich, die ließen kein Volksfest aus. Sie verdienten gut, weil er der beste Dudelsackspieler in ganz Havanna war. Aber mir konnte er nie in irgend etwas helfen. Er sagte, ich wäre ein Weltenbummler, und recht hatte er. Ich bin immer sehr eigen gewesen. Noch heute stört es mich, wenn ich mich in die Parkanlage am Paseo setze und irgendwer setzt sich neben mich. Was aber Freunde sind, mit denen rede ich gern.
Da ich nicht weit von Gundín wohnte, stellte ich mich jeden Abend bei ihm ein. Ich lief den Paseo hinunter und war im Handumdrehen in dem alten Herrenhaus. Gundín war dort schon Herr und Gebieter, weil er gute Kontakte hatte und wußte, wie man der Katze die Schelle umhängt. Er war Elektriker, Gärtner, Chauffeur, eine Welt!
Eines Abends komme ich dort mit einem füchterlichen Kopfschmerz an und sage ihm auf den Kopf zu:
– Weißt du was, Gundín, eine Arbeit am Bau muß her.
– Du bist verrückt, Manuel, so geht das nicht. Wir werden sehen.
Ich ging, und am nächsten Tag erschien Gundín in dem grünen Ford bei mir und sagte:
– Laß die Süßigkeiten, es gibt Arbeit am Bau.
Arbeit am Bau, das war eine fixe Idee von mir. Und ich habe sie bekommen.
Die Süßigkeiten warfen nicht einmal genug ab, um auch nur einmal die Woche ins Kino zu gehen. Erst recht reichte es nicht für eine Kegelpartie. Mit dem ersten Geld, das ich als Maurer im Taglohn verdiente, denn als Maurer fing ich an, leistete ich mir ein Kino.

Ich will erzählen, wie es war, als ich hineinging. Der Film, der lief, war ein Kriegsfilm und sehr patriotisch. Er hieß »Die Rettung des Brigadiers Sanguily«. Vorgeführt wurde er im Zirkus Santos y Artigas. Sogar der Präsident Mario Menocal hatte ihn in seiner Regierung gutgeheißen. Es war ein großer Film. Man sah alles ganz deutlich, wenn auch sehr schnell. Die Figuren sahen aus, als ob sie fliegen würden, nicht, als ob sie Trab reiten würden. Es war eine wilde Jagd von Köpfen und Beinen. Wir waren ganz schwindlig, Gundín und ich, als wir herauskamen. Gundín ist sogar ein bißchen erschrocken über die Schüsse. Man hörte sie nicht, aber den Rauch sah man. Und da sie auf die Sperrsitze zielten ... Es war phantastisch, wie auf den Straßen die weiße Mörtelerde aufflog und der Staub die ganze Leinwand zudeckte. Und die Hüte der Reiter flogen durch die Luft. Alles da vorn, ohne aus dem Rahmen zu springen.
Später sah ich auch Abenteuerfilme und Liebesfilme, wie die im *Campoamor* und im *Olimpic,* auch Filme über den Kampf cubanischer Patrioten gegen neu angekommene Offiziere und Rekruten. Es war ein bißchen übertrieben, denn immer gewannen die Cubaner mit der bloßen Machete. Aber das Kino ist phantastisch, genau wie die Bücher. Das Kino ist das Buch der Zukunft, sage ich.
Das Komischste, was ich in einem Kino erlebt habe, war das mit dem galicischen Dienstmädchen der Méndez Capote, einer mit den Conill und den Hevia befreundeten Familie, alle aus dem Vedado. Die Galicierin hieß Vicenta. Ich kannte sie gut. Sie war ein hübsches Ding, aber sehr schreckhaft. Immer hatte sie die Hände in den Taschen ihrer Dienstmädchen-Uniform. Und sie wollte mit niemandem sprechen. Ihr Traum war, ihre Mutter in Lugo wiederzusehen. Ich weiß nicht, wer auf den Gedanken kam, sie ins Kino zu führen. Aber ich erinnere mich, daß ich ein paar Reihen hinter ihr saß, und plötzlich sehe ich, wie im Film ein wolkenbruchartiger Regen losgeht. Die Kutschen waren nicht mehr zu sehen. Das Wasser bedeckte alles auf der Leinwand. Die

Pferde flüchteten in die Ställe und unter die Bäume. Und da hörte man, völlig unerwartet, wie die Vicenta herausplatzt und zu dem Mädchen neben ihr sagt:
– Lauf, Manuela, ich hab alle Fenster offen gelassen!
Das Geschrei, das im Kino entstand, war enorm: Gelächter, Klatschen, Auspfeifen, der Teufel war los.
Es stimmt, das Kino ist ein eindrucksvolles Schauspiel. Aber ich mochte das Theater lieber. Wenn ich konnte, versteht sich. Das Theater der Galicier in Cuba war das *Alhambra.* Obwohl ich auch oft in eines in Montserrate ging: das *Actualidades.* Dort wurden sehr pikante *sainetes* gespielt. Die hübscheste Mexikanerin, die ich in meinem Leben gesehen habe, hat dort als Sopranistin gearbeitet. Eine echte Blondine, eine Seltenheit unter den Mexikanerinnen. Dieses Theater war billig, aber sehr heiß. Wer konnte, ging tausendmal lieber ins Alhambra. Aber für einen Maurer im Taglohn war selbst das Alhambra ein Luxus. Obwohl der Platz nur einen Real kostete. In dieser Zeit meines Lebens habe ich alles fürs Vergnügen ausgegeben. Ich paßte mich allmählich an, und das war notwendig, sonst wäre ich umgekommen. In Cuba darf man zu nichts nein sagen. Wenn einer kommt und sagt:
– Galicier, komm, trinken wir einen, dann sag ja.
– Gehen wir nach San Isidro, dann sag auch ja. Auch wenn du dich später verdrückst. Aber hier gab es Spanier, die ihre Lebensgewohnheiten mitbrachten und sich in ihr Schnekkenhaus verkrochen. Das war falsch, sie machten sich unbeliebt. Am besten sagte man ja zu allem und tat dann, was man selber für richtig hielt. Für einen Arbeiter wie mich, der lebte, um zu essen, war das erste, etwas für die Zukunft zurückzulegen.
Nie habe ich den Gedanken aufgegeben, nach Pontevedra heimzufahren. Das war eine fixe Idee von mir. Ich wollte heimfahren, um meine Großeltern zu sehen, meine Schwester, meine Neffen, die ich nicht kannte. Das war der Traum jedes Spaniers. Alles andere sind Märchen. Wenn einer nicht

heimfuhr, dann weil er nicht zu Geld kam, oder er kam zu Geld und gründete eine Familie. Und die Familie zieht mehr als ein Joch Ochsen.
Außerdem kostete hier alles Geld. Es war nicht wie in meinem Dorf. Hier kosteten die Blumen für die Toten ein Heidengeld. In Arnosa ging man an die Flußmündung, pflückte eine Handvoll Margeriten und erwies dem Toten die Ehre. Margeriten wachsen dort, wie hier der Rosmarin. Ich war nie ein Gärtner. Aber ich kenne mich aus mit Blumen, weil Gundín und Paco Castaña, der Canarier, es mir beibrachten. Wenn man in Arnosa eine Trommel oder ein paar Tamburine auf einem Festplatz hörte, ließ man alles liegen und stehen, Kühe, Roggen, was immer, und lief dem Vergnügen nach. In Cuba machten sie einen solchen Wirbel mit den Stundenzahlen und den Tagen, daß sich niemand von der Stelle rühren konnte. Jede Minute hatte ihren Preis. Man war sehr eingeschnürt. Manchmal lebte ich vor mich hin und wußte nicht einmal, welchen Tag wir hatten. Sie sagten zu mir:
– Manuel, morgen ist der 20. Mai, oder auch: Jetzt ist bald der 10. Oktober, aber da ich nicht besonders historisch bin, vergaß ich es und ging auf den Bau. Alles war leer, klar, es war der Nationalfeiertag. Aber man verdiente auch nichts. Deshalb mochte ich keine Festtage. Festtage waren für mich die Kegel und manchmal das Billard. Versteht sich, daß ich oft ins Café Habana auf der Ventitrés y Doce ging. Dort war ein vielbesuchtes Billard. Dorthin gingen die Asse. Die konnten spielen. Manchmal stieg der Präsident der Galicischen Gesellschaft aus seinem Auto und kam dazu:
– Wie geht's denn so?
Alle drängten sich zu ihm, um ihm schönzutun. Ich tat nicht dergleichen. Mir hat er nie etwas gegeben. Aber es war ein demokratischer Präsident, er wußte, daß zu diesem Billard viele Galicier kamen. Das Billard war teuer. Man zahlte fünfzig Centavos für die Stunde und hatte sein Vergnügen. Ich habe im Spiel nicht gern verloren. Ich glaube, niemand

tut das gern. Nur daß ich danach diese unerträglichen Kopfschmerzen bekam und zwei oder drei Gläser warmes Wasser mit Bikarbonat trinken mußte. Das ist das beste Mittel, besser als Pillen oder Spritzen oder sonstwas. Gut warmes Wasser und Bikarbonat. Das schwemmt einem alles ins Klo, und wär's ein Katarrh. Das ist der Grund, weshalb ich nie ein leidenschaftlicher Spieler gewesen bin. Ich kann nicht verlieren. Es bringt mich an den Rand des Herzschlags.
Beim Billard lernte ich viele Landsleute kennen, aber immer auf Abstand und mit Respekt. Besser verstand ich mich, wie's der Teufel so wollte, mit einem Neger namens Regino Arosarena, der Pedell im Senat war. Anständiger als er, nicht der weißeste Weiße! Regino erteilte mir Ratschläge, als ob er mein Großvater wäre. Er war älter als der Leuchtturm am Morro, aber ein Alter, der die Hände nicht in den Schoß legte. Vom Billard ins *Payret* zum Domino: immer war er mit Galiciern zusammen. Er war im Haus der Baró aufgewachsen, Millionären von Kopf bis Fuß, und wußte sogar, wo sie die Goldmünzen versteckt hatten. Er war es, der das Geheimnis von Machado, dem Diktator, an den Tag brachte. Er war als Aushilfe auf einem Fest reicher Leute im Vedado, er servierte, er richtete die Bäder her. Und als Machado kam, der gerade zum Präsidenten ernannt worden war und der die Hausherrin bat, ob er ein Bad nehmen dürfte, machte er auch noch den Lustdiener. Machado hatte einen Hilfsdiener bei sich mit einem Köfferchen, in dem Wäsche und Seife, Dinge für das Bad waren. Regino richtete alles für ihn her. Machado ging ins Badezimmer und verlangte gewisse Dienste ... Der Hilfsdiener und Regino reichten ihm die Handtücher, die Vaseline, kurz und gut ... Aber wie der Präsident aus dem Bad herauskam, hatte er ein Paar lange Unterhosen an, rot wie Mamey. Regino war baff. Und kurz darauf erzählte er es herum. Er hat gesagt, – ich selber weiß nämlich nichts davon –, daß Machado ein Zauberer gewesen wäre und daß er diese Unterhosen im Namen von Santa Barbara getragen hätte, oder von Changó, wie die Santeros

ihn nennen. Diese Geschichte brachte Regino in die Klemme. Die Familie Baró bat ihn, nicht mehr ins Haus zu kommen, aber er hatte dort viele Freundschaften, er hatte sogar in ein und derselben Badewanne mit der Tante der Señora de Conill gebadet, alle zwei splitternackt, und auch das erzählte er herum, wohin er kam. Er, der Neger, schwarz wie Teer, und sie weiß und obendrein reich. Das war in der damaligen Zeit ein Skandal ... Heute ist das anders, denn die Welt geht auf die Vereinigung der Rassen zu, und das scheint mir sehr gerecht. Ich hatte unter meinen Bekannten mehrere Schwarze, als ich als Taglöhner anfing. Fast alle Taglöhner waren Neger oder Galicier. Alles haben wir zusammen geteilt, ich um so mehr, der mit so vielen Negerinnen geschlafen hat. Wir aßen in denselben Wirtshäusern oder unter den Vordächern der Häuser, unter den Portalen ... Neger und Weiße arbeiteten gleich. Es ist eine Lüge, daß sich ein Spanier mit einem Neger nur zusammentut, wenn er etwas braucht. Wenn der Neger ein Vagabund oder ein Bandit ist, das ist was anderes. Aber wenn er ehrlich und fleißig ist: willkommen! Wenn früher die Leute einen Neger mit einem Spanier zusammen essen sahen, sangen sie gleich:

»Wenn du 'nen Spanier siehst,
der mit 'nem Neger ißt,
dann hat er Schulden beim Neger
oder er läßt sich bewirten.«

Das ist dummes Gerede. Es gab eine Diskrimination, das schon, aber der Arme diskriminiert selten den, der schlimmer dran ist als er selber. Erst wenn er ins Geschäft und zu Geld kommt, dann wird die Sache irgendwie häßlich ... ich weiß nicht.

Um aufs Alhambra zurückzukommen, da kann ich zweierlei sagen: Ich bin hier viel ins Theater gegangen. Wir erhitzten uns die Köpfe und danach, ab ins Französische Viertel.

Dieses Schauspielhaus war anständig, auf jeden Fall, und daß die Frauen obenherum ein bißchen frei auftraten und gut im Fleisch standen ... Ich erinnere mich noch an alle: Luz Gil, Amalia Sorg, Blanca Becerra ... und an die Männer: den Galicier Otero Acebal, Julito Díaz, Regino López. Das war wirklich eine volkstümliche Truppe. Alles, was sie über die Galicier sagten, stimmte nicht. Aber sie sagten es witzig und sozusagen liebevoll. Der Galicier kam immer schlecht weg. Aber wir Galicier, die wir da hingingen, hatten trotzdem unseren Spaß daran. Wir mußten in den Olymp hinauf. Schön, der Olymp war eher ein Viehstall. Man sah schlecht, aber man hörte ganz deutlich. Da oben sah ich viele Stücke. Alle cubanisch, versteht sich, mit cubanischen Schauspielern, nicht wie das *Payret* oder das *Principal de la Comedia,* die spanische Programme brachten. Das Alhambra war eindeutig einheimisch. Es war schon ein Veteran unter den Theatern. Etwas Interessantes, erinnere ich mich, geschah an dem Tag, als sie das Stück »Als Mephistopheles kam« gaben. Da der Anarchismus in Mode war, fingen ein paar Leute an, ihn zu verteidigen. Sie schrien:
– Es lebe der Anarchismus! Es lebe der Bolschewismus!
Und alles das. Die Russische Revolution war schon eine ganze Weile in Gang, und hier durfte man den Mund nicht aufmachen, und wer ihn aufmachen durfte, spottete über die Arbeiter und so. Deshalb schrien wir alle da oben; sogar ich, der nie politisch gewesen ist, habe mitgeschrien. Die vom Parkett schauten entsetzt herauf. Aber der ganze Olymp stellte sich auf die Seite der anarchistischen Gruppe und ließ den Bolschewismus und den Anarchismus hochleben. Und zwar deshalb, weil der Verfasser des Stücks die Revolution von Lenin schlecht machte, von Lenine, wie sie damals sagten. Er war auch noch nicht gestorben. Eine Schlacht begann, Manifeste wurden beschlagnahmt, Leute verhaftet, die Polizei schrie wie wild herum. Ich bekam einen Haß auf das alles. Es gab keine Freiheit. Eine Zeitlang ging ich nicht mehr ins Alhambra. Den Zeitungsleuten hängten sie einen

Maulkorb um. Niemand getraute sich mehr, von Rußland zu sprechen. Und wer es im Guten tat, dem wurde sofort das Haus durchsucht.
Also ging ich in den *Palisades Park*, der dort war, wo heute das *Capitol* steht, und vergnügte mich mit Scheibenschießen, Roulett, der Achterbahn und hörte mir dummes Geschwätz an, um mich sonntags ein bißchen zu zerstreuen . . . Gundín und Veloz gingen manchmal mit; wenn nicht, ging ich mit einer kleinen Mulattin hin oder mit Mañica, die meine Braut war, eine Galicierin und Kindermädchen bei einer Familie im Vedado.
Es gab auch die Abendmusiken im *Parque Central*, donnerstags, oder im Pavillon am Malecón. An Zerstreuungen fehlte es in Havanna nicht. Und wenn einer Glück hatte und Geld in seiner Tasche, *que viva la pepa!*
Das andere Stück im Alhambra, an das ich mich gut erinnere, war »Rumba in Spanien«. Das Stück war sehr sympathisch. Es handelte von einem reichen Galicier, der den Rumba nach Spanien bringen will, koste es, was es wolle. Er geht in die Armenviertel von Havanna und fischt sich die verlottertsten und komischsten Typen heraus, lauter arme Kerle, fast in Lumpen, und nimmt sie mit. Da passieren natürlich allerhand komische Sachen. Einer, zum Beispiel, glaubt, Barcelona, das wäre die Straße dieses Namens, und da hat er sich geirrt. Ergebnis: der cubanische Rumba triumphiert in Spanien. Am Schluß des Stückes tanzen die Spanier den Rumba so, wie sie ihn eben tanzen, die Arme über dem Kopf, genau wie die *muñeira*. Es war ein sehr sympathisches Stück. Aber das Alhambra hatte einen Fehler: Es war ein Theater nur für Männer, deshalb mußte ich ins Payret überwechseln, als die Mañica meine Braut wurde.
Ein Theater, in das ich nie gehen konnte, war das Nationaltheater. Dahin kam nur das Beste vom Besten: Hipólito Lázaro, natürlich, der Komtur der Spanischen Krone war, Casimiro Ortas, der beste Komiker seiner Zeit; wer etwas war, glänzte dort. Gundín fuhr die Familie Conill hin und

wartete draußen. Danach erzählte er mir dies und das. Manchmal ging er mit anderen Chauffeuren an den Hintereingang und grüßte die Artisten. Ich hab das nicht gemocht. Ich bin auf meinen Vorteil bedacht, und da mich das nicht weiterbrachte . . .
Als ich wieder ins Alhambra ging, war das mit dem Anarchistenaufruhr schon vorbei. Machado hielt das Heft fest in der Hand. Das Theater kam in Verruf. Der Olymp war der reinste Schweinestall. Sogar . . . schön, ich sage es nicht gern, aber, sí Señor, Schweinereien machten die da oben und schütteten es dann tropfenweie hinunter. Sie pißten, spuckten, warfen Papierchen, der Teufel war los. Der Polizist Vicente, ein Mulatte, der auf die Sperrsitze aufpaßte, schrie alle Augenblicke mitten im Stück:
– Vorsicht, unten! Rausprügeln werd ich euch, Gesindel!
Aber diese hitzige Jugend glaubte nicht einmal an ihren eigenen Schatten. Was wir taten, taten wir ohne Überlegung, wir waren junge Kerle. Ich war nie ordinär, aber ein bißchen Rabatz hab ich schon gemacht, um das Leben zu genießen. Die guten Augenblicke sind so wenige und die bitteren so viele, daß ich, ehrlich gesagt, den jungen Leuten alles verzeihe. Sollen sie ihr Vergnügen haben, sollen sie sich ausleben und sich des Lebens freuen! Es gibt ein galicisches Sprichwort, das sehr volkstümlich ist, und man sagt es, wenn sich einer lange bitten läßt: »Ich will's nicht, ich will's nicht, wirf's mir in den Hut.« Ich möchte, daß mir alles in den Hut geworfen wird, und noch zu meinen Lebzeiten, denn der Tod ist häßlich wie die Nacht, er sieht nicht, er hört nicht.

Das Gedächtnis wird manchmal zu Hobelspänen. Ich habe in so vielen Berufen gearbeitet, daß ich mich nur mit größter Mühe an alle erinnere. Selbst als Maurer am Bau habe ich alles mögliche gemacht. Ich hatte ein gutes Auge zum Abschauen. Lehrling war ich nie. Ich brauchte keinen

Meister und hatte auch keinen. Ich lernte allein, notgedrungen. Auf einen Schlag hatte ich alles im Blick, und ich war immer des Glaubens, daß ich auch konnte, was andere machten. Nie habe ich mich von einer Arbeit einschüchtern lassen. Was ich mir wünschte, war immer nur eine gute Gelegenheit. Und an die war immer schwerer zu kommen. Also griff ich zu wie nach einem Linsengericht, wenn sich eine bot. Ich habe viel und schlimmes Pech gehabt, aber ich habe mich nie unterkriegen lassen. Das ist die galicische Rasse. In der toten Zeit witterte ich die Gelegenheit in der Luft. Immer in Havanna, denn das Zuckerrohr habe ich nicht kennengelernt. Auf dem Feld habe ich nur ein einziges Mal gearbeitet, am Tabak, als sie um das Jahr 27 anfingen, die Autostraße zu bauen. Aber ich kam nicht einmal auf eine Woche, denn ich vergiftete mich an einer chemischen Substanz, mit der die Pflanzen besprüht wurden, und so kam ich, grün wie ein Thymianblatt und kotzend, in die Polyklinik. Auf dem Feld hat mich keiner mehr gesehen. Wenn also am Bau die Arbeit ruhte, ging ich zur Trambahn.
– Wenn's donnert, erinnerst du dich an die heilige Barbara, undankbarer Mensch, sagten die Arbeiter bei der Linie Vedado – Muelle de Luz. Die Trambahn war für die toten Zeiten. Der Verdienst war eine Schweinerei, aber man war doch aus dem Schneider.
Bei diesem ständigen Hin und Her fiel mir meine Großmutter ein. Wenn sie mich zimmern sah, oder Handwerkszeug reparieren, war ihr Lieblingsspruch: »Wer viel beginnt, zu nichts es bringt«. Genau so war ich. Meine Natur war komplett, sehr umfassend. Darauf bin ich stolz. Wenn das nicht gewesen wäre, hätte ich mich ins Meer stürzen können oder mich unter den Zug werfen, denn ich habe dem Hunger die Rippen gezählt, bestimmt, das hab ich. Das Maurerhandwerk ist vielseitig, es hat viele Spezialitäten. Angefangen habe ich als einfacher Taglöhner.
– Man muß von unten anfangen, Manuel, dann kommst du hoch und kannst sogar Besitzer einer Zuckerfabrik werden;

schau dir die Castaño an, die Fernández, alle sind sie in Alpargatas angekommen und aufgestiegen.
– Aber ich komm nicht mal mit dem Flaschenzug hoch.
– Geduld, Mann, Geduld.
Gundín schätzte mich. Aber er brachte ja selber den Kopf nicht hoch. Diese Galicier, von denen er sprach, hatten Glück gehabt, sie hatten sich an die Legehenne gehalten. Mehl schrieben sie ohne h, aber Konten hatten sie auf vier oder fünf Banken. Ich schuftete mich krumm und bucklig, und nichts. Das Glück ist verrückt, das ist eine Wahrheit, größer als die Weltkugel. An meine Tür hat es nicht geklopft. Von den Süßigkeiten ins Maurerhandwerk. Bei genau solchen galicischen Reichen habe ich angefangen. Sie wohnten in der Calle Seis y Veintiuno. Ich habe das Haus errichtet. Man kann sagen, daß ich die ersten Steine setzte, ich sah, wie es getauft wurde, aber vom gegenüberliegenden Gehsteig aus. Der Pfarrer bespritzte die Fassade mit Weihwasser, und über uns, die wir unsere Lungen dort gelassen hatten, sagte er kein Wort. Denn der Beruf des Maurers ist sehr hart, er pumpt einen aus. Niemand wollte da so recht anpacken. Und so sagte ich mir: »Das ist meine Gelegenheit, Schluß mit dem Abenteuer, dabei bleib ich, aber . . .«
In diesen Zeiten war nichts von Bestand. Die Poliere waren Kaziken. Wenn sie einen Freund begünstigen wollten, sagten sie zum ersten besten Tagelöhner, du kannst gehen. Da stand er auf der Straße, die Hände in den Taschen. So erging es mir viele Male, von einem Bau stolperte ich zum andern, ohne Abfindung, ohne etwas Festes. Ach du heiliger Rochus! Aber was soll's, wenn es einem schlecht geht, kommt immer alles zusammen. Der Tagelöhner ist ein Sklave am Bau. Er macht alles, wie ein Diener im Haus eines Reichen.
Das Haus in der Seis y Veintiuno ist schon wieder abgerissen worden. Jetzt errichten sie da ein achtstöckiges Gebäude. Aber diese Ecke ruft mir viele Erinnerungen ins Gedächtnis,

lauter schlechte. Wenn ein Mann nichts hat, woran er sich halten kann, um nicht zu fallen, macht er die unmöglichsten Sachen. Die Widerstandskraft des Menschen ist unberechenbar. Es kommt mir unglaublich vor, daß ich so viel ausgehalten habe, und heute bin ich frischer als ein Kopfsalat. Ich trinke nicht, aber ich rauche schwarze Zigaretten, und jeden Abend geh ich meine zwanzig Häuserblocks weit. Manchmal gibt es ihn noch, den Manuel.

Als ich die vielen Ziegelsteine sah, zu Blöcken aufgeschichtet, und dachte, daß ich die alle allein zuwerfen sollte, wäre ich am liebsten gestorben. Dann, im Gegenteil, kam ich innerlich zu Kräften, ich nahm einen Schluck Schnaps, und auf ging's. Bei der Arbeit darf man den geistigen Antrieb nicht verlieren. Aus dem Brunnen muß man Kräfte schöpfen, denn ohne Schwung und ohne Arbeit kommt niemand bis zur Straßenecke. Die einzigen, die es als Tagediebe schafften, waren die *botelleros* und die Zuhälter. Aber dafür lebten sie in einer Unruhe und Gefahr, die ich meinem schlimmsten Feind nicht wünsche. Die Schlägertrupps, die Machado aufstellte, lauter Banditen und bis an die Zähne bewaffnet, kamen auf den Bau und wollten wissen, wie man es mit der Politik hielt. Ich tat nicht dergleichen, das war eine Sache, die ging die Cubaner an.

– Na, wie steht's denn so?

– Wer ist der starke Mann?

So brüsteten sie sich. Nach dem Sturz von Machado fiel ihnen das Herz in die Hosen, und die Revolutionäre jagten sie wie die Wildschweine. Geweint sollen sie haben und im Namen ihrer Frau Mütter um Milde gefleht. Scheißkerle! Meine Arbeit am Bau war, Bütten zu schleppen, die leer schwerer wogen als voll, den Mörtel anzurühren, die Ziegel zuzureichen, die Handramme zu bedienen, die Spachtel und die Kellen zu säubern, die Meßlatten für den nächsten Tag auf Hochglanz zu putzen, zum Vesper Kuchen oder Brot mit Guajavenpaste auszuteilen. Ich war der Lastesel, aber ich durfte den Mund nicht aufmachen, denn der Polier wartete nur darauf, daß einer ging, und wenn ich nicht tat, was er sagte, ein Fußtritt, und ab, auf die Straße. Deshalb sagte ich mir: »Halt aus wie ein Sträfling.« Denn auf der Straße war es noch schlimmer, viel schlimmer! Dem ganzen Volk stand das Wasser bis zum Hals.

Eines Tages rühre ich den Mörtel an, und weil ich hinke, stehe ich nach rechts ein bißchen schief. Kommt da der Polier und schreit mich an, ich wäre ein Nichtstuer. Er glaubte, ich wollte mich drücken, ich würde an die Bütte gelehnt schlafen. Da sagte ich ihm ein paar Worte. Ich konnte ihn nicht riechen. Er war Katalane und ein richtiger Klotz. Er sah, daß ich auch meine Würde hatte und daß ich die zwei Pesos fünfzig, die ich am Tag verdiente, aufs Spiel setzte. Er sagte zu mir:

– Du bist für das zu langsam, Manuel, du fängst ab sofort als Maurer an.

Ich hatte schon mehrere Monate mit ihm gearbeitet und alles für ihn getan. Das war, sagen wir an einem Montag, und am Dienstag stand schon ein kleiner Schwarzer namens Jacinto an meiner Stelle. Die neue Arbeit war leichter, aber man mußte einen guten Blick und viel Augenmaß haben. Der Maurer, der Täfelarbeit macht, muß es verstehen, die Ziegel hochkant zu mauern. So kam ich ein bißchen voran. Dann wurde ich Fassaden-Maurer: eine Klasse höher. Man mußte Zeichnungen anfertigen, denn damals wurden noch viele Häuser mit Spitzbogen gebaut. Ich wurde darin Experte. Alles das lernte ich durchs bloße Zusehen. Die Symmetrie herzustellen war nicht leicht. Ich habe viel gemauert. Und mich ziemlich verausgabt. Meine Finger wurden dick und hart. Wer genau hinschaut, sieht, daß meine rechte Hand größer ist als die linke, die Finger sind dicker, und die Innenfläche ist aus Elephantenhaut. Wem ich, klein wie ich bin, mit dieser Hand einen Stoß gebe, der steht so leicht nicht wieder auf.

Ich kam ganz gut voran unter der Regierungszeit von Machado – der schlimmsten Epoche für Cuba: Hunger und

Bomben die ganze Zeit – , denn ich arbeitete an Häusern im Vedado und in der Calle Reina. Ich war Gipser, und beinahe wäre ich auch noch Fliesenleger geworden. Wäre da nicht eines Tages ein Katalane gekommen, Puig hieß er, und hätte mir gesagt:
– Bilde dir ja nichts ein! Der Fliesenleger bin ich hier, verstanden?
Er kontrollierte die Fliesen und machte es wunderbar, aber ich hätte es eben auch gern gelernt, für alle Fälle. Mit den Katalanen hat man es wirklich schwer. Nicht umsonst kam das Sprichwort auf: »Ein Weißer, wenngleich Katalane.« Sie hatten die Kontrolle über das Kunsthandwerk und das Fliesenlegen, und da hinein durfte keiner die Nase stekken.
Ich brachte es am Bau zu einem gewissen Ansehen. Ich trat der Gewerkschaft bei, und nach und nach brachte ich auch wieder ein paar Münzen zusammen. Von dem, was ich verdiente, wenn ich im Hotel Plaza die Böden wusch, von Hand und mit Bimsstein, schickte ich wieder meinem Großvater etwas. Er antwortete mir sofort. Und bat mich um ein Radio mit Kristalldetektor. Ich beging den Fehler, ihm eins mit Stromanschluß zu schicken, Marke Philips, eines von den ersten, die hier ankamen. Ich hatte für mich keines, aber mein Großvater langweilte sich sehr, und da er sagte, ich wäre ein Abenteurer und so, wollte ich ihm eine Antwort erteilen. In dem Bestätigungsbrief ließ er mir ausrichten, er hätte das Radio nicht einmal ausgepackt, denn da es im Dorf kein elektrisches Licht gab, bräuchte man es gar nicht erst herauszunehmen. Da legte ich, Korn um Korn, zweihundertfünfzig Pesos zusammen und schickte sie ihm, damit sie sich dort elektrisches Licht legen konnten, was sie auch taten, wie zu erwarten war, und so konnten sie Radio hören. Wie mir mein Großvater in seinem Brief schrieb, waren sie im Dorf so verrückt mit dem Radio, daß sie in der Pfarrei von Pater Córdoba eine Messe für meine Gesundheit lesen ließen. Zum erstenmal erhielt ich Briefe von Unbe-

kannten, die sich für die Sendung bedankten. Ein paar baten mich um Schuhe und andere um das gleiche Radio. Ich konnte nichts schicken. Was ich mir aufgehoben hatte, war für meine Zukunft. Ich beantwortete die Briefe einfach nicht. Wer wie ich von Bauchspeck und Stockfisch lebte, wie sollte der Briefe und Geschenke schicken! Veloz und Gundín, die schickten Geschenke, weil sie es konnten. Im Haus von Reichen fällt immer etwas ab. Und das Essen ist gratis. Sooft ich ins Haus der Conill ging, nie kam ich mit leeren Händen zurück. Sogar José schenkte mir Bratbananen oder eine Stange Guajavenpaste. Etwas blieb immer hängen. Auch wenn einer war, wie er war, ohne zu bitten. Gebeten, was man so bitten nennt, habe ich nur um Arbeit. Darauf bin ich stolz. Arbeit adelt den Menschen, schrieb einer der großen Weisen dieser Welt, von denen es sieben geben soll.

Ich denke von niemandem schlecht, ich bin nicht nachtragend, obwohl sie so viele Schweinereien mit mir gemacht haben, daß sie in keinen Sack gehen. Wenn ich eine Tüte Bonbons habe, teile ich aus. Wenn niemand Brot im Haus hatte, hob ich meines auf. Den Speck salzte ich ein und hatte ihn immer zur Hand. In dieses Zimmerchen in der Efe y Diecisiete kamen viele Entlassene und baten mich um eine Zigarette, um ein Stück Brot, um eine Banane, mich, der ich ein Hungerleider war, wie man so sagt. Warum? Das will ich erklären.

In Havanna wurde es immer schwieriger. Auf der Straße konspirierten die Leute. Aber nachts – nur früh ins Bett. Die Arbeitslosigkeit war an der Tagesordnung. Ein Streik löste den andern ab. Die Polizei folterte jedermann. Ich ging um acht Uhr abends in mein Zimmer und kam nicht mehr heraus. Wenn der Donner vorbei war, streckte ich den Kopf ein bißchen heraus, nicht zu weit. Gespart allerdings, das hab ich. Und gearbeitet, wenn etwas zu tun war. Wenn es keine Maurerarbeit gab, tischlerte ich ein bißchen, bis ich das Handwerk beherrschte. Auch das hab ich durchs Auge

gelernt. Es kam nicht so leicht einer daher und sagte zu dir:
– Ich mache dich zum Tischler.
Wer Tischler war, aß sein Brot allein. Ich setzte mir die Tischlerei in den Kopf. Und ich wurde Tischler. Worauf es mir ankam, war, daß ich es leichter hatte und daß ich unabhängig wurde von den tyrannischen Polieren. Der Tischler ist ein freierer Mann und individueller. Und das Handwerk war sauber im Vergleich zur Kohle oder zur Maurerei. Ein Stiegengeländer zu machen ist nicht das gleiche wie eine Mauer zu verputzen. Kein Vergleich.

Soweit ich zurückdenken kann, habe ich den Rücken krumm gemacht. Ausgeruht habe ich nie. Noch heute lege ich die Hände nicht gern in den Schoß. Und wenn mir das Manna vom Himmel herunterfällt. Manchmal führe ich noch die eine oder andere Arbeit aus in dem Handwerk, das mir das liebste war, in der Tischlerei. Ich lernte es bei einer Arbeit, die ich mir allein gesucht habe. Es war in der Calle Reina. Der Polier stammte aus Lugo, ein gewisser Manuel Moreira.
– Was gibt's, Junge?
– Daß ich nicht länger verputzen möchte. Gib mir eine Gelegenheit als Tischler.
– Aber weißt du denn überhaupt, wie man einen Hammer hält?
– Ich weiß es.
Nach ein paar Tagen kannte ich mich ziemlich aus. Ich bin sehr wißbegierig. Ich bewies ihm, daß ich hämmern konnte, daß ich Leisten auf die Bretter nageln konnte, daß ich Verstand genug hatte zum Messen. Ich half, die Verschalungen für ein Herrenhaus zu tischlern, das in der Calle Reina gebaut wurde. Ich wurde Experte für Deckenstützen. Immer turnte ich da oben herum, hinkend und alles. Ich errechnete die lichte Höhe und setzte die Säulen, fast ohne den Zollstock zu benützen. Ich wurde um ungefähr fünfzig

Centavos aufgebessert. Am Bau bekam ich um drei Pesos, und dann kam ich nach Hause, und mit ein paar Werkzeugen, die ich mir gekauft hatte, Handsägen, Holzklöpfel und Beißzangen, machte ich noch Arbeiten in den Häusern meines Viertels. Ich verkaufte mein Eisenbett und tischlerte mir ein Bett aus Holz, damit ich wie anständige Menschen schlafen konnte. In kurzer Zeit stand ich in dem Ruf, ein guter Tischler zu sein. Von Veloz und Gundín war ich nun unabhängig. Ich besuchte sie, um Domino mit ihnen zu spielen. Wir gingen in *La Fama de la Yaya* in der Calle I und spielten im Hinterzimmer Karten mit Paco Castaña, dem Canarier, und mit noch einem, der gerade aus Orense gekommen war, ein Neffe des Wirts. Er hieß Genaro. Mit ihm mußten wir noch reines Galicisch sprechen.

Wenn es Arbeit gab, kam Moreira persönlich zu mir, um mich zu holen. Klar, in seinem eigenen Haus machte ich ihm die Arbeit umsonst. Niemand in dieser Welt Gottes ist aus bloßer Laune gut. Fest steht, daß ich besser zurechtkam als in der Kohle. Moreira gab mir Arbeit, wenn er Aufträge hatte, wenn nicht, ging ich zur Trambahn, die für viele Galicier in Havanna das Rote Kreuz war. Die Trambahn war für das Interim, die tote Zeit. Bei der Trambahn war ich immer Hilfsarbeiter. Ich verdiente vierzig Centavos die Stunde. Manchmal fuhr ich zwei Schichten hintereinander. Wenn ich heimkam, dröhnte mir der Kopf. Ich warf mich aufs Bett und konnte nicht einschlafen, die Fahrgäste gingen mir durch den Sinn, einer nach dem andern, oder ich zuckte zusammen, weil ich das Klingeln der Nickelmünzen noch im Ohr hatte.

Als Schaffner verdingte ich mich auf der Linie Vedado – Santa Ursula so gut wie auf der Linie Vedado – Muelle de Luz oder Vedado – San Juan de Dios. Es ging darum, die tote Zeit zwischen einem Bau und dem andern auszunützen.

In der Trambahn lernte ich viele Leute kennen. Mit allen war ich gut Freund. Sogar mit denen, die nicht bezahlten, denn schließlich und endlich war Steinhardt Millionär, und ein Centavo mehr oder weniger richtete ihn nicht zugrunde. Wer nicht zahlte, tat es, weil er nicht konnte. Und manchmal muß man verstehen können. Ich ließ doch nicht zu, daß ein arbeitender Mensch meinetwegen zu Fuß von einem Ende der Stadt zum anderen lief. Sie stellten sich hinten im Wagen hin und taten, als ob sie Zeitung lesen würden, damit sie nicht zahlen mußten. Wer das Gesicht danach hatte, den ließ ich ungeschoren. Wenn es ein Lump mit Verbrechergesicht war, verlangte ich barsch, er sollte aussteigen. Wenn es ein anständiger Kerl war, tat ich, als ob ich nichts sah. Bei der Trambahn lernte ich diese Stadt von Grund auf kennen. Dadurch lernte ich auch den Cubaner kennen und schloß mich etwas enger an die Politik an. Wenn ich selbst als Fahrgast fuhr, wendete ich einen cubanischen Trick an, den ich als Schaffner gelernt hatte. Ich stieg ein mit einem Heftchen und einem Bleistift in der Hand und stellte mich hinten in den Gang. Ich tat, als ob ich mir die Kassennummer aufschrieb. Da die Schaffner, wenn es ihnen nicht paßte, nicht drückten, bekamen sie eine Heidenangst, wenn sie mich sahen, und kassierten nicht, weil sie dachten, ich wäre ein Kontrolleur.

Cuba war ein Land der vielen Kniffe, der vielen Gaunereien. Und immer wollte man auch nicht den Dummen spielen. Da nannten sie einen *galleguibiri* und meinten, man wäre im Schlabberlätzchen herübergekommen. Aber wenn sie keinen Stecken mehr hatten, an den sie sich halten konnten, kamen sie und baten einen um einen »Pesito«, eine Zigarette, ein Gläschen Peralta. Dem Cubaner kann man nichts abschlagen. Er ist ansteckend und beschwatzt dich wie kein zweiter. Ich arbeitete an die vier Jahre mit einem Autoschlosser namens Eladio, einem Neger, schwarz wie die Nacht. Fast alle Tage bat er mich um Zigaretten. Es war einfach eine Gewohnheit, denn wenn du ihn durchsucht hast, hatte er womöglich ein Päckchen in der Tasche. Eladio und seine Frau gingen mit mir auf die Volksfeste in La Polar. Ihnen

gefiel das Spanische. Der Neger in Cuba war versessen auf alles Spanische. Muñeira tanzten sie nicht, aber sie klatschten den Takt und fanden es wunderschön. Wir bildeten damals eine große Gruppe mit Eladio, seiner Frau, Castaña, Gundín und Veloz mit ihren Frauen, Gordomán und Estrella und anderen, an die ich mich nicht mehr erinnere. Das war die Zeit, als ich meine Liebschaft mit Mañica anfing. Ich ging damals schon etwas besser gekleidet, nicht als Geck, aber mit Weste, Strohhut und Spazierstock. Den Stock hat mir Santoral geschenkt, der persönliche Diener der Señora de Conill. An den Sonntagvormittagen reparierte ich die Fenster im Haus, und er sagte zur Señora, er hätte das gemacht. Ein schamloser Kerl, aber Gundín sagte zu mir:
– Halt ihn dir warm, Manuel, es wird dein Schaden nicht sein.
Schön, das einzige, was ich bekam, war ein Spazierstock, damit ich mich fotografieren lassen konnte und das Foto nach Hause schicken.

Die Frau von Eladio war eine Santera. In Regla hatte sie großen Einfluß. Die Leute nannten sie Patin, weil viele Schützlinge zu ihr ins Haus kamen, und sie gab ihnen Süßigkeiten und Rum. Eines Tages wurde sie verhaftet und sie mußte ihrem Mann helfen, die Strafe zu bezahlen. Ins Gefängnis kam sie, weil sie so viel herumredete. Eine schwarze Klatschbase. Besonders gern sagte sie, sie besäße außergewöhnliche Kräfte und sie sei unter Wasser durch die Bucht von Havanna geschwommen, wie Susana Cantero, eine andere Santera, von der ich hatte reden hören, als ich mit Fabián als Verlader auf der Mole arbeitete. Die Santeras waren die Töchter der Heiligen Afrikas. Aber die Frau von Eladio trieb es zu weit. Und so wurde sie festgenommen. Die Gerichtsverhandlung war etwas Aufsehenerregendes. Alle ihre Schützlinge waren erschienen. Der Hof vor dem Gericht glich einem Bienenkorb. Sie sagte, auf ein Lied von ihr kämen die Stinkgeier an, und es sei kein Vergehen, sie

immer um sich zu haben. Es stimmte. Sie sang, und die Stinkgeier kamen angeflogen, ganz zahm. Dann zog sie ihnen blaue Röckchen an, und so flogen sie über die Dächer von Regla und Guanabacoa. Stinkgeier sind Raubvögel, aber sie zähmte sie. Eladio glaubte fest an die Kräfte seiner Frau.
– Du wirst es nicht glauben, Galicier, aber meine Frau hat eine heilige Zunge. Was sie ankündigt, trifft ein.
Also ein Autofahrer war der nicht. Selbst ich verdiente mehr als er, und das wollte was heißen bei dem Unglück, das ich immer mit dem Geld hatte. Der Tag der Gerichtsverhandlung war eine Feuerprobe. Die Frau von Eladio kam ganz gelassen an. Sie war der Zauberei angeklagt worden, weil die Stinkgeier hinter ihr herliefen und die Kinder entsetzt davonrannten.
Wie Eladio mir erzählte, hat der Richter sie zu einer Geldstrafe von hundert Pesos verurteilt, und dann hat er plötzlich losgeschrien, wenn sie noch einmal anfängt mit dem Rummel und Stinkgeier zähmt, wird er sie einlochen. Sie verteidigte sich gut:
– Ich zähme überhaupt nichts, Herr Richter. Sie kommen eben. Ich brauche bloß zu singen.
Der Richter bezichtigte sie der Lüge. Er schrie sie an. Die Schützlinge standen ungeduldig draußen im Hof des Gerichtsgebäudes. Und als der Richter ihr das Urteil mit der Geldstrafe verlas, fing sie leise zu singen an. Am Ende ging sie in den Hof hinaus und sang lauter, und da kamen die Stinkgeier an und setzten sich ihr auf die Schultern. Ihre Schützlinge bekamen Augen wie Teller und sahen es als ein Wunder an. Der Hof füllte sich mit Stinkgeiern, und der Richter und der Sekretär schrien wie die Verrückten:
– Werft die Frau hinaus, werft sie hinaus, die Zauberin!
Aber die Aufseher rührten sich nicht von der Stelle, wie Eladio sagte. Das ganze Gerichtspersonal stand mit offenem Mund da. Diese Geschichte wurde in Havanna berühmt. Da ich nicht einmal an meinen eigenen Schatten glaube, schüt-

telte ich sie von mir ab. Privat war diese Santera eine sympathische Negerin und versessen auf Volksfeste. Ich habe in Cuba Geschichten gehört, die noch unglaublicher waren. Dieses Land überrascht einen immer wieder. Es passieren sehr seltsame Dinge. Man muß fest im Guten stehen, um nicht den Kopf zu verlieren. Ich meine ganz ernst, was ich sage, ganz ernst.

Die Trambahn ging um sechs Uhr früh von der Haltestelle im Vedado ab. Aber um fünf Uhr war ich schon fertig zur Arbeit. Bei Fabián habe ich mir das Frühaufstehen angewöhnt. Und ich stehe gern auf, wenn die Welt noch in Frieden liegt. Die Morgenfrische macht einen klaren Kopf. Sooft ich spät aufstehe, weil ich krank bin oder wegen einem Rausch, wache ich mit steifen Gliedern und schwerem Kopf auf. In meinem Dorf stehen die Leute noch zur Nachtzeit auf, um zu melken und das Korn zu binden. Der Tag muß genutzt werden. Die hiesigen Bauern machen es genauso. Ich bin der Ansicht, daß der Frühaufsteher weniger ermüdet. Ich persönlich bin kein Langschläfer, aber mein Leben war so zermürbend, daß ich viele Male in Kleidern zu Bett gehen mußte, um keine Minute Schlaf zu verlieren. Vor allem, wenn ich auf dem Bau doppelte Schicht machte. Ich kam heim, warf mich mit Hose und Hemd aufs Bett und blieb bis zum Morgengrauen liegen. Dabei ruht man natürlich weniger aus. Bei der Trambahn habe ich mich weniger verausgabt. Selbst wenn ich doppelte Schicht machte, war die Arbeit etwas leichter. Sie hatte auch ihre anregenden Seiten. Ich lernte Leute jeder Art kennen, Händler, Politiker, Angestellte im öffentlichen Dienst, allerhand Gesindel . . .

Mañica sah ich zum ersten Mal auf der Linie Vedado-Muelle de Luz. An diesem ersten Tag fuhr sie allein. Ich weiß es noch, als ob es heute wäre. In Línea y Seis stieg sie ein. Sie sah noch aus wie ein Apfel und hatte Zöpfe. Erst vor einem

Monat war sie aus ihrem Dorf gekommen. Ich sah sie immer wieder an. Vor allem, weil ich schon lange kein Weiberfleisch mehr gerochen hatte. Wir sprachen kein Sterbenswort. Als sie mir ihre Münze geben wollte, sagte ich:
– Behalte das, Mädchen.
Und sie steckte sie wieder in ihre Uniformtasche. Ich habe nie heller blaue Augen gesehen als die von dieser Galicierin. Sie gefiel mir, wie sie war, und auf den ersten Blick. Leute stiegen hinter ihr ein, und ich ging nicht kassieren. Ich war zu sehr abgelenkt. Ich sah sie immer nur an und strich mir den Schnurrbart. Zum ersten Mal wurden mir die Hände feucht. Als ich ein paar Tage später den Kopf aus dem Fenster streckte, sah ich sie mit dem Kind, das sie betreute. Sooft die Trambahn durch die Seis fuhr, streckte ich den Kopf hinaus. Ich wurde ganz verrückt. Bis ich eines Tages beschloß, über Paseo nach Línea y Seis hinunterzugehen und sie zu suchen. Aber ich fand sie nicht. Es half alles nichts, ich mußte warten, bis sie wieder die Trambahn nahm, und das geschah denn auch eines Abends, meiner Laune zu Gefallen. Auch dieses Mal ließ ich sie nicht bezahlen. Sie lächelte mich dankbar an. Ich sagte nichts als:
– Wenn sie rollen, treffen sich die Steine.
Dann fragte ich sie, wohin sie ging, und sie gab zur Antwort:
– Spazieren.
– Du bist eine Landsmännin von mir, nicht?
– Ich weiß nicht.
– Ich bin aus Pontevedra, aus Arnosa.
– Ja, das ist Galicien, wir sind Landsleute.
Noch denselben Tag bat ich sie um ihre Adresse. Ich verlor keine Zeit. Blökendes Schaf verliert den Bissen. Am Abend trafen wir uns in den Anlagen von Paseo y Trece, gegenüber dem Haus von Gundín. Wir redeten miteinander wie zwei Pfarrer. Um zehn sagte sie, sie muß gehen. Aber dem Stier steckten die Banderillas schon im Rücken. »Ich hoffe nur, daß es diesmal keine Zwischenfälle gibt«, sagte ich mir im

stillen. Ich hätte geschworen, daß die Gallicierin jungfräulich war wie die heilige Jungfrau Maria oder so ähnlich.
– Du hinkst ja.
– Nein, Mädchen, mir schwillt nur der Fuß.
– Du hinkst, man sieht es.
– Hör auf mit dem Fuß, Mädchen, ich hinke nicht, verdammt!
Sie war ein heiteres Mädchen, aber sehr zurückhaltend. Am Anfang gefiel mir das gut. Um so mehr, als ich sonst mit leichten Frauen verkehrte, zudringlichen Weibern. Und Mañica war eine Señorita. Wie sie mir erzählte, war sie mit einer Empfehlung für eine Stellung als Kindermädchen gekommen. Aber man sah leicht, daß sie auch andere Sachen machte, denn ihre Hände waren aufgesprungen. Galicische Dienstmädchen übernehmen mehr Arbeiten als die cubanischen. Deshalb wurden sie maximal ausgenutzt.
– Sehen wir uns heute abend?
– Ich muß waschen.
– Dann am Sonntag?
– Es geht nicht. Am Sonntag bügle ich die Wäsche.
So war das. Ich war doppelt gestraft, weil sie mir unheimlich gefiel. Wenn es Arbeit am Bau gab, sah ich sie die ganze Zeit nicht. Auf die Baustelle kam sie nicht, obwohl ich ihr die Adresse gegeben hatte. Ihretwegen versuchte ich, auf Dauer bei der Trambahn zu bleiben, aber es gelang mir nicht. Eine feste Stelle war etwas Höheres und für mich schwer zu erreichen. Was Geduld war, wußte ich nicht. Jeden Abend stellte ich mich vor ihr Haus, aber sie kam fast nicht heraus. An einem Feiertag war das ganze Haus strahlend erleuchtet. Es sah aus wie ein Jahrmarkt. Ich nutzte es aus, um den Buben zu rufen und ihm ein paar Bonbons zu geben.
– Ruf die Mañica heraus, geh, aber sag ihr nicht, wer ich bin.
Der Bub kannte mich von den Trambahnfahrten her. Und er ging auf meine Bitte ein. Als er hineinlief, um Bescheid zu geben, schrie er, und die Mutter trat ans Fenstergitter. Ich

hatte Mañica schon in der Nase, da fragte mich die Mutter, ob ich Mercedes Pérez sprechen wollte. Ich sagte, nein, ich wollte einer Landsmännin zu Weihnachten guten Tag sagen, sie sei hier Kindermädchen. Die Señora gab mir zur Antwort, ihr Kindermädchen heiße Mercedes Pérez. Später wurde mir klar, daß sie mir den Vornamen Mañica gesagt hatte, weil sie in ihrem Dorf so gerufen wurde.
Der Anfang war ein einziges Vor und Zurück. Wir sahen uns wieder im Park am Paseo, trotz der Kälte und allem. Sie brachte mir in einem Einmachglas Sardinen mit, schön warm und schmackhaft. Da fingen wir an, vertraut zu werden. Im Park, da berührte ich sie ein bißchen, aber sie war ziemlich widerspenstig. Wenn ich sie küssen wollte, gab sie mir einen Stoß oder schlug mich auf die Knie. Darin war sie ein bißchen rabiat, das muß ich schon sagen. Trotz allem gefielen wir uns gut. Ich war monatelang vollkommen weg. Ich glaube, ich war zum erstenmal in meinem Leben wirklich verliebt. Wenn ich tischlerte, schlug ich mir auf die Finger. Wenn ich in der Trambahn war, konnte ich kaum die Zeit bis zur letzten Fahrt erwarten, um sie zu sehen. Mañica war das einzige Glück, das ich in diesen harten Monaten gehabt habe.
Als Gundín und Veloz sie kennenlernten, sagten sie, das wäre keine Frau für mich. Es kümmerte mich nicht. Ich war blind. Ich wollte keine Frauen von der Straße mehr. Zu jeder Stunde wollte ich sie sehen. Ich sparte mehr als je zuvor. Ich lebte ohne Kegel, ohne Domino, ohne Karten, immer legte ich nur zurück und aß Speck mit Bohnen und Milchkaffee. Wenn ich mit ihr zusammen war, gab ich fürstlich aus. Mehr mit keiner. Beinah hätte ich Streit bekommen mit Freunden und Bekannten. Verrücktheiten beging ich, um sie zu animieren. Je widerspenstiger sie war, desto besser gefiel es mir an ihrer Seite. Alle mögen wir das Schwierige. Und sie war eine flüchtige Taube. Sie hatte eine fixe Idee:
– Manuel, ich möchte zurückfahren. Meine Mutter ruft mich. Sie ist alt. Ich möchte heim, mit dir verheiratet.

Ich war auf die Ehe nicht vorbereitet. Die Leghenne hatte Schnupfen. Manchmal gab es weder Tischlerarbeit noch Ersatzarbeit bei der Trambahn. Was mir an Gespartem noch blieb, war dazu bestimmt, daß ich selber zurückfahren und meiner Familie aufhelfen konnte. Dieses Geld war heilig, davon rührte ich keinen Centavo an. Lieber wollte ich selber darben, wie ich es ja auch tat. Mit ihr, wie gesagt, gab ich so viel aus, wie ich konnte, ich übertreibe nicht. Eines Sonntags, wie wir durch den Prado gehen, sehen wir eines von diesen Vögelchen, die einem die Zukunft vorhersagen. Der Papagei reichte Mañica im Schnabel einen Zettel. Darauf stand: »Ehe und Geld stehen bevor.« Wir fingen beide zu lachen an. Aber ich machte mir schwere Sorgen. Weder das eine noch das andere war damals möglich. Es stimmt schon, daß man von Illusionen lebt, wenn man verliebt ist. Darüber lachten wir. Wie hätte ich sie in das Wohnheim in der Efe y Diecisiete mitnehmen sollen, wo der einzige moralische Mensch dort ich selber war? Alles übrige war Straßenraub und Verkommenheit. Die Polizei kam da gar nicht mehr heraus. Und nicht wegen der Politik, sondern wegen Diebstahl und Raufereien. Selbst der Chinese Alfonso war lasterhaft. Mit zwei oder drei anderen rauchte er Opium aus einer großen Pfeife. Und in der Nacht träumte er chinesisch, und ich konnte nicht schlafen, weil sein Zimmer und meines nur durch eine Holzwand getrennt waren. Ich rief:
– Alfonso, verdammt nochmal!
Und er lachte im Schlaf, denn wach wurde er nicht, und schrie:
– Gib Luhe, Kelle, gib Luhe.
Eine Tortur war dieses Loch.
Immer verschwieg ich ihr diesen Ort. Wenn sie mich fragte, sagte ich ihr, es wäre eine Gemeinschaftswohnung von Spaniern, und ich wollte nicht, daß meine Landsleute sie mir wegnehmen. Tatsächlich war ich auf Mañica eifersüchtig. Keine Frau hat mir den Kopf so heiß gemacht. Mit ihr, wie gesagt, ging ich auf Plätze, wo ich allein nie hingegangen

wäre. Ich kaufte mir eine enge Hose und einen Biberhut. Den weihte ich ein, als der Fußballer Adolfo Luque an der Mole von Havanna empfangen wurde, der größte aller cubanischen Fußballer. Ich sah, wie sie ihn hochleben ließen und wie sie ihn über den Malecón bis zum Castillo de la Fuerza auf den Schultern trugen. Zwei- oder dreimal waren wir auf den Tanzfesten im Centro Gallego. Mañica war weniger fürs Tanzen, sie hörte sich lieber die Mandolinen- und Violinorchester an, die im Nationaltheater *airiños* spielten. Ich langweilte mich ein wenig, aber sie fand wirklich Gefallen daran.
So viel wie mit ihr bin ich nie wieder bummeln gegangen. Anlagen, Ausflugslokale, das Marsfeld. Das Marsfeld war ein bißchen anrüchig. Es war nicht so angesehen wie der Lunapark. Aber es gab eine sehr hübsche Attraktion, ein Biskayer, so groß wie ich, Pájaro Tuñón hieß er, sprang aus großer Höhe herunter und fiel in einen Wasserbehälter. Dann stieg er heraus und kassierte Centavos. Er war ein tollkühner Typ, und uns gefiel das Schauspiel. Der Biskayer hatte einen Magen aus Stein. Er heiratete die Frau mit Bart. Sie wog dreihundert Pfund, und er war dünn wie ein Schnürchen.

Auf dem Marsfeld wimmelte es von Nutten und Taschenräubern. Man mußte in den Lunapark gehen. Der war anständiger und sicherer. Wir sahen dort alles Erdenkliche. Sogar der Komiker Garrido tanzte die *rumba de cajón* mit seiner Mutter. Sie mit roten Tüchern am Gürtel, und er in spitzen Schuhen und gesticktem Hemd. Im Lunapark gab es Kioske und Theaterzelte. Da spielten sie lustige *sainetes* über Galicier und Neger. Der Galicier zahlte immer Lehrgeld, weil ihn der Neger übers Ohr hauen wollte. Nur daß der Galicier, der schlau ist, es so anstellte, daß er den Neger hintenherum hereinlegte. Sie tanzten Rumba, und der Galicier hob dabei die Arme über den Kopf, gleichsam als Verkörperung der nach Art der Muñeira getanzten Rumba.

Der Galicier im Lunapark spielte Gitarre und der Neger Flöte, was bei einem Galicier und einem Neger schon eine Seltenheit ist. Das Schönste war, daß alle beide Cubaner waren. Weder war der Galicier ein Galicier noch der Neger ein Neger. Es tat der Sache keinen Abbruch. Im Theater ist alles erlaubt.

Wir setzten uns oft an den Brunnen der India. Den Park der Brüderlichkeit gab es damals noch nicht. Aber auch der Brunnen hatte seine Attraktionen. Die ersten Fotografen mit Fotokästen und schwarzem Tuch kamen da zusammen. Jedermann wollte sich vor dem Brunnen porträtieren lassen. Ich ließ mich nur ein einziges Mal porträtieren. Das Foto schickte ich dem Großvater. Wie er mir in seinem Antwortbrief sagte, fand er mich dünn und Havanna sehr hübsch anzusehen. Das war wegen der üppigen Bäume, die man im Hintergrund sah. In diesem Brief erfuhr ich eine für mich sehr dramatische Sache. Je mehr ich daran denke, um so schlimmer wird mir. Meine Mutter konnte mich auf dem Foto nicht sehen. Wie mein Großvater erzählte, hatte sie die Fotografie mit den Fingern abgetastet und weinend meinen Namen gerufen, weil sie vollkommen blind geworden war.

Mañica wollte nicht, daß ich bei der Trambahn doppelte Schicht machte, damit wir uns am Abend sehen konnten. Aber Geld ist ein Garantieschein für den Einwanderer. Und wenn es keine Tischlerarbeit gab, konnte ich für die Rückfahrt nur durch doppelte Schichten etwas zurücklegen.

In der Santa Clara Nummer zehn lebten zwei galicische Señoras, die mit der Familie meiner Braut eng befreundet waren. Da gingen wir auch hin. Sie gaben Essen zu bescheidenen Preisen aus. Gute galicische Fleischsuppe, gebratene Maiskolben und weiße Bohnen mit Speck. Die zwei waren schon hartgesotten und machten sich jünger, als sie waren. Mañica und ich lachten uns halb tot, denn wir waren jung und das Alter kümmerte uns nicht. Die Ältere kam immer

mit dem Spruch, bei Frauen sei das Alter geheim. Mañica, die nicht auf den Kopf gefallen war, sagte zu mir:
– Weißt du was, Manuel, die will nicht, daß man ihr auf die Spur kommt, deshalb macht sie sich jünger.
Und diese Galicierin, glaube ich, hatte ihre Vergangenheit. Jedenfalls war nicht jeder, der zu ihr zum Essen kam, von erprobter Moral. Mit vollem Bauch gingen wir weg und fuhren mit der Trambahn hinaus. Wir kamen an den Fluß Almendares, wo man noch einen halben Centavo zahlen mußte, um über die Brücke zu fahren, und von da weiter bis zum Strand von Marianao. Das einzig Störende an den Trambahnfahrten waren die Wanzen auf dem Sitz. Aber wenn man es gewöhnt war, nahm man sie da weg, als wären es Ameisen. Die Fahrt in der Trambahn war eine Wonne. Eine billige Spazierfahrt und lang. Der Strand von Marianao hatte auch seinen Reiz. Dort verkauften sie Eiskrem, klar! und *dulce de leche*, Eis am Stiel und Vanilleeis. Diese Zone war kein Treffpunkt von Galiciern. Wir gingen da hin, wie man ins Tropical oder ins Palatino geht. Wir verbrachten gern die Sonntagnachmittage in diesem Rummel. Die Nachmittage, sage ich, denn Mañica arbeitete am Sonntagvormittag und ich auch. Wenn es in meinem Viertel etwas zu reparieren gab oder wenn ich ein Haus anzustreichen hatte. Ich muß dazu sagen, daß ich auch Anstreicher war, wenn sich eine Gelegenheit dazu bot.
Im Café Azul arbeitete als Kartenlegerin eine Spanierin namens Luz, die total verrückt war. Sie sagte lediglich Lustbarkeiten voraus. Ihre Schwester, die Herzensangelegenheiten weissagte, war dieselbe Schwindlerin wie die andere. Sie wohnte in der Playa de Marianao in einer Bude, an der ein gelbes Schild hing:

Zoraida, Seelenretterin.

Mañica wollte sie unbedingt aufsuchen, und ich brachte sie hin. Sie kam sehr vergnügt heraus. Sie sagte:
– Ich werde meine Mutter sehen und verheiratet sein.

Ich freute mich auch, obwohl ich wußte, daß Zoraida eine Lügnerin war. Kurze Zeit danach las ich in *La Discusión*, daß ihr ein Stichel in den Hals gestoßen worden war, weil sie einem Landsmann von mir gesagt hatte, er würde das große Los ziehen, und der arme Mann kaufte sich ein ganzes Los von dem Geld, das er in Jahren gespart hatte, und ging leer aus. So endete die Zoraida.
Der Strand hatte auch seine schlechten Seiten, weshalb wir lieber ins Café Medina gingen, in der Veintitrés y D. Dort waren fast alle aus der spanischen Kolonie. Und keine Reichen, sondern arme Teufel wie ich. Das Café hatte zwei Stockwerke und war aus Holz. Unten wurden verschiedene Gerichte serviert, da war ein Ausschank mit Kantine. Dort lernte ich Antonio María Romeu kennen, den Schieler. Er spielte oben Klavier, denn im Café tanzten wir nicht nur Schottisch und Pasodoble, wir tanzten auch Volkstänze. Antonio María war ein fanatischer Billardspieler. Ich spielte manchmal mit ihm, wenn meine Tasche es zuließ. Dann gingen wir nach oben, und er spielte ein paar wunderschöne Volkstänze, und obwohl Mañica und ich wenig tanzten, mochte sie es gern, wenn ich sie von Zeit zu Zeit ins Medina führte. Dort kamen alle galicischen Dienstmädchen mit ihren Bräutigamen und Ehemännern zusammen. Und auch Leute von anderswoher. Das Medina und das Carmelo waren die volkstümlichsten Cafés der spanischen Kolonie im Vedado. Hin und wieder kam Gordomán und spielte Dudelsack mit Arsenito und seiner Frau. Er war, ehrlich gesagt, der gleichen Ansicht wie Gundín.
– Dieses Mädchen ist nichts für dich, Manuel.
Aber ich sah nichts und hörte nichts. Viele schauten sie beim Tanzen an, das stimmte, aber es gab welche, die hübscher waren als sie. Augen wie Mañica hatte keine. Keine. Ich sage, ich war so verliebt, daß ich keine Zeit hatte, eifersüchtig zu sein. Es war eine fixe Idee, die sich mir in den Kopf gesetzt hatte.

Als wir verlobt waren, brach der Hurrikan vom Oktober 1926 über uns herein. Er räumte mit allem auf, selbst mit unserem Verhältnis. Er war ein schwarzer Vogel, der sich auf der Insel niederließ. Mehr oder weniger ein Hurrikan, wie eben ein Hurrikan ist, ich hatte ja schon den von 1919 erlebt. Aber sie war neu hier, und dieser Wirbelsturm brachte sie vollends aus dem Häuschen.
Was mich an diesem Land am meisten gestört hat, sind die Wolkenbrüche. Nie ist man auf sie gefaßt. Der Hurrikan von 1926 begann mit fürchterlichen Wolkenbrüchen. Sie überschwemmten die ganze Stadt. Beim Festnageln und den Vorbereitungen steckte den Leuten der Schrecken schon in den Gliedern. Alles war unterbrochen: Trambahnen, elektrisches Licht, Trinkwasser ... Es war die Sintflut in den eigenen vier Wänden. Auch der Klügste rettete sich nicht. Die reichen Leute baten die Armen um Hilfe. Der Weltuntergang. Koffer, Schuhe, Unterwäsche fielen in die Gärten und auf die Straßen des Vedado. Es herrschte ein fürchterliches Getöse, und niemand ging hinaus, um die Sachen zu holen. Ich sah, wie die Klaviere aus den Häusern am Malecón auf den Seen tanzten, die sich zwischen den Kaimauern und den Portalen gebildet hatten. Wendeltreppen lagen am Morgen auf dem Pflaster und waren verbogen. Der Polizist, der den Alarm gab, kam immer zu spät an die Straßenecken. Manchmal mußte er sich an den Lichtmasten festhalten, damit ihn der Sturm nicht fortriß. Seine Pfeife war nicht überall zu hören. Es war ein Zeitverlust. Ich sah Dächer von Holzhäusern durch die Luft fliegen, als wären es Deckel von Kochtöpfen. Über die Abhänge in der Nachbarschaft riß das strömende Wasser tote Hunde, Katzen und Zicklein mit. Der Gestank breitete sich wochenlang über der Stadt aus. Es war ein feuchter Gestank wie von gefaultem Obst. Über einen Monat lang stach er mir in die Nase.
Ich denke zurück, und noch heute stehen mir die Haare zu Berge. Die Leute, die nichts mehr hatten, weder Kleider noch Möbel, kein Essen und vielleicht nur noch ein Stück

von einem Haus, kamen auf die Straße und bettelten um irgendwas. Es war die Reaktion von Verrückten, die nicht wußten, wohin sie sich wenden sollten. Die Mietskaserne, in der ich wohnte, hing durch die Gewalt des Sturms nach rechts über. Um aus dem Haus zu kommen, mußte man einen fast hundertjährigen Lorbeerbaum wegschaffen, der vor die Eingangstür gefallen war. Ich verbrachte diesen Hurrikan in dem Kaufladen in der Veintisiete y Efe. Das Geschäft lag am Hang und war dadurch etwas geschützt. Aber wir waren dort so viele Menschen auf einem Haufen, daß es nur um so schlimmer war. Die Frauen weinten und schrien. Der Ladenbesitzer mußte viele Kinder an Reis- und Bohnensäcke anbinden, damit sie nicht herumflogen. Durch die Ritzen im Fenster drang das Wasser ein. Der Laden war innen ein See, denn der Hurrikan von 1926 kam mit Donner und mit einer Sturmflut. Alles traf bei ihm zusammen. Ich sage, es war der schlimmste, den ich erlebt habe. Weder der von 1919 noch der Toledo von 1924, keiner war so. Als wir aus dem Laden gingen, benutzten wir die Bretter der Häuser als Brücken, um über die Straße zu kommen, denn Kähne gab es nur für ein paar wenige. Man ging über Ziegel und über die Drähte der Trambahnen. Ganze Dächer sah ich eingeklemmt zwischen Gehsteig und Gehsteig. Und Fensterrahmen und Türen schwammen als Kleinholz herum. Alles das staute sich an den Straßenecken und verstopfte die Abflüsse. Hauslampen und Türstühle trieben durch die ganze Veintitrés. Tagelang schüttete es wie mit Kübeln. Niemand kam ungeschoren aus der Katastrophe. Ganze Familien blieben ohne Dach über dem Kopf. Ich sah die Fensterscheiben des Präsidentenpalastes zersplittert in den Gärten liegen. Sogar Machado und seine Frau suchten Zuflucht im Keller. Danach saß er zwei oder drei Stunden lang in seinem Auto und fuhr durch die Stadtteile, in denen der Hurrikan am schlimmsten gewütet hatte. Der vom Ministerium für Öffentliche Bauten fuhr auch mit. Und auch ein gewisser »Obregón Holzwurm«. Diesen Spitznamen hatte er bekommen, weil er das Geld schluckte, das die Regierung ihm gab, um Holz für den Wiederaufbau von Häusern der Armen zu kaufen. Der Bürgermeister von Havanna, Manuel Pereira, auch so ein Räuber, bat die Bevölkerung um Hilfe. Wer konnte, gab etwas. Sogar von mir nahmen sie ein Flanellhemd und eine Arbeitshose. Das Rote Kreuz ging von Haus zu Haus mit der Bitte um Unterstützung. Alle Preise stiegen. Die Büchse Kondensmilch kostete zuletzt siebzig, ja achtzig Centavos. Der Hunger, den der Hurrikan hinterließ, war grauenhaft. Und vor allem die Epidemien von Magen- und Lungenleiden. Nach den Berechnungen gab es über tausend Tote. Ohne die Schwerverletzten und die Geschädigten zu zählen. Eine Erinnerung, die sich mir tief eingeprägt hat, war der Adler am Maine-Denkmal, das heute nicht mehr steht: Er fiel kopfüber herunter und lag flügellos auf der Straße. Auch die Säulen des Denkmals barsten und stürzten ein. Nicht einmal die Denkmäler respektierte der Hurrikan. Na, schön, das Gesetz auch nicht, verdammich, wo doch das Gefängnis Guines komplett einstürzte und Verbrecher und Missetäter unter Stürmen und Blitzen und Flüchen die Flucht ergriffen. Der Weltuntergang, wirklich. Später kamen andere, ich habe sie erlebt, aber wie dieser, keiner. Deshalb besorgten sich viele Spanier ein Rückreisebillet, denn noch einen Scherz wie diesen, sagten sie, würden sie nicht mehr mitmachen. Da es in Galicien Nebel und Wind mit Regen gibt, aber alles nur ganz leicht, passierte dort nie etwas, und eine Katastrophe wie diese konnten sie nicht dulden.

Zwei Tage später suchte ich Mañica auf. Ich fand sie in einem schlimmen Zustand, sie hatte die Nerven verloren. Am liebsten wäre sie morgen auf und davon. Von Havanna wollte sie nichts mehr wissen, aber schon gar nichts mehr. Das war der Anfang meiner Vernichtung. Zum Heiraten reichte mein Geld nicht, ich meine, um so zu heiraten, wie es Gott gefällig ist, mit einem guten Haus und anständiger

Kleidung für zwei. Ich bat sie wieder, noch ein paar Monate zu warten.
– Ich will zurück, mit dir verheiratet. Meine Mutter ruft mich, und noch so einen Hurrikan, nein, danke.
Mich stimmte das alles nur nachdenklich. Ich war nie ein Freund von plötzlichen Entschlüssen, sie führen zu nichts. Und ich sehe vieles. Ich sah eine Zeit der Geldknappheit kommen. Machado wurde mehr und mehr zum Tyrannen. Die einen sagten: »Morgen fällt er«, die anderen: »Der fällt nicht mal aus dem Bett«, und so . . .
Sogar der Primo Rivera, von dem doch jeder wußte, was das für einer war, lobhudelte ihn in der Zeitung. Holz war nicht aufzutreiben, nicht einmal für Türpfosten und Geländer. Und Holz, das aus Kalifornien kam, verkauften sie hier zu einem Preis, der für das Volk unerschwinglich war. Ich sah wieder einmal schwarz für die Zukunft. Tischlerarbeiten waren spärlich. Nach dem Hurrikan machte ich ein paar Reparaturen, es waren aber nur Kleinigkeiten. Was ich verdiente, legte ich für die Hochzeit zurück, aber ich dachte, daß es noch nicht reichte. Die Trambahn hatte Streik, wir, die Arbeiter, wollten höhere Löhne, und der Arbeitgeber band sich die Augen zu. Wegen dem und allem übrigen verlor ich sie. Aber wenn ich geheiratet hätte, wär der Schuß auch nach hinten gegangen. Das kam so:
Da es für Vergnügungen auf der Straße kein Geld gab, fing ich an, Paco Castaña, den Canarier, in seinem Haus zu besuchen. Er hatte sich bereits einen Nash gekauft und war Taxifahrer im Zentralpark. Er verdiente recht gut am amerikanischen Tourismus. Und auch mit anderen Sachen, über die man besser nicht redet, wozu? Er hatte einen orthophonischen Plattenspieler im Haus und einen Domino-Tisch. Er ging in Leinenhosen und trug einen Strohhut. Für sein Alter war er ein stattlicher Typ. Ich hatte ihn durch Veloz und Gundín kennengelernt, und wir vertrugen uns gut, denn ich habe ihn nie auch nur um einen Centavo gebeten. Das trage ich als Triumph in meiner Brust. Seine Frau war ein paar

Jahre zuvor an einem Parasiten gestorben, und ihn nannten sie »Valentino Canario«, weil er sich mit Pomade frisierte und wirklich ein bißchen geschniegelt war. Da geschah es, daß ich eines Tages mit Mañica zu ihm gehe. Sie war schon gegen mich eingenommen, aber wir gingen weiter zusammen. Ich wollte nicht von Cuba fort, und was sie im Kopf hatte, war schon das reinste Skorpionennest. Alles war nur das Dorf, die Mama und der Teufel und die Kerze. Sie hatte mich ein bißchen satt, aber wenn man so bis über die Ohren verliebt war wie ich . . .

Gundín hat es mir gesagt:

– Manuel, du bist mir immer wie ein Bruder gewesen, du bist ein Ehrenmann. Laß die Finger von dieser Frau, sie hat ihre Augen bei Paco.

Ich hörte nicht auf ihn. Ich dachte, es wäre Eifersucht von Gundín. Und dabei kam er ungefähr einen Monat später an das Haus, wo ich ein paar Regenrinnen anbrachte, und sagte:

– Sobald du willst, liefere ich dir die Beweise. Wenn du dich nicht endlich entschließt, werde ich glauben, daß es dir Spaß macht, Hörner zu tragen.

An diesem Abend gingen Gundín und ich zum Taxistand im Zentralpark. Als wir aus der Trambahn stiegen, sahen wir das Auto von Paco, der mit Touristen wegfuhr. Er merkte wohl, daß etwas nicht stimmte, denn er rief uns zu, wir sollten ihn am nächsten Tag besuchen. Ich wartete keinen nächsten Tag mehr ab. Ich ging mit Gundín in das Haus von Mañica. Ich wußte schon, wie ich sie rufen konnte, ohne zu klingeln oder sonstwas. Ich rief durch das Gitterfenster in der Garage:

– Mercedes Pérez!

Ich war in einem Zustand, daß mir die Funken aus den Hufeisen stoben. Sie kam ans Gitter und erschrak sehr. Sie fühlte, daß sie große Schuld hatte. Gundín machte den Mund nicht auf, hielt aber in allem zu mir. Ich rief durch das Gitter:

– Sag mir ehrlich, was ist.
– Ich weiß nicht, wovon du sprichst, Manuel.
– Du weißt es sehr gut.
– Schön, heirate mich morgen, und wir fahren nach Galicien.
– Du bist ein undankbares Geschöpf. Dich kann ein Ehrenmann nicht heiraten. Bleib bei dem Alten, du hast es nicht besser verdient.
Da das Gitter zwischen uns war, spielte sie die Stolze. Die ganze Schuld läge bei mir, sagte sie. Aber daß sie mit Castaña ein Verhältnis hatte, stritt sie mir nie ab. Ich sauste durch mein Zimmer wie eine Rakete. Ich wollte mir eine Keule beschaffen, um Paco das Herz in Stück zu schlagen. Aber Gundín ließ mich nicht. Diese Nacht ging ich zum Schlafen in die Garage im Haus der Señora de Conill, und Gundín und Veloz kühlten mir abwechselnd den Kopf. Was Veloz mir sagte, stimmte in jeder Hinsicht:
– Du hast kein Glück bei den Frauen, Manuel.
Er wußte, was mir mit seiner Schwägerin und diesem Schuft von Conrado passiert war. Und jetzt ein neuer Schlag. Diesmal war er sehr hart, das gebe ich zu.
Nicht lange danach erfuhr ich, daß Castaña und sie nach Spanien gefahren waren, um zu heiraten. Ich weiß nicht, wer mir sagte, sie wären auf der *Alfonso XII* und Zweiter Klasse gefahren. Sooft ich den Spruch höre »Die Zeit bringt Kastanien«, scheiße ich auf die Mutter des Galiciers, der ihn erfunden hat.

Mir wurde wieder angeboten, am Bau der Autostraße mitzuarbeiten, aber ich lehnte ab. Das dort war eine Hölle, und lieber wollte ich harte Zeiten in der Stadt in Kauf nehmen. Wenigstens war ich hier beweglicher. Ich arbeitete wieder bei der Trambahn und tischlerte hier und da. Nie bin ich ein erstklassiger Tischler gewesen. In nichts habe ich mich besonders hervorgetan. Ich bin normal. Ich habe mehr als andere gearbeitet, das schon. Ich habe nichts anderes getan als arbeiten. An dem Tag, an dem ich aufwache und nichts zu tun habe, werde ich schwach. Wenn ich lebe, dann um etwas zu tun. Wenn ich in die Anlage gehe, tu ich es, um auszuruhen. Nicht wie andere, die den Tag im Haus verbringen und die Wand anschauen, und dann setzen sie sich auf eine Bank und erzählen Märchen. Ich erzähle nur, was ich gesehen habe, was ich erlebt habe. Erzählungen sind nur etwas wert, wenn sie eine Wahrheit enthalten, wenn nicht, sind sie leeres Gerede. Ich sage nicht, daß ich nicht auch manchmal grüble, aber erzählen, nur um zu erzählen, das nicht. Wer lügt, hat nachher die Schuld auf dem Buckel, wenn er ein Ehrenmann ist.

Leben ist gut, wenn man gern gelebt hat. Das Los spielt dabei keine Rolle. Wenn ich das meine ansehe, war es schlecht und schlechter als schlecht, aber ich habe gern gelebt. Und das nimmt mir keiner. Ich habe jede Menge Fehlschläge hinnehmen müssen, aber das hat mich gelehrt, die Menschen kennenzulernen. Ich bin in eine harte Zeit hineingeraten. Das kann man sich nicht aussuchen; was soll man machen. Von Cuba kenne ich alles, das Unausgegorene und das Ausgegorene. Obwohl ich nicht in der Politik lebte, hatte ich sie doch um mich. Deshalb kann ich sagen, untadelige Männer gab es wenige. Wer nicht von einer Sinekure lebte, tat, als ob er nichts merkte. Deshalb tat sich einer in einem Beruf ohne Kopfbedeckung wie dem meinen schwer, wenn er nicht eine Paten hatte, der ihn übers Taufbecken hielt. Vielleicht, wenn ich ein Empfehlungsschreiben mitgebracht hätte, aber nicht einmal das. Das ist der Ursprung meiner Kalamitäten. So sehr die Freunde einem helfen wollten, für den Lebensunterhalt war das wenig. Trotz und alledem hatte ich meine guten Zeiten und meine Lust, wie ich sage. Aber nach 1928 wurde die Sache wirklich faul. Jemanden aufzutreiben, der einen Tischler beschäftigten wollte, war schwerer, als eine Stecknadel in einem Heuhaufen zu finden. Bei der Trambahn war die Lage gespannt. Dort fiel man aus einem Streik in den anderen. Sie fingen auch schon an, rebellische Lieder gegen Machado zu singen:

> Steh auf, steh auf, steh auf,
> Machado wird das Herz schwer,
> steh auf, steh auf, steh auf,
> seine Pauken tönen nicht mehr.

In dem Monat, in dem Mella in Mexiko ermordet wurde, stehe ich eines Tages da und schmirgle ein Fenster in der Calle Reina. Da höre ich ein Mordsgetöse von Wagen und Stimmen, und plötzlich krachen zwei Schüsse neben mir. Zum Glück drehte ich mich nicht um, und so streiften die Kugeln links an meinem Kopf vorbei. So nahe, daß sie in das Schild des Barbierladens einschlugen, wo ich diese Arbeit machte. Als ich die Löcher im Glas der bunten Glühbirnen sah, durchlief es mich von Kopf bis Fuß. Heiliger Rochus, verdammt! du hast mir das Leben gerettet. Deshalb sage ich, ein bißchen im Scherz, daß ich ein Glückspilz bin. Wenn ich mich aufgerichtet hätte, oder den Kopf ein bißchen gedreht, könnte ich heute nicht darüber berichten.

Wenn wir schon bei Mella, dem Leader, sind, da hab ich was auf der Habenseite zu buchen. Viel ist es nicht, natürlich, aber da zum Kreis der Tischler ein paar Anarchisten und Männer mit vernünftigen Ideen gehörten, sah ich mich einmal verpflichtet, Mella und seine Gruppe bei einer Mission, die sie ausführten, zu unterstützen. Der Biskayer nämlich, der Mellas Wagen chauffierte, war ein Freund von Veloz und dadurch auch meiner. Manchmal spielten wir zusammen Domino oder Karten. Ein hartgesottener Charakter und rauhbeinig wie der Fuß des Teufels. Immer verlor er im Spiel. Aber er war nicht nachtragend. Eines Abends ruft er mich:

– Manuel, du mußt mir einen Gefallen tun. Du weißt, daß diese Regierung gestürzt werden muß.

– Das kann ich mir denken, sagte ich, aber ich weiß nicht, wie sie das machen wollen.
Es war ganz einfach. Wer hätte mich im Verdacht haben sollen? Was ich tat, war eine Hilfe für den Biskayer, ja sogar für Mella selber, der ein resoluter Mann war. Ich stellte mich neben das Telefon an der Ecke zwischen der Calle Paula und der Calle San Ignacio. Dort sprachen die Polizisten, und ich merkte mir alles. Dann ging ich hin, wo der Biskayer war, und erzählte ihm alles, was ich gehört hatte. Die Polizisten suchten nach einem kremfarbenen Auto, das einer Verwandten von Mella gehörte, der Schlitten, den der Biskayer steuerte. In diesem Auto transportierten sie die Aufrufe gegen die Regierung und eine Druckmaschine. Als ich dem Biskayer erzählte, auf welcher Spur die Polizei war, lief er hin, wo Mella war, und sie sprachen ab, das Auto in ein Haus in der Calle Habana zu stellen. Das Haus hatte eine Eingangstür mit Bronzenägeln, groß wie eine Faust. Sie strichen den Schlitten rot an, wechselten das Nummernschild aus und setzten einen anderen Mann ans Steuer. Die hatten Courage, denn ich sah sie über die Prado und die Neptuno brausen wie ein Sturmwind, direkt vor der Nase der Polizei. Erwischt haben sie sie nie, soviel ich weiß.
Eines Nachts, als ich mit ein paar Freunden auf der Böschung der Mole Paula stand, sah ich Mella in diesem selben Auto vorbeifahren. Er saß auf dem Sitz neben dem Fahrer. Das war das letzte Mal, daß ich ihn sah. Der, ja, der war einer von den Untadligen. Jetzt wird er oft erwähnt, nicht? Wenn ich dem Biskayer die Spur nicht angegeben hätte, hätten sie vielleicht den Schlitten in ein Sieb verwandelt. Das ist der einzige Posten auf meiner Habenseite, mehr zu tun ließ meine Lage nicht zu. Denn ständig ging mir der Gedanke durch den Kopf, für eine Zeitlang in mein Dorf zurückzukehren, bevor meine Mutter, meine Schwester oder meine Großeltern starben. Es war schon eine fixe Idee, aber ich mußte erst noch das nötige Geld zusammenbringen. Ich wollte ja nicht mit leeren Händen kommen.

Ich habe ein sehr gutes Gedächtnis für die Vergangenheit. Je weiter ich zurückdenke, desto deutlicher sehe ich alles. Das ist so bei alten Leuten. Die Gegenwart kann ich mir weniger merken. Manchmal frage ich mich, was ich gestern getan habe, mit wem ich gesprochen habe, was ich gegessen habe, und es fällt mir nichts ein. Ich kann mich noch so sehr anstrengen, und nichts. Vollständig zwecklos. Dann bin ich wie ein leeres Blatt, und es ist, als würde ich in einer weit zurückliegenden Zeit festgehalten. Das Dorf, zum Beispiel, ist mir ganz deutlich im Gedächtnis. Das ist mir nicht entfallen. Auch deshalb, weil ich sehr patriotisch bin und meine Heimat nie vergesse. Aber in allem ist viel Wirklichkeit, das ist wahr. Mein Dorf war sehr hübsch, wenngleich traurig. Die Eichenwälder, die Schilffelder, die Flußmündungen, der Buschwald, all das ist meine Kindheit. Das kann ich nicht verleugnen. Bei den Volksfesten in La Tropical wurden galicische *coplas* gesungen, und meine Landsleute vergossen Ströme von Tränen. Vor allem bei dieser:

»Lonxe d'a terriña ¡qu'angustias me dan! . . .
os que vais pr'a ela con vos me levai.«

Oder die andere Copla, die Carmen sang, die Krapfenbäkkerin, eine Galicierin durch und durch:

»Son as rosas d'estos campos, olentes e bonitiñas
¡ay, quén aló che me dera, anque deitado en ortigas!«

Diese Volksfeste dienten der Zerstreuung und der Erinnerung, sie brachten einem das Dorf wieder nahe, das man zurückgelassen hatte. Als Machado auf der Höhe seiner Macht stand, fing ich an, Heimweh zu verspüren. Ich hatte Angst, meine Mutter könnte sterben, ohne daß ich sie wiedergesehen hatte, und ich wollte die Kinder meiner Schwester Clemencia kennenlernen. Wenn man eine fixe Idee erst einmal im Kopf hat, treibt sie einem kein Gott wieder aus. So ging es mir, aber ich mußte noch zwei Jahre warten. Ich übernahm jede Art Arbeit. Mit der Trambahn war es aus und vorbei. Ich hatte an einem Streik teilgenommen, und da schickten sie mich Maishülsen braten; ohne Aushilfearbeit konnte ich mich fast nicht über Wasser halten. Ich tischlerte hier und da, aber wenn Taglöhnerarbeit anfiel, nutzte ich das auch. Damals machte schon keiner mehr den Schnabel auf. Machado setzte nach seiner Wiederwahl die Verfassung außer Kraft und gab jedem, der anders dachte, einen Dämpfer. Die Vermögen schwanden dahin, die Banken gingen bankrott. Männer von echtem Schrot und Korn wurden zu Marionetten. Sie hängten sich auf oder nahmen Gift. Das war eine weitere Katastrophe, und schlimmer als der Hurrikan von 1926. Ganze Familien waren ruiniert. Andere sagten, sie hingen völlig in der Luft, und hatten noch Geld im Ausland oder unter den Kopfkissen. Um die Sache mit dem Bankkrach entstand ein großer Wirbel. Nach dem, was mir zu Ohren gekommen ist, war er weltweit. Da ich schon immer sehr vorsichtig war, trug ich mein Geld auf keine Bank. Ich verwahrte es in den ältesten Socken, die ich hatte, ohne es zu verstecken. Immer hatte ich es vor Augen, und da war es am besten verborgen. Einmal kam ich auf den Gedanken, es Veloz zu geben, damit er es auf sein Konto legte, aber mir wurde geraten, das sollte ich nicht tun. Da war einmal einer schlauer als ich. Nie wurde mir auch nur ein Centavo von meinem Geld geraubt. Dadurch konnte ich mir dies und das leisten. Geld ist nicht alles, sicher nicht, aber es hilft, da kann einer sagen, was er will, es hilft.

Da kommt man von der Straße heim und ist niedergeschlagen, weil man kein Geld gemacht hat und die Rechnung nicht aufgegangen ist, man schaut in die Ecke, wo die Henne liegt, und schöpft wieder Mut. Man langt sie sogar an, wie etwas Lebendiges, nicht wahr? Nur geizig darf man nicht sein. Geiz sprengt den Sack. Obwohl das, was ich hatte, nie ein Sack geworden ist. Ich lebte von der Arbeit, nicht wie andere, die *chotacabras* oder die *guaraibos*, wie sie hier die Schnappvögel nennen, die von der Luft leben, das heißt, die im Flug Insekten schnappen. Der Guaraibo war hier weit verbreitet, er hatte nicht mal ein Haus, genau wie der Vogel dieses Namens, der auch keinen Laut von sich gibt. Ich konnte nicht von der Luft leben, erstens weil ich ein Ehrenmann bin und zweitens weil ich Ausländer war, so lange, bis ich bei meiner Rückkehr aus Galicien, als ich in den Ruhestand trat, cubanischer Staatsbürger wurde. Auch wenn das Geld nur tröpfelte, so hatte ich doch immer genug, um zu essen. Als es um die Wirtschaft in Cuba am schlechtesten stand, hatte ich schon etwas auf der Habenseite. Luxus konnte ich mir keinen leisten, aber aus dem Zimmer konnten sie mich nicht vertreiben. Im Gegenteil, durch einen Vorfall, der sich ereignete, übernahm ich noch den Teil des Chinesen Alfonso, einfach indem ich die Trennwand niederriß. Durch diese Erweiterung konnte ich mir eine eigene Waschgelegenheit einrichten. Die Sache war die, daß Alfonso Geschäfte mit einer gewissen Margarita machte, und die Polizei kam ihnen auf die Schliche. Da die Chinesen immer Trauben bilden, nahm die Polizei einen fest, der Ajoy hieß, und einen anderen namens Chung. Keiner sagte was. Die Polizei fragte sie nach der Margarita, und sie antworteten:

– Ich weiß es nicht.

Margarita kam Alfonso besuchen bis zu dem Tag, als man sie früh morgens erhängt im Bad eines Hauses in der Diecisiete fand. Alles blieb im Dunkel. Ein Schleier des Schweigens senkte sich auf diesen Fall. Alfonso wurde angeklagt aufgrund der Fingerabdrücke und weil man ein Stück von dem Strick unter seiner Matratze fand. Sie verurteilten ihn zu lebenslänglichem Gefängnis. Er sagte nichts. Die anderen wurden freigesprochen und kamen wieder heraus. Sie sahen mich den Paseo herunterkommen und grüßten mich, als ob nichts gewesen wäre. Ich hielt nach dem Wasserwagen Ausschau oder setzte mich auf eine Bank in der Anlage ihnen gegenüber, um zu sehen, ob sie nicht ein Wörtchen sagten. Es war zwecklos. Mit der Nachrichtenverbreitung standen die auf Kriegsfuß. Sie waren richtige Gräber. Alfonso starb wenige Wochen später an Keuchhusten, und ich riß die Zwischenwand ein und verkaufte die Bettstatt und die Matratze an eine Galicierin. So erweiterte ich mein Zimmer. Die Besitzerin merkte nichts von meiner List. Sie betrat das Haus nicht, nicht einmal um die Miete zu kassieren, was denn! Für eine Hausbesitzerin wäre das ja entehrend gewesen.

Aber nicht einmal vergrößert, wie ich war, wollte ich hier bleiben. Man sah einen Bürgerkrieg heraufziehen. Die Atmosphäre lud sich zu sehr auf. Und Machado war die Macht zu Kopf gestiegen. Wenn du etwas Sicheres hattest, kam ein Streik, und aus war's. Die Politiker waren korrumpiert von Kopf bis Fuß. Machado selber schrieb sich nur noch mit Primo Rivera, oder er ließ Zeppeline auf der Pferderennbahn steigen. Und unten spielte das Orchester Corvacho Volkslieder.

Mir soll über dieses Land keiner was weismachen. Ich weiß, wo die Mücke ihre Eier gelegt hat. Wie durch ein Wunder habe ich nicht gesehen, wie sie Trejo umbrachten. An diesem Tag machte ich eine Tischlerarbeit in der Calle Hornos, das vergesse ich nicht, und dabei hörte ich eine Schießerei. Die Universität war schon seit längerem geschlossen, alles war wie ausgestorben. Eine Republik war das nur noch dem Namen nach. Trejo war der erste große Tote in der Regierungszeit von Machado. Sobald ich die San Lázaro hochging, sah ich die ganze Straße voller Polizisten, zu Fuß und zu Pferd. In Jovellar hatte sich schon berittene Polizei formiert. Mit ein paar riesigen Pferden, wie es sie in Galicien nicht gibt, erschreckten sie die Leute. Sie ließen sie wiehern und sich aufbäumen. Damit gaben sie an, die mutigen Jungen mit dem Gummiknüppel. Sogar der Parque Maceo war voll von Studenten, die zur Universität ziehen wollten. Parolen schreiend kamen sie an eine kleine Anlage, die es noch gibt, und da trieben sie ihn in die Falle. Trejo soll geschrien haben: »Es lebe das freie Cuba!« Und an der gleichen Stelle kam es zu dem Gefecht, bei dem sie ihn erschossen haben. Er starb wenige Stunden später in der Unfallstation eines Krankenhauses. Es gab eine große Beerdigung, mit Studenten, Arbeitern, ganzen Familien ... Ich ging nicht bis zum Friedhof Colón, aber ich sah mir die Kundgebung an, weil ich sehen wollte, wie es war, mir sollte später keiner was weismachen.

Es ging nicht so weiter; wenn ich mich hier nicht schleunigst aus dem Staub machte, kam wieder die Hungersnot über mich. Sie verlangten von Machado den Siebenstundentag, und er antwortete mit Arbeitslosigkeit; sie verlangten kostenlose Beförderung für Beschäftigungslose, und er erhöhte den Preis für Busse und Trambahnen; sie wollten die Freilassung von Gefangenen, und er füllte Tag für Tag die Gefängnisse. Ein cubanisches Gefängnis mit Frauen hinter den Gittern war etwas beinahe Normales. Wer hätte mir das gesagt, daß anständige Señoritas da drinnen saßen und im *Diario de la Marina* abgebildet waren! Auf den Fotographien lachten sie, aber was sie durchzumachen hatten war hart, denn an ein schwaches Geschlecht glaubte Machado nicht im geringsten. Allerdings, die Frauen in diesem Land sind immer tapfer gewesen. Die Señora Dolores Guardia hatte im Patio ihres Hauses über dreißig Gewehre in einem Brunnen versteckt, und als die Polizei kam, um das Haus zu durchsuchen, sagte sie:
– Kommen Sie herein, ich habe ein Waffenlager im Brunnen, denn ich bin ja schuld daran, daß wir in diesem Land keinen Frieden haben.
Die Polizei ging nicht einmal hinein. Sie war mit einem Mann aus dem Landesinnern verheiratet, der Reparaturen gut bezahlte und gegen die Regierung war. Das war das Haus in der Calle Hornos.

Flor war eine resolute Milizangehörige. Ich machte für sie ein Gartenhaus aus Mahagoniholz und Palmblättern. Ihr

Vater war General im Freiheitskampf gegen die Spanier gewesen, und sie stand ihm kaum nach. Als die Reihe an ihr war, etwas zu tun, kaufte sie sich einen Fiat Kabriolett und lud ihn voll Dynamit für die Revolutionäre. Sie chauffierte selbst, was damals noch sehr ungewöhnlich war. Und sie rauchte Zigaretten Larrañaga.
– Manuel, hol mir Zigaretten im Laden, den Rest kannst du behalten.
Der Vater konnte es nicht leiden, wenn sie rauchte. Während ich die Bretter für das Gartenhaus aufstellte, saß sie da und paffte. Wenn der General kam, pfiff sie mir, und ich übernahm die Zigarette. Sie war eine hübsche Frau, wie ihre Schwester auch. Beide hatten sie Verlobte, denn schließlich waren sie weibliche Señoritas. Aber zur Sache: Flor hatte keinen Ausweis als Politische, und anscheinend weigerte sich der Chef, ihr einen zu geben. Eines Tages kam sie nach Hause und erzählte der Schwester die Einzelheiten.
– Weißt du, Saladrigas, dieser Schürzenfresser, der immer nur vom schwachen Geschlecht redet, weigert sich, mir einen Ausweis zu geben. Und dabei habe ich der Revolution über fünfzig Pfund Dynamit gebracht. Aber er muß ihn mir geben, du wirst schon sehen.
Ein paar Tage später, das Gartenhaus war schon fertig, kommt die Señorita Flor und zeigt mir ihren Ausweis als Revolutionärin. So waren sie. Wer's nicht glaubt, soll einen fragen, der so alt ist wie ich und in Cuba gelebt hat. Eher hätte Kid Chocolate Blut auf die Matte gespuckt als eine dieser Frauen. Später, in der Sierra Maestra, war es das gleiche. Die cubanischen Frauen sind tapfer, sí Señor.

Ich hatte einiges beisammen, noch nicht alles. Ich bin der Ansicht, daß man sicher gehen muß, wenn man einen Schritt unternimmt. Ich ließ die Frauen, die Kegel, das Billard, das Domino . . . Ich schlüpfte in das Kleid des Heiligen, sozusagen. Gundín ging es gut an seinem Platz. Er hatte ein Dach überm Kopf und gutes Essen. Veloz mit seinen zwei

Häusern konnte es nicht besser haben, die Andalusierin versorgte ihn gut. Und die Señora de Conill vertraute ihm mehr als ihrem eigenen Mann. Wer keine Paten hatte, war ich. Deshalb wollte ich fort. Im Grunde suchte ich Stabilität und eine Familie, aber ich hatte nichts zu bieten. Dabei konnte ich noch froh sein. Ich hatte ein Zimmer mit eigener Waschgelegenheit und ein paar goldene Eier. Aber um das zu erreichen, hatte ich allerhand ausstehen müssen. An manchen Tagen hatte ich das Gefühl, daß sich meine Därme krümmten, denn Avocados haben mir nie geschmeckt. Und das gab es hier am meisten, Avocados im Backteig. »Blonde mit grünen Augen«. Aber nicht ums Verrecken. Was der Bauer nicht kennt ... Zu Fuß ging ich in das Haus der Galicierinnen in der Santa Clara Nummer zehn, aß meine gute galicische Fleischsuppe und ging wieder.

– Manuel, es ist Zeit, daß du dir eine gute Frau suchst.

– Ja, wenn mir eine über den Weg läuft.

– Suchen muß man, Manuel. Wer sucht, der findet.

– Wenn sie mir nicht über den Weg läuft, bleibe ich lieber im alten Trott.

– Sag das nicht. Ein junger Kerl wie du braucht eine Frau.

– Ja, das brauche ich, Señora; aber eine Frau, nicht eine Herumtreiberin.

Sie schwatzten mir den Kopf voll, sooft ich zum Essen hinging. Die meiste Zeit ertrug ich sie schweigend. Dann fragten sie, warum ich nichts sagte. Kann man denn kein Privatleben haben? Die Welt ist schlecht geschaffen, selbst wenn man einen Teller Essen verzehrt, muß man es dulden, daß einem jemand die Schnauze in den Hintern steckt. Andere waren noch schlimmer dran als ich. Einen gab es, der nahm Gift, weil er nicht genug Geld hatte, um nach Spanien zurückzufahren. Lucrecia Fierro stieß sich ein Küchenmesser in den Bauch und rannte durch die ganze Diecisiete, und das Blut lief ihr heraus, bis sie sie auflasen, halb tot. Und ein Scherenschleifer, der Manuel Ruiz hieß wie ich, stieg auf

einen Tisch und hielt den Kopf in einen Ventilator mit großen Flügeln, damit er ihm den Kopf mit einem Hieb abriß. Er holte sich schwere Blutergüsse, und später bekannte er, er hätte einen Brief bekommen, in dem sein Bruder ihm die schlimme Nachricht vom Tod seiner Mutter mitgeteilt hatte.
Ich wollte mich nicht verrückt machen, aber ich wollte meine Familie sehen, ehe sie mir wegstarb. Ich war schon seit fünfzehn Jahren in diesem Land, das sehr schön ist, aber ich sehnte mich nach dem meinen. Gordomán half mir schließlich aus der Klemme. Er erreichte es, daß ich die Holzkioske für die Volksfeste aufbauen durfte, die das Centro Gallego in La Tropical gab, um die Siege des Galicischen Sportclubs über die *Juventud Asturiana* zu feiern. In diesem Trubel verbrachte ich den Karneval im März 1931. Musik unter freiem Himmel, *piñatas*, Feuerwerke, Volksbelustigungen, das gleiche wie immer. Sie bei ihrem Vergnügen, und ich beim Zurichten der Bretter und beim Hämmern. Ich war nahe an dem, was ich erreichen wollte, aber nur nahe. Ich mußte mit vollen Händen nach Pontevedra kommen und mit Geld zum Investieren. Die Leute vom Verein Celanova halfen mir mit zwanzig Pesos. Sie wußten, daß ich Bestellungen, Briefe, Geschenke, was immer mitnehmen würde, wenn ich nach Spanien fuhr. Eines Abends, als ich in der Linie Marianao-Parque Central fuhr, stieg ein Losverkäufer mit der Endnummer 225 in die Trambahn ein. Ich kaufte ein Los mit geschlossenen Augen und gewann runde hundert Pesos. Ich sagte niemandem etwas. Am Schalter nahm ich mein Geld in Empfang, dann ging ich in das Warenhaus *Competidora* in Indio y Gloria, in der Hand meinen alten Koffer. Den gab ich hin und bekam für hundert Pesos einen brandneuen Überseekoffer. In den steckte ich alles: Kleider, Schuhe, Papierkrägen, Nippsachen ... Ich überlegte nicht länger. Ich bezahlte das Zimmer, suchte meinen Paß heraus und ging mich von den Freunden verabschieden. Ich sagte zu ihnen: »Ich komme wieder.« Und

sie lachten bloß. Gundín war der einzige, der mir versicherte:
– Du kommst zurück, Manuel.
In Wirklichkeit wußte ich nicht, ob es so oder so kommen würde. Ich schiffte mich Dritter Klasse auf dem Dampfer *Orinoco* ein, ein deutsches Schiff wie die *Lerland*.
Bei Anbruch der Dunkelheit verließen wir den Hafen. Es schüttete wie mit Kübeln, als wir am Leuchtturm des Morro vorbeifuhren, aber Sturm hatten wir nicht. Ich sah mich erst um, als wir schon im tiefen Wasser waren. Havanna war nicht mehr zu sehen. Alles war Meer.

DER BÜRGERKRIEG

> Qu'adonde queira
> que vaya
> cróbeme unha sombra espesa
> *Rosalía de Castro*

Als ich in La Coruña ankam, herrschte eine Mordskälte. Die Knochen wurden mir steif, und ich bekam einen Husten, der nicht einmal mit Chamberlain-Saft wegging. Ich war an Havanna gewöhnt, die Hitze, die Sonne, und auf diesen Schnee war ich nicht vorbereitet. Ohne Mantel, ohne eine anständige Mütze kam ich an, als hätte ich das Klima meiner Heimat nie kennengelernt. Was mir zuerst auffiel, war die große Stille. Havanna ist fröhlich, trotz allem. Ankommen und gleich etwas vermissen, so ist es. Bei der verdammten Kälte schwoll mir der Fuß an wie nie. Ich konnte ihn fast nicht aufsetzen. Deshalb habe ich mein Leben lang die Kälte gehaßt. Da merkte man mehr, daß ich hinke. Obwohl einem in Galicien niemand sagt: »Du, Hinkebein . . .« oder etwas Ähnliches. Sie sehen dich von oben bis unten an und tuscheln sich was ins Ohr, leise. Und dann, lauf, was du kannst, weil sie Verwünschungen gegen dich ausgesprochen haben, und wenn du denen entkommst, ist es ein Wunder Gottes. Das ist das Geschwätz im Dorf. In Cuba passiert das auch, aber es geschieht offener, und in ein paar Tagen ist es verraucht. Der Galicier verheimlicht. Der Cubaner nicht, der Cubaner ist ein Andalusier mit Strohhut. Er kann nichts für sich behalten, über kurz oder lang redet er alles heraus. Und wenn er dir etwas sagen muß, sagt er es dir ins Gesicht, als Witz oder mit einem Kraftausdruck. In Cuba gibt es so gut wie kein Privatleben. Wie oft bin ich in meiner Trambahn gefahren und jemand ist zugestiegen mit seinem Problem und hat es mir brühwarm erzählt. Ich erfuhr die ernstesten Angelegenheiten, Scheidungsgründe, Ehebrüche, Geschlechtskrankheiten . . . Die Trambahn war eine Sprechstunde. Am nächsten Tag stieg dieselbe Person wieder ein. Sie war ihr Problem inzwischen losgeworden und grüßte mich nicht einmal. So ist das eben, deshalb habe ich immer nach dem Grundsatz gelebt: zusehen und sein lassen. Um die Welt in Ordnung zu bringen, braucht man einen klugen Kopf, denn die Welt ist wirklich sehr kompliziert. Wenn einer glaubt, er wäre auf der Vorderseite, ist er auf der Rückseite, und wenn er glaubt, er wäre auf der Rückseite, ist er auf der Vorderseite. Das ist der Ursprung der Überraschungen und der Schrecken, die man erlebt. Ich weiß wenig, aber ich habe viel erlebt. Es heißt, ein alter Teufel weiß viel, aber das ist ein Märchen. Ich kann noch immer nicht sagen, daß ich viel weiß. Jeden Tag lerne ich etwas Neues. Das ist das Schöne am Leben.

Ich bin nicht abergläubisch, was man abergläubisch nennt, aber ich glaube wirklich, daß ich in Spanien mit dem linken Fuß zuerst angekommen bin. Beim Aussteigen stolperte ich. Der Spruch »Schau nicht zurück« scheint sich zu bewahrheiten. Aber ich mußte heimfahren, koste es, was es wolle, sonst wäre ich krank geworden. Ich hatte das Geld unter vielen Opfern zusammengebracht und wollte meiner Familie die Freude bereiten, mit vollen Händen anzukommen. Das ist die größte Freude, die ein Mensch einem andern machen kann. Liebe erweist sich am persönlichen Opfer. Deshalb akzeptiere ich es nicht, wenn es immer heißt, der Galicier wäre knausrig und selbstsüchtig. Der Galicier spart für seine Familie und für die Zukunft seiner Kinder. Wo ist denn da der Egoismus, wenn er verzichtet, damit seine Nachfahren ein besseres Leben haben? Egoisten sind diese Falschspieler, die alles vertrinken, ohne daran zu denken, daß sie eine Mutter oder einen Sohn haben. Ich habe Spanier gekannt, die nach Cuba kamen und sich wie Katzen in die Hinterzimmer der Kneipen verkrochen; die streckten kaum je die Schnauze heraus, um zu sparen und mit einem Koffer voll Sachen in ihr Dorf zurückzufahren.

Auf der Straße wird viel geredet. In den Anlagen wird viel geredet, nicht immer die Wahrheit. Wenn ich mich nicht aufgeopfert hätte, wie ich es getan habe, hätte ich nicht so nach Galicien zurückkommen können, wie ich zurückgekommen bin. Daß es ein Mißgeschick war? Schön, aber die Freude, die ich meinen Verwandten bereitet habe, die nimmt mir keiner. Geld ist dazu da, daß man es in produktive Dinge steckt, nicht zum Verschwenden. Wenn einer nicht einen Centavo auf den andern legt, bringt er es zu nichts. Geld zieht Geld an. Ich sage das, denn obwohl ich kein Glück gehabt habe und noch heute ein armer Teufel bin, habe ich ein bißchen gespart und mein Vergnügen gehabt. Natürlich wird man sagen, Geld ist nicht alles, aber es hilft, es ist der Joker im Domino. Ein Rettungsanker. Ich bedaure, daß ich nicht mehr sparen konnte. Da mir das Glück nicht zum Erwerb eines Vermögens verhalf, trafen bei mir zwei Übel zusammen: Geldknappheit und Fehlschläge.
Nach so vielen Jahren in meine Heimat zurückkommen und vorfinden, was ich vorgefunden habe, heißt wirklich einen bösen Stern haben. Noch im Hafen kaufte ich mir einen Mantel und fing an, herumzulaufen. Der Omnibus fuhr erst am Abend, so daß ich mir die Umgebung ansehen und mich ein bißchen an den Winter akklimatisieren konnte. Ich hatte den Kopf voller Ideen. Ich wollte meiner ganzen Familie und den Freunden eine Überraschung bereiten. Meine einzige Sorge war Casimira. Andererseits sagte ich mir, um mich zu trösten, vielleicht ist sie vom Dorf weggezogen oder sie hat sich verheiratet und alles hat sich in Wohlgefallen aufgelöst, was weiß ich. Die Hauptsache war, ohne großen Lärm anzukommen. Und das tat ich. Den Bus, erinnere ich mich, hatten sie in drei verschiedenen Farben angestrichen, und er machte solche Sprünge, daß man mit dem Kopf an die Decke stieß. Die Fensterscheiben waren zerbrochen, und ich mußte unterwegs eine Kälte ausstehen, wie ich sie niemandem wünsche.
Wenn man in seine Heimat zurückkommt, scheint alles

kleiner geworden zu sein. Die Pfarrkirche kam mir vor wie ein Spielzeug, der Platz genauso. Selbst die Straßen waren nur Fußwege und nicht so, wie ich sie im Gedächtnis hatte. Aber die Angst, die ich mitbrachte, die war groß. Allem neu zu begegnen und nicht zu wissen, was man machen, wie man sich entscheiden sollte! Ich fühlte mich nicht sonderlich zur Schwalbe berufen. Ich wollte meine Familie sehen, mich ein wenig umschauen und, wenn der Schuß nach hinten ging, wieder nach Havanna zurückfahren. Ich war kaum ein paar Stunden da, und schon vermißte ich das Klima und die Fröhlichkeit von Havanna. Und das, obwohl ich dort keine Familie hatte, weil mich das Glück in diesem Punkt im Stich gelassen hatte.
Einen Steinwurf weit von meinem Haus setzte mich der Bus ab. Ein Steinwurf, das sind in Galicien drei Kilometer. Wir sind wirklich vom Land. Ich lief einen grasbewachsenen Weg hinunter, so gegen sieben Uhr morgens, und nahm mir landeinwärts ein Mietpferd, damit ich meinen Überseekoffer nicht tragen mußte. Der Mann, der es mir vermietete, ging mit und berichtete mir im voraus über alles. Glücklicherweise kannte er meine Familie und wußte von mir.
– Ihr Großvater spricht nur noch von Ihnen.
– Danke, sagte ich.
– Er sagt, daß Sie großen Erfolg gehabt haben.
– Danke, danke sehr.
Ich schenkte ihm ein paar Peseten und eine Flasche Peralta. Dann fragte ich ihn nach Casimira, und er erzählte mir Leben und Wunder. Sie war nicht mehr im Dorf, und alles war zu Wasser und Salz geworden. Irgendein Strolch hatte sie nach Vigo mitgenommen, so stand es in den Briefen, was darauf schließen ließ, daß sie ein geregeltes Leben mit ihm führte. Niemand wußte Genaues, niemand sprach von ihr. Ich war sehr froh über diese Nachricht. Eine Last fiel von mir ab. Einige Zeit nach meiner Ankunft erfuhr ich auch, daß dem, was zwischen ihr und mir gewesen war, keine größere Bedeutung zukam. Sie war nie schwanger gewor-

den, und anscheinend hatte ich sie nicht in ihrer Jungfräulichkeit beschädigt, wie ich geglaubt hatte. Alles war ein Sturm im Wasserglas gewesen. Kleines Dorf, große Hölle.

Weil ich hinkte, kam mir der Weg endlos vor. Außerdem hatte mich eine solche Nervosität befallen, daß ich den Pferdebesitzer damit ansteckte. So kam es, daß er zu rennen anfing, sobald er mein Haus sah, und den Namen meines Großvaters rief. Das Haus wurde mir zum Sturmwind. Ich lief schneller, obwohl ich hinkte. Für einen Augenblick sah ich überhaupt nichts. Plötzlich fühlte ich, wie meine Schwester auf mich fiel, so groß sie war, und mich auf Stirn und Wangen küßte. Ich brachte kein Wort heraus. Sie rief meinen Namen, und er klang schön, weil er von dem mir Liebsten ausgesprochen wurde. Gleich darauf erschien mein Großvater, strahlend, und sagte:
– Manuel, du bist zurückgekommen! Ich habe dich nicht erwartet. Der heilige Rochus soll dich segnen!
So groß war die Freude, daß sich der Großvater sogar an den heiligen Rochus erinnerte. Der Mann mit dem Mietpferd heulte wie ein Schloßhund. Dann überkam es auch mich. Wer hätte sich zurückhalten können, nach so vielen Jahren? Ich weinte noch mehr, als mir der Großvater ins Ohr sagte:
– Frag nicht nach deiner Großmutter, Manuel, wir wollten dir die schlimme Nachricht nicht schreiben.
Das Haus füllte sich mit Freunden. Aber Glück empfand ich nicht. Alles war schlimmer als früher, verfallener, der Weinstock am Haus war verdorrt, die Tür zerbrochen, der Kamin fast unbenützbar, und die Mauer lag völlig am Boden. Es war eine totale Verwahrlosung. Ich verlor allen Mut.
– Womit beschäftigen Sie sich, Großvater?
– Mit deiner Mutter und deiner Schwester, Manuel.
Schmerzlicher als alles war der Anblick meiner Mutter. Sie stand da, in der Hand einen Besen ohne Stiel, taub und

blind, und verstand nicht, was geschah. Meine Schwester zwang mich, sie zu küssen. Ich küßte sie und sagte:
– Ich bin Manuel, Mutter.
Aber sie machte nicht die geringste Bewegung, die Laute gab keinen Klang mehr. Clemencia hörte nicht auf zu weinen. Sie sperrte die Augen weit auf, um mich gut zu sehen, sie umarmte mich ...
– Ich habe zwei Kinder, du weißt es, Manuelillo und Angela.
– Ich weiß es, aber ich sehe sie nicht.
– Sie sind früh in die Schule gegangen, zu der Tochter von Carmen. Sie können schon lesen und schreiben wie du.
– Sollen sie doch kommen, damit ich wenigstens eine Freude habe.
Wie hätte ich ahnen können, daß sich der Mann meiner Schwester als Lump entpuppt hatte? Mit Angela im Bauch hatte er sie sitzen lassen und war in Richtung Amerika auf und davon.
– Ich habe ein großes Geschäft vor, als reicher Mann komme ich wieder, Clemencia.
Zehn Jahre vergingen, und dieser Schuft: weder Rückkehr noch Brief noch sonstwas. Bettelarm überließ er sie ihrem Schicksal. Deswegen ging es meinem Haus so schlecht. Selbst der Großvater, der immer seinen Mann gestanden hatte, war baufälliger als eine Wand. Am Nachmittag erfuhr meine Mutter, daß ich angekommen war. Clemencia hatte es ihr auf ihre Weise erklärt, und nun rief sie mit heiserer Stimme:
– Manuelillo, ich sehe dich nicht, ich sehe dich nicht!
Und sie küßte mich und umarmte mich. Das alles schnitt mir ins Herz. Da fing ich an, ohne auf die Kinder zu warten, die Geschenke zu verteilen, die ich in meinem Überseekoffer mitgebracht hatte. Ich teilte aus, und selber bekam ich Birnen, Aprikosen, Äpfel. Die Freunde meines Hauses konnten sich nicht genug tun, mir Obst anzubieten. Ich schenkte von allem. Mein Großvater setzte sich den Stroh-

hut auf, obwohl er im Haus war. Er wollte ihn nicht mehr abnehmen. Als die Kinder kamen, wollten sie alles sehen. Ich gab ihnen Strümpfe, Hemden, dem Mädchen Ohrringe und Manuelillo sogar einen Satz Bleisoldaten. Mein Großvater war stolz auf seine Armbanduhr, Schweizer Fabrikat; nicht einmal zum Schlafen zog er sie aus. Sie fragten ihn nach der Uhrzeit, und er antwortete nach Gutdünken, da er keine römischen Ziffern lesen konnte ... Eins nach dem andern legte Clemencia die Geschenke auf ein altes Möbel, das an der Gipswand des Wohnzimmers stand. Es war eine Ausstellung meiner Ankunft zu Hause.
– Wir haben einen Mann, der uns repräsentiert, sagte sie zu den Nachbarn.
Die Kinder nannten mich Onkel, ganz richtig, obwohl es mir seltsam in den Ohren klang. Manuelillo schlug mir nach, er war klein von Wuchs und hell von Verstand. Angelita war das Abziehbild ihres Vaters, groß und grob in den Gesichtszügen, aber mit einem Paar sehr hübscher Augen. Jeden Tag fragte sie mich:
– Onkel, was hast du mir mitgebracht?
Recht hatte sie, so zu fragen, denn das Dorf war eine Wüste. Die Kinder kannten kein anderes Spielzeug als Harken und Karrenräder. Genau wie zu meiner Zeit oder noch schlimmer. Das Dorf war eine große Einsamkeit.
Ich sah mich nach Tischlerarbeit um, ohne Erfolg. Hier tischlerten alle aus Neigung und, der Wahrheit die Ehre zu geben, besser als ich. Kurzfristig säte ich. Feldarbeit habe ich nie gemocht. In Cuba bekam der Bauer zwanzig Centavos für den Zwölf-Stunden-Tag und arbeitete nur zwei Monate im Jahr. Ich habe nicht ein Zuckerrohr geschnitten, ich habe alles in der Stadt gemacht.
Mein Großvater schimpfte mich, als wäre ich ein junger Bengel. Ich kannte mich in der Feldarbeit nicht mehr aus und stellte mich an wie eine Ziege auf Zementboden.
– Die Saat muß man eintreten, je mehr, desto besser! Manuel, spiel mir nicht den Herrn!

Es kostete Mühe, mich einzugewöhnen. Den restlichen Winter über verkrätzte ich meine Familie. Ich ging über die Kornfelder, ich hörte zu, wie dem Vieh die Knochen knackten, wenn es über die Hänge lief, ein paar Monate lang war ich beinah ein Vagabund. Der Großvater kümmerte sich um nichts. Wir lebten von der Gemeinde-Kollekte und von den Ziegen. Sie weideten, kann man sagen, allein.

– Großvater, Sie kümmern sich um nichts.

– Ich kümmere mich um nichts mehr, Manuel.

Mit einem Schlag machten sich die Jahre bemerkbar. Wäre ich damals nicht gekommen, wäre meine Familie verfallen. Mit dem Geld, das ich mitbrachte, lebten wir ein bißchen besser. Das Haus wurde instandgesetzt, Weinstöcke wurden gepflanzt, die Ziegen kuriert. Aber eines Tages war das Geld aus. Und ein Haus ohne Geld ist wie eine Wolke ohne Wasser. So daß ich ein paar dreistöckige Kornmühlen kaufen mußte. Sie kamen mich auf zehntausend Peseten. Ich arbeitete allein an allen dreien. Dann verkaufte ich das Mehl an die Händler. Ein Geschäft ohne Vorteil, aber doch endlich ein Geschäft. Mein Großvater hatte zu nichts mehr Mut. Er setzte sich mit zwei oder drei Freunden auf eine Steinbank und erzählte, wie es früher war. Wenn ich nach Hause kam, erwartete mich Angelita mit einer Sparbüchse aus Ton. Alle Tage mußte ich ihr ein paar Centimos hineinwerfen. Wer hätte es einem zehnjährigen Mädchen abschlagen können? Ich fing an, mich in der Familie gefangen zu fühlen. Jeder Tag brachte eine neue Verpflichtung, eine Verantwortung mehr. Manchmal kam mir eine fixe Idee in den Kopf: nach Havanna zurückfahren. Ich schrieb José Gundín und erzählte ihm in den Einzelheiten, wie schlecht ich es zu Hause angetroffen hatte. Er antwortete mit einem Telegramm: »Wenn du zurück willst, laß es mich wissen.«

Machado stand vor dem Sturz, in Havanna herrschte noch viel Aufruhr, und meine Familie mußte wieder ganz flott sein, ehe ich wegfuhr. Ich gab ihm keine Antwort. Die Jahre flogen dahin. Das Dorf lag auf mir wie ein schweres

Gewicht. Die Mühlen brachten mich ins Krankenhaus. Beinahe hätten sie mir einen Lungenflügel herausnehmen müssen. Das Mehl zerfraß sie mir durch die Kälte. Der Dorfarzt, ein gewisser Doktor Pérez Cosme, verbot mir, weiter an den Mühlen zu arbeiten. Nachdem ich zwei Jahre lang ein paar Peseten mit dem Mehl verdient hatte, mußte ich aufgeben. So geht es mir immer. Nirgends bin ich lange. Ich habe mich schon damit abgefunden, der rollende Stein zu sein. Nach meinem Geschmack war das nicht, ein stabiles Leben wäre mir lieber gewesen, aber ein Mensch ist, wie er ist, er mag sich noch so sehr ändern wollen ...
– Erst fängst du was an, und dann hast du Angst vor den Folgen, sagte mein Großvater. Aber das war es nicht.
Die Mühlen brachten schon etwas ein, aber sie höhlten mich innerlich aus. Der Sprung war groß. Von heute auf morgen wechselte ich den Beruf. Der Sohn von Ferreiro war Omnibusfahrer geworden und hatte Beziehungen zur Polizei. Also kaufte er mir einen Führerschein und sagte:
– Damit kannst du dir deinen Lebensunterhalt verdienen.
Den Nutzen hatte er. Ich kaufte ihm seinen siebensitzigen Studebaker ab, ein Auto speziell für *colectivos.* Er kostete mich sechstausend Peseten. Im Dorf war ein solcher Wagen ein Luxus. Schön, ich wurde volkstümlich. Sogar die Ziegen stiegen auf die Trittbretter und fuhren mit. Mit dem Auto voller Ziegen kam ich ins Dorf. Auf der linken Seite hatte ich als Hupe eine von diesen Gummibirnen, die schon damals selten wurden. Ich fuhr viel schneller, als ein gutes Pferd läuft. Wenn ich die Ziegen verscheuchen wollte, drückte ich auf die Birne, und sie rannten wie wild davon. Die Kinder wußten nicht, ob sie hinter den Ziegen oder hinter dem Studebaker herlaufen sollten. Am Anfang ging es mir recht gut mit dem Auto, aber dann ging der Schuß nach hinten. Für die Personenbeförderung zwischen den Dörfern wurden Kleinbusse eingesetzt wie die in Havanna, auf beiden Seiten offen und mit Leinenvorhängen, falls es regnete oder kälter

wurde. Außerdem erwies sich der Wagen als schlecht. Meine Geduld reichte nicht aus für seine Mucken und Schäden. Die Fahrten deckten nicht einmal die Kosten. Während wir im Personenwagen sechzig Centimos pro Strecke kassierten, gaben es die Kleinbusse für die Hälfte. Ich ärgerte mich grün. Ich sage es ja, diese Reise nach Galicien war ein Schuß, der nach hinten ging. Es half alles nichts, ich mußte nach Vigo, in die Agentur eines gewissen Gato, und den Wagen für fünftausend Peseten wieder verkaufen.

Niedergeschlagen kam ich nach Arnosa zurück. Ich ließ meiner Schwester etwas Geld und verabschiedete mich für eine Zeitlang, um mein Glück in Madrid zu versuchen, denn zurückgeschaut habe ich nie, trotz allen Fehlschlägen. Wieder ein Abschied von meiner Familie, wieder ins Abenteuer. Zum Glück hatte sich ein Freund von mir aus Havanna, Aniceto Barrios, in Madrid niedergelassen.

Ich kam am Nordbahnhof an in einer Atmosphäre heißer politischer Auseinandersetzungen. Der Bahnhof gefiel mir sehr. Ich nahm ein Mietauto und fuhr zu der Reinigung, in der Barrios einen ehrenvollen Posten hatte. Er nahm mich auf wie einen Bruder. Wir hatten uns hier kennengelernt, als ich Taxifahrer war. Er war ein fleißiger Mann und liebte Spanien über alles. Nie hatte er sich in Havanna wohlgefühlt, nicht einmal sein Geld wollte er dort ausgeben. Er soff wie ein Faß auf fremde Kosten. Das war Aniceto Barrios.

Die Reinigung, obwohl klein, lag nahe an der Puerta del Sol, im Herzen von Madrid. Wenn ich nicht irre, war es die Calle Alvarez de Gato, Nummer zwei. Die Kundschaft war gut, es gab viel Betrieb. Da blieb ich drei Jahre. Ich wusch, bügelte, gab die Kleider aus. Madrid lernte ich von A bis Z kennen. Abends spielten wir Briska oder Domino, dann gingen wir *churros* essen oder wir gingen ins Mesón de la Mazmorra und tranken Wein. Madrid war sehr heiter, obwohl es in diesen Jahren schon schwieriger wurde wegen Franco, der von Marokko aus die Regierung der Republik bedrohte. Das lag in der Luft, man spürte es. In der Reinigung sympathisierten alle mit der republikanischen Linken. Man konnte sich ja denken, daß wir als Arbeiter mit der Regierung sympathisierten sowohl wegen dem, was sie tat, als auch wegen den Versprechungen an die Arbeiter. Aber nicht ganz Madrid dachte gleich. Die Rechte war sehr stark und die Linke zerstritten. Ich bin kein reiner Politiker, aber daß es da an Einheit fehlte, das kann ich sagen. Madrid war sehr aufgewühlt. Ganz Spanien, würde ich sagen.

Ich fing an, mir etwas zu sparen, für alle Fälle, und wurde deshalb ziemlich kritisiert. Am Abend blieb ich in der Reinigung und schaute die Wand an, sonst nichts. Aniceto und die andern gingen zum Briska, zum Domino, *que viva la pepa!* Aber ich, vorsichtig wie ich bin, wollte das Meine zusammenhalten, um für ein paar Jahre mehr nach Havanna zurückzukehren. In der Zwischenzeit lernte ich eine Frau kennen, Josefa Garay. Wir verliebten uns, und ich nahm sie mit in die Reinigung. Josefa bügelte gratis und keiner brachte die Kleider besser hin als sie. Da unterhielt ich mich eine Weile, um nicht nur immer die Wand anzuschauen. Sie schrieb mir die Briefe nach Hause, in denen ich dem Großvater den gleichen Blödsinn erzählte wie immer. Er sollte meiner Schwester Mut machen, er sollte auf die Ziegen aufpassen und auf die Kinder und daß der Weinstock nicht einging, und ich würde bald zurückkommen, was eine Lüge war, denn zurück wäre ich nicht einen Schritt gegangen. Erst recht nicht bei dem, was nun kam. Ich vermißte mein Dorf, immer habe ich es vermißt, aber ich hätte es lieber gemocht, wenn es dankbarer gewesen wäre, ich meine, in bezug auf Hunger und Not. Denn was die Schönheit betraf, schön, ich habe nie etwas Hübscheres gesehen als die galicischen Hügel, wenn sie im Dunst liegen, und die großen Flußmündungen und das Grün, das nirgends so herrlich glänzt wie dort. In der Erinnerung ist das alles schön und gut, aber wenn man sich dort durchschlagen muß, ohne Zerstreuungen, ohne Arbeit, na ja . . . Deswegen und trotz allem, was hier auf mich zukam, blieb ich in Madrid, und so kam der

Krieg über mich. Wer hätte mir das gesagt! Ich, mich kopfüber in einen Krieg stürzen!

Irgendwann im Juli 1936, an einem glühendheißen Tag, schickte ich Josefa mit dem Nachtzug nach Bilbao. Es war dumm, daß sie in Madrid blieb. Es wäre egoistisch gewesen, wenn ich sie bei mir behalten hätte. Der Krieg war hier bereits ausgebrochen, und sie verlangte nach ihrer Familie, wie alle Frauen.

– Setz dich in den Zug und sieh mit deiner Familie zu, was ihr machen wollt. Ich bleibe auf alle Fälle.

In Wirklichkeit war es so, daß Aniceto und die anderen mich überzeugt hatten, daß die Republik die beste Regierung war, die Spanien je gehabt hatte. Das sagte mir auch mein eigener Verstand. Es gab Freiheit des Worts, viele Arbeiter in der Leitung der Gewerkschaften, gerechte Kritik an der Geistlichkeit und Aktionsfreiheit. Die Frauen bekamen das Wahlrecht, und das Scheidungsgesetz wurde erlassen. Es war unglaublich. Zum erstenmal in meinem Leben übernahm ich eine Politik, die in der Aktion stark war. Man lebte in einem demokratischen Regime reinsten Wassers. Als Josefa schon fort war, schrieb ich meinem Großvater einen Brief, der mehr nach einem Manifest als nach sonstwas aussah. Das war das Ambiente von Madrid. Ich las ihn Aniceto vor, und er sagte:

– Donnerwetter, Manuel, ich bin stolz auf dich!

Ein paar Tage darauf fiel eine Bombe auf die Vorderseite der Reinigung, und wir standen auf der Straße. Wir hatten Pech gehabt, denn es war, glaube ich, die erste Bombe, die ins Zentrum von Madrid fiel: Calle Alvarez de Gato, Nummer zwei. Gott sei Dank kamen wir selbst mit heiler Haut davon. Aber da herauskommen und ins Rekrutierungslager laufen war eins. Was hätten wir tun sollen mit dem angesengten Zeug und ohne einen Centimo in der Tasche? So wurde ich ein Milizmann genau zu der Zeit, als in Madrid der Bürgerkrieg ausbrach. Im Ausbildungslager gaben sie uns graue

Monteuranzüge. Und mir, dem immer alles zu groß ist, mußten sie ihn hinten abnehmen. Ich sah aus wie eine Kuh am Fleischerhaken. Die Ärmel waren mir zu weit, der Helm war für den Kopf eines Zwerges, nicht für mich. Ich trainierte mit einer Pistole Astra, einer von den beschlagnahmten. Sogar Feldflaschen hatten wir damals. Später, als die Sache härter wurde, tranken wir Wasser aus den Händen, wo wir welches fanden. Am Anfang schien alles nur ein Spiel. Ganz Madrid war sich des Sieges sicher. Keiner ahnte die Katastrophe, die uns erwartete ... Im Krieg ist alles Überraschung. Da glaubt einer, die Schlacht wäre verloren, und dabei wurde sie gewonnen. Und umgekehrt. Deshalb haben die Kugeln das letzte Wort, nicht die Reden. Madrid war bei Kriegsbeginn ein einziges Gebrodel. Alles wurde zum Rummel. Eine Bombe fiel, und das Volk schrie: »Viva la Republica! No pasarán!« Dann wurde es still, das Leben war anscheinend wieder normal. Trambahnen und alles, und plötzlich wieder ein Fliegerangriff. Der Krieg ist ein leibhaftiger Alptraum. Ich werde erklären, warum.

Die erste Einheit, der ich angehörte, war die der Galicischen Milizen. Aniceto und ich schrieben uns sofort ein. Da, in der Kaserne von Albacete, trafen wir Leute aus La Graña, aus Arnosa, aus La Toja, aus Villalba, aus ganz Pontevedra. Es waren Freiwillige, die mit der Volksfront sympathisierten. Die Galicier waren uneingeschränkt für den Krieg. Wenigstens wir, die wir damals in Madrid waren, standen fast alle auf der Linie der Volksfront. Ich will nicht sagen, daß es nicht den einen oder anderen Falangisten gab, aber sie waren in der Minderheit. Auch die Katalanen gingen auf die Volksfront zu. Viele bezeichneten sich als Anarchisten und redeten dummes Zeug daher. Sie trugen ihr Haar lang, mit Bändern zusammengehalten, sie waren bärtig und hängten sich sogar Halsketten und Armbänder aus Kugeln um. Großmäuler und Prahlhänse waren sie, genau wie die in Cuba, dasselbe. Sie gingen hin und schrien Parolen zugunsten der freien Liebe, den Kaufleuten nahmen sie Geld ab,

von den reichen Frauen verlangten sie den Schmuck. Allen möglichen Unfug trieben sie. Zwei von ihnen, die Brüder Crucet, blutjunge Kerle, strichen in der Nacht die Trambahnen von Madrid gelb und rot an. Anstatt starke Milizen gegen den Faschismus aufzustellen, machten sie Rabatz in den Straßen, in den Cafés, wo immer. Madre mía, die Anarchisten waren der Teufelsfuß! Wenn sie einen Aufruf der Volksfront lasen, der ihnen nicht paßte, nahmen sie Farbe und Pinsel und übermalten ihn schwarz. Und was paßte ihnen? Nichts, Christus zur Sau machen und an Pfosten pinkeln.
Als Nationalist fühlte ich mich anfangs wohl in der Galicischen Miliz. Irgendwo mußte ich mich ja in den Krieg hineinschlängeln, sonst wäre ich in Madrid verhungert. Aniceto galt gleich etwas. Mich fragten sie, welchen Beruf ich ausübte, und ich sagte, alle. Ich bin in einem Krieg nützlich, weil ich zimmern kann. Trotzdem machten sie mich als erstes zum Chauffeur. Der Arzt hängte mir das Erkennungszeichen für Schwächlinge um, weil ich hinkte. Dadurch minderten sie meinen Wert, und ich habe so gut wie nie gekämpft. Ich habe viele Tote und viele Schlachten gesehen, aber soviel ich weiß, habe ich nie jemanden getötet, so direkt, von Angesicht zu Angesicht. Ich nahm an Erschießungen von Verrätern und Spionen teil. Vielleicht traf meine Kugel das Ziel, aber nie bekam ich den Auftrag, den Gnadenschuß zu geben. Nicht einmal den Geruch von Pulver mochte ich. Ich war wirklich ein Neuling und hatte von Krieg keine Ahnung. Der eine zieht in den Krieg, weil er Blut sehen will, der andere, weil er seine Pflicht dem Vaterland gegenüber erfüllen will, und das war bei mir der Fall. Deshalb bin ich dankbar dafür, daß ich hinke. Ein Chauffeur war nicht das gleiche wie ein Milizmann bei der Infanterie. Das Auto diente mir zu allem. Ich verschanzte mich in ihm, es schützte mich vor den Maschinengewehren, und ich schlief darin, mit einer Flasche Wein, um benebelt aufzuwachen. Der Wein ist immer der Schutzheilige Spa-

niens gewesen, sage ich. Trotz alledem sah ich nur zuviel, und man vergißt nicht leicht, was man in einem Krieg gesehen hat, der mehr eine Schlächterei als ein Krieg war.

Als erstes mußte ich mir die Frau und die Familie aus dem Kopf schlagen. Es ist traurig zu sagen, aber die Josefa habe ich nicht wieder gesehen. Sie schrieb mir auch nicht, schickte mir nicht einmal eine Nachricht über das Rote Kreuz. Sie war wie vom Erdboden verschluckt. Mit Aniceto, dem ich so viel zu verdanken hatte, war es nicht viel anders. Weil er so verwegen war, steckten sie ihn in eine Kampfbrigade, und nach den Auskünften fiel er in einem Hinterhalt bei Guadalajara. Wenigstens stand sein Name auf der Liste der Männer, die bei dieser Schlacht gefallen waren. Was einer da fühlt, ist so hart, daß man es nicht beschreiben kann. Der Tod eines Freundes reißt in jedem eine Grube auf. Und Aniceto war mein Freund gewesen. Ich sagte bei ihm zu Haus nicht Bescheid, ich hatte keinen Mut. Wir erfuhren aber auch nicht mit Sicherheit, ob dieser Aniceto Barrios der aus der Reinigung war.

In einem Krieg bleibt alles im Dunkel. Manchmal werden die Namen verwechselt, und die Gefallenen, die auf der Liste stehen, strecken irgendwo wieder den Kopf heraus. Obwohl man von Aniceto, dem Armen, nichts mehr gehört hat. Der Krieg nimmt den Leuten den Lebensmut, man wird wie Blei. Und doch ging mir das Schicksal von Aniceto tausendmal näher als die Sache mit Josefa. Er war ein Mann, der seinesgleichen nicht hatte, menschlich durch und durch, ein Freund von Rang. Ich kann sagen, daß ich den Krieg unter Bekannten, aber innerlich einsam verbracht habe. Ich ging dahin und dorthin und lernte Leute kennen, aber ich mochte keine Freundschaften knüpfen. Denn kaum bist du mit jemandem warm geworden, töten sie ihn dir. Deshalb war es im Krieg das beste, einsam seinen Weg zu gehen, damit du nicht Tag und Nacht jemand beweinen mußtest.

Meine Feuertaufe fand in Madrid statt. Das Getöse der Bomben aus den italienischen Flugzeugen war fürchterlich.
Wenn die Detonation vorbei war, dröhnte und pfiff es einem im Kopf. In Madrid gewöhnte ich mich an den Lärm der Maschinengewehre. Ich mußte mir Wachspfropfen in die Ohren stecken, klar. Die Fliegerei fiel über uns her, aber wir schlugen uns gut. Die Parolen »No pasarán!« und »Viva la República« schrien Frauen und Kinder. Die »Kleinen«, Nachrichtenüberbringer und Botengänger, kamen mit Hochrufen ins Lager. Es waren Buben, die vom Krieg keine Ahnung hatten und meinten, das alles wäre ein Spiel. Sie schnitzten sich Holzgewehre, steckten Wasserrohre als Lauf daran, und so liefen sie durch Madrid. Schön, die Gewehre der Miliz waren nicht viel besser. Einige waren russische Spitalny, andere, die meisten, waren Restbestände aus dem Krieg von 1914. Da war es fast besser, mit einer guten Pistole wie der meinen zu gehen oder mit einem Smith-Wesson-Revolver. Die Miliz war in puncto Bewaffnung im Nachteil. Es war kein gleicher Kampf. Die Mauren fielen über uns her, die Deutschen, die Italiener. Das Letzte!
Franco war gefräßig, deshalb schickte er die Mauren, die ihm in vielem ähnlich waren. Sie kamen mit falschen Vorstellungen her und waren harte Gegner. Franco hat ihnen versprochen, er gibt ihnen in Marokko die Freiheit, wenn er gewinnt. Aber nichts hat er gegeben, keinen Pfifferling. Er war nicht nur blutrünstig, sondern auch ein Lügner und ein Falschspieler. Seine Taktik war, durch die Besetzung der Straße Madrid-Valencia die Hauptstadt abzuschneiden und einzuschließen. Ein guter Stratege war er, das ist sicher, aber innerlich verfault. Wenn er gewann, dann durch die Hilfe der ausländischen faschistischen Mächte und weil Spanien das reinste Sprachengewirr war. Denn hier wurden binnen weniger Monate die verschiedensten Sprachen gesprochen, und die Parteien spalteten sich. Alle Menschen mit volksfreundlichen Ideen aus allen Ländern halfen der Republik. Deshalb wurden am Jarama die Internationale und die Mar-

seillaise in so vielen Sprachen gesungen. Das war zwar tief empfunden, aber ein Wirrwarr, den keiner mehr verstand. Der Kommandant Iglesias sagte immer:
– Das ist ja der reinste Turm zu Babel.
Worauf ich ihn fragte, was das bedeute, und er erklärte es mir gut. Da sagte ich zu ihm:
– Kommandant, das ist noch komplizierter als der Turm zu Babel, von dem Sie sprechen.
Denn sie waren alle eine große Hilfe. Cubaner fielen haufenweise in Villanueva de la Cañada. Sie waren berühmt wegen ihrer Tapferkeit. Sehr gut organisiert und erfahren in der Guerilla. Als sie in Spanien ankamen, habe ich gesehen, wie sie die Frauen organisierten, wie sie vom Sozialismus sprachen und wie diszipliniert sie sich in das reguläre Heer der Republik eingliederten. Sie, hieß es, hätten die Idee gehabt, mit Benzin gefüllte Flaschen zu benützen, um von den Fenstern aus die feindlichen Panzer in Brand zu stecken. Manchmal brachte diese Technik etwas, vor allem, wenn Frauen die Flaschen präparierten und sie warfen. In Carbanchel warfen sie wie die Verrückten brennende Flaschen auf die Mauren. Und etwas erreichten sie auch, soviel ich gehört habe, denn ich war damals nicht mehr in Madrid.
Das erste, was sie mir beibrachten, war die Bedienung einer Zwergkanone. Diese Kanonen waren sehr primitiv, aber sie zwangen die Falangisten, die in dem Fort neben dem Palacio de Oriente lagen, sich zu ergeben. Ich habe es mit meinen eigenen Augen gesehen. Ich war eben erst in die Miliz eingetreten und sehr erbittert. Ich setzte mir in den Kopf zu lernen, wie man diese Kanönchen bediente. Ich lernte gut, aber sie waren schlecht und schlugen nach hinten aus, daß sie einen vier oder fünf Meter weit schleuderten. Dabei fiel mein Hinken auf, und der Chef rief mich und sagte mir wörtlich:
– Am guten Willen fehlt es nicht, Ruiz, aber dieses Hinken ...
Ich konnte eben nicht gut laufen, und der Kanonenschuß

warf mich sofort zu Boden. Also setzte ich mich ans Steuer.
Manuel López Iglesias, Offizier im Ruhestand, war zum Kommandanten ernannt worden. Ich stellte mich aus eigenem Antrieb zu seiner Verfügung, denn er war der Hauptorganisator der Galizischen Milizen. Er war noch jung, aber sehr republikanisch. In der Kaserne Lista wurden wir aufgestellt. Da war er derjenige, der das Sagen hatte, ein sehr redlicher und sehr zuverlässiger Mann. Er hob den Arm, und der ganze Zug gehorchte ihm blind. Er sprach kaum. Er war noch ein Offizier alter Schule und mit viel Haltung, sí Señor.
Als ich das erstemal an die Front fuhr, chauffierte ich einen klapprigen Lastwagen, der unten schon fast auseinanderfiel und mehr Krach machte als Geschwindigkeit. Das war bei der Milizbrigade, versteht sich. Bei dem ersten Zusammenstoß, bei Navalcarnero, wurde der Kommandant Iglesias verwundet. Es kam zu einer wilden Flucht, die nicht aufzuhalten war. Die Ausrüstung war kläglich, und die Mauren griffen an wie die Bestien. Die Brigade mußte neu aufgestellt werden. Obwohl verwundet, ordnete Iglesias sie ausgezeichnet, aber mich schickte er zu Santiago Alvarez, dem politischen Kommissar der Brigade, damit ich für ihn arbeitete. Da fuhr ich einen kleinen Fiat. Sie schnitten uns die Straße ab, und wir konnten nicht zurück. Santiago Alvarez befahl mir, den Wagen herauszufahren. Ich fuhr ihn aufs offene Feld, wo die Truppen, die wie wild vor dem Feind davonrannten, eine große Gefahr waren. Die Milizmänner stiegen aufs Dach des Wagens und rissen eine Tür heraus. Niemand wußte, wohin er laufen sollte. Es gab keine Orientierung mehr. Der Feind hatte außerhalb von Madrid Verstärkung erhalten, und wir waren kahl. Das Auto blieb dort liegen. Das war der Anfang meiner Tortur. Über die Felder verstreut, litten wir grausamen Hunger. Wir hatten Geld, denn sie zahlten uns dreihundert bis vierhundert Peseten im Monat, aber es gab nichts zu kaufen. Wenn wir aßen, waren es Linsen, oder sie gaben uns

Sardinen und, wenn wir Glück hatten, Dörrfleisch. Rindfleisch habe ich damals jahrelang nicht zu sehen bekommen, nicht einmal im Traum.
Auch die Bevölkerung von Madrid hatte kaum mehr Lebensmittel. Die Leute gingen in Trupps an den Manzanares, um nach Artischocken zu suchen, sonst wären sie verhungert. Manchmal rannten sie wie verrückt davon, weil die feindlichen Flugzeuge und die Artillerie die Flußufer beschossen, um die Leute zu töten, die sich da herumtrieben.
Unter der Last der Tage wurden die Truppen neu aufgestellt. In Etappen lebte Madrid wieder auf. Die Pionier-Bataillons wurden gebildet, sehr tapfere Leute, das ist wahr. Die Losung lautete: »Das Gewehr ist dein bester Freund«; obwohl für mich Hacke und Schaufel die Freunde waren. Sooft ein Fliegerangriff bevorstand, grub ich ein Loch in die Erde und versteckte mich. So habe ich mehr als einmal meine Haut gerettet. Als ich nach dem Krieg nach Frankreich kam, hatte ich die Hände voller Blasen. Der Krieg läßt einem nichts Gesundes. Nicht einmal den Kopf. Ich war die ganze Zeit betäubt. Durch den Wein und die Bomben ging ich herum wie ein Irrer. In den Feldlagern vor Madrid, während der Vorbereitung, zeigten sie uns manchmal russische Filme, um uns zu animieren. Selbst im Kino hatten wir Krieg. In dem Film *Die Matrosen von Kronstadt* kamen Sachen vor, die wir später mit eigenen Augen sahen. Es war unglaublich, vom Kino aufs Schlachtfeld, und alles dasselbe. Wie ich schon sagte: Ich bin mit dem linken Fuß voraus aus Havanna weggefahren.
Als die Anfangsschwierigkeiten mehr oder weniger behoben waren, stellten die Chefs die Divisionen auf. Da stand schon ganz Spanien im Aufruhr. Am ruhigsten waren noch die galicischen Provinzen. Alles andere stand in Flammen, vor allem Asturien und Katalonien. Ich kam zur Elften Division, wir mußten die Front von Villaverde verteidigen, in der Nähe der Werkstätten von Oscalduna, wo Eisenbahnschienen und schwere Munition hergestellt wurden. Da lagen wir einen

Monat. Inzwischen war es Winter geworden. Ein Frost brach über uns herein, daß einem die Knochen steif wurden. Ich flüchtete mich in ein Häuschen des Generalstabs, in das nur die Fahrer und die Meldegänger gehen durften. Die Schlacht war schwierig und lang, aber es gelang uns zu siegen. Manchmal brachten uns die Bauern auf Maultieren Wasser und Wein, aber nichts zu essen. Eines Tages, als uns allen schon der Magen wegrutschte, kam einer auf den Gedanken, eine Katze umzubringen. Guter Hunger kennt kein hartes Brot. Er tötete sie auch wirklich und legte sie die Nacht über ins Freie zum Trocknen. Katzenfleisch ist schmackhaft, aber wenn man das Tier nicht ins Freie legt, nimmt es einen sehr üblen Geruch an. Wir spannten sie über dem Dach des Häuschens aus, so daß das Fell ringsum belüftet war. Der Plan war, die Katze zu Mittag zu essen, aber nicht so, allein, sondern mit einer Beilage. Ich ging weg, um Kartoffeln zu holen, damit es nicht hieß, ich läge den ganzen Tag nur im Auto oder verträumte die Zeit. Verflucht soll sie sein, die Stunde, wo ich auf den Gedanken kam, mich als Freiwilliger zu melden! Ich ging in Richtung auf einen Gemüsegarten, ungefähr sechzig Meter von dem Häuschen entfernt, und geriet unterwegs in einen dichten, feinen Nebel, der mich von Kopf bis Fuß einhüllte. Ich fange an, mit einer riesigen Hacke die Kartoffeln auszugraben, und wie ich aufschaue, hat sich der Nebel in der ganzen Gegend verzogen. In diesem Augenblick entdeckte mich ein Maschinengewehr, das ungefähr dreihundert Meter weit auf einem kleinen Turm in der Feuerlinie des Feindes aufgestellt war. Die feindliche Linie und unser Häuschen lagen sich beinahe gegenüber. Und dieser Eselei wegen war ich auf sie zugegangen. Plötzlich sehe ich, wie neben mir die Erde aufspritzt und mir in die Augen. Ich hörte Schüsse, aber fern. Was ich vor Augen hatte, war Erde, die mich bespritzte und kleine Löcher hinterließ. Ich sah zurück, entdeckte den kleinen Turm und warf mich bäuchlings über die Kartoffeln. In diesem Augenblick habe ich mich wohl an den heiligen Rochus erinnert, denn auf allen

vieren lief ich zu einem Bach und ließ mich hineinfallen. Unter Wasser schwimmend, fast ohne Luft zu holen, und völlig erstarrt kam ich an dem kleinen Häuschen des Generalstabs an, mit einem Husten, den ich nie mehr losgeworden bin. Später fragten sie, um zu sticheln:
– Na, Manuel, und die Kartoffeln?
– Die Kartoffeln kann deine Mutter holen.
Durch ein Wunder kam ich mit dem Leben davon. Und das Schönste war, daß wir die Katze nicht einmal essen konnten, weil sie steif geworden war wie ein Stock.
Nieselregen ist schlimmer als ein Wolkenbruch. Wenn er einem aufs Haar fiel, gefror es. Mir hat das sehr geschadet. Je mehr Regen, desto mehr Husten. Ich weiß nicht, wie mir dabei nicht die Lungen eingefroren sind. Bei der Verteidigung der Front am Jarama, im Februar, war die Kälte nicht auszuhalten. Ich bekam Frostbeulen, und meine Ohren wurden steif. Selbst auf die Gefahr hin, verspottet zu werden, band ich mir ein Handtuch um den Kopf. Viele sagten, ich wäre zum Cubaner geworden. Es stimmte, denn wenn ich etwas vermißte, dann war es die Sonne.
– Sag, bist du nicht etwa Cubaner?
– Warum bist du so verfroren?
– Bin ich ja auch beinahe. Und verfroren war ich schon immer, also, was?
Die Verteidigung gegen den Krieg ist die Kameradschaft. Man muß gut umgehen mit seinem Nächsten, sonst ist man aufgeschmissen, wie im Gefängnis, dasselbe. Du mußtest ertragen, daß sie dich Dummkopf nannten und dir Spitznamen anhängten. Der Krieg ist Abwarten. Wer die Geduld verliert, kann sich eine Kugel durch den Kopf jagen. Bei der Schlacht am Jarama verloren viele die Geduld. Andere liefen zum Feind über, um einen Posten zu ergattern, und aus Feigheit. Der Krieg ist eine Schule, in der man lernt, sich ans Leben zu klammern. Ich glaubte, ich hätte in meiner Jugend viel durchgemacht, aber als ich den Krieg sah, wurde mir klar, daß ich noch ein Wickelkind war. Die Schlacht am Jarama

war das Schrecklichste. Da hat sich der Mut des Spaniers bewiesen. Um Madrid einzuschließen, mußte der Feind auf der Straße Madrid – Valencia den Fluß überqueren. Deshalb wurde dort die Schlacht so erbittert geführt. Sofort erhielten wir russische Verstärkung: kleine Panzer und Artillerie, so waren wir besser gerüstet. Durch unseren Widerstand hinderten wir den Feind am Vorrücken, aber wir verloren viele Leute. Ich glaube, daß die Division bei dieser Schlacht die größten Verluste hatte. Die ersten Bomben warfen die deutschen Kampfflugzeuge der italienischen Luftwaffe. Wir fügten ihnen einigen Schaden zu, nicht den erwünschten, natürlich. Das Problem war, daß die russische Luftabwehr die Geschosse zu je vier streute, und dadurch richtete sie nicht denselben Schaden an wie die deutsche Luftabwehr, die direkt und ohne Verlust ins Ziel schoß. Wenn sie ein Flugzeug von uns erwischten, verwundeten sie es direkt am Motor. Die »Stumpfnasen«, wie wir unsere Begleitflugzeuge nannten, fielen wie die Bleisoldaten unter dem Beschuß der deutschen Luftabwehr. Diese Feuer am Himmel zu sehen ist gräßlicher als alles. Bei den Feuergarben und dem Krach wurde jeder verrückt. Ich weiß nicht, vielleicht empfindet es weniger, wer an der Front schießt, weil er aufgeregt ist und handeln muß, weil er mehr beschäftigt ist und mehr aufpassen muß. Aber ich verbrachte die Zeit mit López Iglesias. Und am Jarama erlebte ich alle Gefechte neben ihm. Er gab Befehle und wetterte, ich, immer am Steuer, durch Bäche, um die Löcher herum. Was eben die Aufgaben eines Fahrers sind. López Iglesias war aufgrund seiner Verdienste bereits befördert worden und hatte mich zum Vertrauenspersonal ernannt. Ich hörte alles, was er sagte, wenn er wütend wurde, wenn er sich geschlagen fühlte, wenn er sich mit den Händen die Knie drückte und sagte:

– Verdammte Scheiße!

Jarama war etwas wirklich Ernstes. Jedem hing das Leben an einem Faden. Die Meldungen, zum Beispiel, überbrachte ich allein. Manchmal ging ein Meldegänger mit, aber selten. Im

Auto die Meldungen zu überbringen war im höchsten Grad gefährlich. Der Wagen von Iglesias war ein Regiments-Chrysler. So nannten wir ihn, weil er so groß war. Er hatte einer berühmten spanischen Künstlerin gehört. María Fernánda Ladrón de Guevara. Mit dem machte ich den ganzen Krieg durch. Sie hatte ihn in Madrid stehenlassen, und er wurde López Iglesias zugeteilt. Er war stark, verbrauchte aber zuviel Benzin. Über die Brücken fuhr ich mit hoher Geschwindigkeit, aber da der Wagen so groß war, brachte er sie zum Schwanken. Und wenn die Truppe sah, wie dieser Wagen auf der Hängebrücke wie ein Mensch torkelte, wollten sie nicht als Meldegänger mitkommen. So daß ich die Aufträge meistens allein erledigte. Wäre ich in den Fluß gefallen, wäre es mit mir aus gewesen. Aber der Krieg ist so, und wenn du nein sagst, heißen sie dich einen Feigling. Mit diesen Flußüberquerungen gewann ich das Vertrauen von Iglesias. Eines Tages ruft er mich beiseite und sagt:
– Ich glaube, diesmal verlieren wir, Manuel, aber wir lassen den Feind nicht nach Madrid hinein.
So war es, wir wurden geschlagen, aber diesmal hatte der Feind Zeit verloren. Als die Schlacht zu Ende war, ließen sie uns ausruhen. Und eines Tages, während der Ruhepause, beglückwünschte mich Iglesias.
– Manuel, selbst Joaquín Rodríguez weiß, was du getan hast. Ich gratuliere dir.
Rodríguez war der Chef der Elften Division.
Daß der Krieg kein Spaziergang war, weiß ich besser als sonst einer. Nach dem Jamara kam Brunete. Das war etwas! Brunete wurde dem Erdboden gleich gemacht. Das haben wir genommen, was man nehmen heißt. Wir errichteten den Generalstab unter einem Olivenhain vor dem Dorf. Wir tarnten die Autos und die Luftabwehr mit Olivenzweigen. Die Handbomben steckte ich in den Kofferraum. Ganz nahe am Generalstab, neben den anderen Autos, die wir hatten, das von Enrique Líster und das von Santiago Alvarez, dem Kommissar. In Brunete fiel der Cubaner Alberto Sánchez,

der Chef der ersten Brigade der Elften Division. Der Major Sánchez war sehr jung, vielleicht dreiundzwanzig oder vierundzwanzig Jahre alt. Er fiel 1937, schon im Sommer. Ich kannte ihn gut, weil sie ihn mir vorstellten. Er war hochgewachsen, hatte helle Augen und war sehr sympathisch, eben ein Cubaner. Er sagte zu mir:
– Donnerwetter, da haben wir also einen cubanischen Galicier in der Truppe!
Ich mußte lachen, trotz allem. Im Krieg darf man den Humor nicht verlieren. Wir sprachen über Havanna und so. Er saß auf seinem Pferd, einem sehr großen grauen Pferd, und auf dem töteten sie ihn. Es war so:
Brunete war eine heiß umkämpfte Ortschaft, und der Feind nahm den Verlust nicht hin, so daß er mit italienischen und deutschen Flugzeugen, Savoias und Messerschmitts, angriff. Die spuckten auf uns herunter, was das Zeug hielt. Bis unsere Brigaden den Ort in wilder Flucht verlassen mußten. Alberto Sánchez fand sich nicht damit ab, auf seinem Pferd rief er die Truppen an, sie sollten zum Kampf zurückkehren. Er war ein schneidiger Kerl. Die Männer, die bei ihm standen, folgten seinem Beispiel und drängten zurück. Sie wollten wieder nach Brunete. Sánchez ritt im Kreis herum, er war verzweifelt, weil sich die Truppe so gut wie aufgelöst hatte. Die Leute brüllten wie die Verrückten. Sie konnten nicht an die Maschinengewehre zurück, es war zwecklos. Der Generalstab diskutierte die Befehle und wußte nicht genau, was tun. Ich war immer neben meinem Auto, ich versuchte es gut zu tarnen. Da sehe ich, daß ein deutsches Aufklärungsflugzeug das Häuschen der Meldegänger entdeckt hat, in dem die ganze Munition lag. Das Flugzeug begann Kreise zu drehen, dann kam es im Sturzflug herunter und warf aus etwa hundert Meter Höhe eine Bombe ab. Die Bombe fiel auf das Häuschen und riß ein Loch, so groß, daß ein Gebäude darin Platz gehabt hätte. Alle starben, Meldegänger und Truppe. Das Dynamit begann zu explodieren. Und ich fing an zu rennen und warf mich in einen Graben

gleich in der Nähe. Ich duckte mich ganz hinunter. Als ich herauskam, glich ich einem Geistesgestörten. Ich hatte die Katastrophe vor Augen und wollte selber sterben. Sechs von meinen Kameraden waren gefallen. Das einzige, was übrigblieb, war das andere Häuschen, in dem der Generalstab besprach, was geschehen war. Dort kam ich an, naß von Kopf bis Fuß und taub. Seit dieser Explosion hörte ich nie mehr gut. Alle Handgranaten waren explodiert, die ganze Maschinengewehr-Munition, alles. Dort kam Alberto Sánchez ums Leben, nahe am Befehlsstand. Ich konnte seine Leiche nicht sehen, aber ich sah das Pferd, das auf dem Rücken lag, mit aufgerissenem Bauch, und die Därme hingen heraus.

Und rings um das Häuschen mußten wir, die Überlebenden, herumgehen und den Toten die Stiefel und die Waffen abnehmen. Ihre Köpfe waren völlig zertrümmert. Und einigen war der Oberkörper weggerissen worden. Die Bomben schlagen alles in Stücke. Vielen hing der Arm nur noch an der Haut. Andere, Schwerverwundete, schrien um ihr Leben und wollten Wasser. Alles läuft zuletzt auf das Wasser hinaus. Der Verwundete verlangt immer Wasser.

Stundenlang hing dort der Geruch von verbranntem Pulver in der Luft. Danach kam der Geruch von verbranntem Fleisch, das auf dem Feld nach und nach verfaulte und einen unerträglichen Gestank ausströmte.

Brunete war eine fürchterliche Erfahrung. Das einzige Tier, das ich in meinem Leben getötet habe, habe ich dort getötet, neben dem Graben. Es war ein schwarzer Hund, größer als ich. Er war nicht aggressiv, auch nicht verspielt. Immer schlich er um den Generalstab herum. Wir warfen ihm die eine oder andere Sardine zu, Brot, was wir hatten. Der Hund war so mager, daß man fast durchsehen konnte. Niemand wußte, woher er gekommen war. Eines Nachmittags sehe ich, wie er an ein paar Hautfetzen kaut. Das wunderte mich, und ich sagte es dem Chef. Dann sah ich genauer nach und entdeckte, daß er die Hoden eines der Unsern gefressen hatte, der neben dem Graben gefallen war und den wir nicht hatten beerdigen können. Ich spürte einen entsetzlichen Ekel. Und die Empörung war so groß, daß ich meine Astra nahm und ihn zweimal in den Kopf schoß.

Kurz nach dem Fall von Brunete wurde die Division neu aufgestellt, und sie verlegten uns nach Valencia, von Valencia nach Aragonien, und dann kämpften wir wie die Wilden in Belchite. Dort standen wir fünfundzwanzig Tage. Danach kam die Einnahme von Teruel. Ich fuhr wieder über Holzbrücken, die ins Schwanken gerieten. Der Ebro war von Mauren besetzt. Ich erinnere mich an einen Mauren, der auf der Nordseite der Brücke auf einen Baum gestiegen war und wie ein Verrückter schoß. Er tötete eine beträchtliche Anzahl unserer Soldaten. Wir mußten warten, bis der Maure gefallen war, um über den Fluß zu kommen. Er fiel in den Fluß, und es wurde still. Das nutzten wir aus, um hinüberzufahren. López Iglesias hatte eiserne Nerven. Ich bekenne, daß mir manchmal der Fuß zitterte, der linke, den ich auf dem Gas hatte, denn diese Brücken hatten so ihre Überraschungen.
Vor Teruel lagen wir über dreißig Tage bei einer Kälte von sechs Grad unter Null. Alle zwei Stunden mußte ich an den Wagen und ihn anlaufen lassen, sonst wäre das Kühlwasser gefroren und wir hätten nicht fahren können. Die Faschisten hatte alle ihre Kräfte für den Angriff zusammengezogen. Alle Welt nahm teil. Sie waren gut verschanzt. Sie hatten die besseren Flugzeuge, Kanonen größeren Kalibers, Panzer, Mauren-Divisionen, Kavallerie, italienische Infanterie, einfach alles. Mit Handgranaten und mit dem Bajonett mußte man sich durchkämpfen. Wir hatten in Teruel große Verluste. Unsere Flanken gaben nach. Der Chef befahl mir, in der sogenannten Todesschlucht ein Maschinengewehr aufzustellen. Ich ging hin und spürte die feindlichen Feuergarben ganz nahe an meinem Kopf. Ich bückte mich, um auszuweichen, und als ich mich wieder aufrichtete, war mir, als sähe

ich einen roten Fleck. Das war die Angst, ein Schuß könnte mich getroffen haben. Ich griff mir ins Haar, ich sah meine Hände an und begann zu gehen. Als ich schon wieder im Auto saß, fragte ich den Chef, ob ich einen Schuß abbekommen hätte. Er gab zur Antwort, nein, es wäre mir nichts anzusehen, aber ich sollte mir die Erde aus den Augen reiben. Da atmete ich aber auf. Der Schrecken war ausgestanden!

Ich schlief immer im Auto. Und eines Nachts rüttelte mich der Meldegänger, ein gewisser Francisco Rodríguez aus Madrid, mit Stößen wach.
– Manuel, Manuel, lauf zum Befehlsstand, dort ist ein Landsmann von dir.
Der Mann war aus den Linien des Feindes in die unseren übergelaufen und bat, man solle ihm eine Gelegenheit geben. Uns alle wunderte das, denn zu dieser Zeit war der Kampfgeist schon am Boden. Der Krieg galt für verloren. Ich selber war mir sicher, daß es ein Waterloo war. Da kommt also dieser Mann und sagt, er wäre aus Pontevedra und er möchte mit uns kämpfen. Die Oberbefehlshaber dachten, er wäre ein Spion. Deshalb riefen sie mich, ich sollte feststellen, ob er ein Galicier war. Ich interviewte ihn. Ich sage:
– Komm her. Und du bist aus Galicien?
Sagt er:
– Ja, ich bin aus Pontevedra.
Wir sprachen galicisch. Er tat mir leid. Man sah, daß er Probleme gehabt hatte. Meiner Ansicht nach wollten sie ihn wegen Feigheit vor ein Kriegsgericht stellen, und deshalb war er geflohen. Man erfuhr es nie. Tatsache ist, daß er die Augen schloß und zu mir sagte: »Tu Gutes und schau nicht, wem.« Ich stellte mich, als ob ich ihn aus meinem Dorf kannte:
– Und du bist also hier?
Und er antwortete mir dankbar:
– Da bin ich, wie du siehst.

Ich sagte jedem, er wäre mein Nachbar. Er hieß Manuel González.
– Kommandant, ich garantiere für ihn, er ist Republikaner.
Sie gaben ihm ein paar Peseten, Kleider usw. ... Der Mann wich nicht mehr von meiner Seite. Er machte alles, was ich sagte, wie ein Schoßhund.
– Namensvetter, Sie haben mir das Leben gerettet.
– Wer weiß, was noch kommt, Manuel! Freuen wir uns nicht zu früh.
Wir erlebten keinen Sieg mehr. Alles, was wir künftig sahen, waren Niederlagen. Die Flanken bröckelten ab, die Männer flohen, und die feindliche Fliegerei richtete Verwüstungen an. Die Kavallerieeinheiten der Mauren schnitten links und rechts Köpfe ab. Einen Glauben an die Menschlichkeit hatten die nicht. Sogar den Esel, den wir in der Sierra Pandoll geschenkt bekommen hatten, brachten sie um. Ein Eselchen, das »Unser Heer« hieß und mit einer Wandzeitung, die ihm vom Sattel hing, durch die ganze Division trottete. Der Feind drang vor, weil er Unterstützung seitens der europäischen Diktaturen hatte. Es gab Soldaten, die sich lieber in den Kopf schossen, als daß sie sich dem Feind ergaben. Die Artillerie hörte aus Munitionsmangel zu schießen auf. Wir waren vollständig erschöpft. Die Einheiten mußten sich mit Gewalt bis zur Nachhut durchschlagen auf Wegen, parallel zu den feindlichen Einheiten. Das waren die schlimmsten Tage des Krieges, die Tage der letzten Kraftanstrengung. Die Befehlshaber sahen ohnmächtig zu, fast stumm. Das ist noch härter, als wenn man mit eigenen Augen sieht, wie sie sterben. Der Krieg ist eine sehr große Schule. Deshalb bin ich zu dem Schluß gekommen, daß mir nach dem, was ich im Krieg gesehen habe, nichts mehr zu sehen bleibt. Wer den Krieg erlebt hat, haßt ihn am meisten. In Spanien ist das Wort Krieg verflucht. Gerade jetzt suchen sie dort eine Lösung herbeizuführen, auf irgendeine Weise, aber ohne Krieg. Und daran tun sie gut.

Zwei ganze Tage lang habe ich nicht geschlafen, um über die Grenze zu kommen, kein Auge habe ich zugetan. Eine Flucht dermaßen abgerissener Leute hatte man noch nicht gesehen. Um über die Grenze zu kommen, mußten die Truppen über die Pyrenäen. Die Leute gingen in Sechserreihen und Achterreihen, Kinder, alte Leute, Verwundete: die verschiedenartigsten Menschen, alle auf der Flucht vor Franco, vor den Erschießungen, vor den Kerkern. Der Krieg war komplett verloren, und der Faschismus machte, was er wollte. Ich habe Frauen gesehen, die barfuß liefen, andere, die ihre Kinder wie Pakete trugen, Kilometer um Kilometer, ohne den geringsten Proviant. Nicht einmal Wasser hatten sie. Es war eine Flucht, wie man nie eine gesehen hatte. Sogar Karren und Wagen führten die Leute mit. Die Maultiere fielen in Ohnmacht, die Kinder wurden krank, die Frauen übergaben sich, aber man mußte vorwärts. Gebete halfen hier nichts. Das Übel verlief von oben nach unten. Alle waren moralisch vernichtet, und keiner wußte, was ihn erwartete. Die spanische Frau hat sich bei dieser Auswanderung tapfer gehalten, wie eine Löwin. Sie stellte ihre Kraft und ihren Mut unter Beweis. Den kleinen Kindern gaben sie Kopfnüsse, damit sie aufhörten zu weinen und zu zappeln, denn so konnten sie sie leichter tragen. Alte Leute blieben tot am Weg liegen, neben den Karren. Für ein hohes Alter war die Strecke zu weit. Und wer hatte damals schon ein paar gute Schuhe? Niemand. Alle gingen dort in Alpargatas, die Füße so gut wie ungeschützt. Ich bezweifle, daß es in der Geschichte einen längeren Marsch gegeben hat, ich bezweifle es.

Die Leute heutzutage können sich nicht vorstellen, was das war. Es gibt auch fast keine Fotografien, gar nichts. Ich sage, alles zurücklassen, wie es der Spanier getan hat, ist etwas sehr Schlimmes. Deshalb ist mein Volk so stark. Wir sind an den Schmerz gewöhnt, und nicht umzuschauen, auch wenn einen das Leid übermannt. Zu fliehen mit einem Bündel Kleider auf der Schulter, ohne eine Decke gegen die

Kälte bei sich zu haben, ohne irgend etwas, ist eine Tortur. Das hat schwer auf dem Spanier gelastet. Walte Gott, daß diese Generation nicht erfahren muß, was ein Krieg ist!
Mein Chef nahm seinen Weg Richtung Pyrenäen zusammen mit anderen Offizieren. Wohin sie gekommen sind, weiß ich nicht. Aber das weiß ich, daß wir uns sehr herzlich verabschiedeten. Er war mir dankbar für die Dienste, die ich ihm geleistet hatte, und ich konnte mich über ihn als Vorgesetzten nicht beklagen. Da es das gab, dieses Vertrauen, sagte er:
– Du nimmst meine Eltern und meine Frau mit.
Das war meine Rettung vor dem Fußmarsch. Andernfalls hätte ich mit den anderen gehen müssen. Ich hatte schon genug an meinen wunden Händen, ich wollte mir nicht auch noch die Füße wundlaufen.
Die Fahrt im Wagen war auch eine Tortur. Ich mußte immer wieder anhalten, um Flüchtlingen zu helfen oder um Kühlwasser nachzugießen. Das Benzin kaufte ich unterwegs an den Tankstellen. Aber ich mußte sparen, und mit diesen Aufenthalten schluckte der Wagen die Gallonen wie nichts. Zwei Tage lang war ich mit diesen Herrschaften unterwegs, die jammerten, nur weil sie nie aus ihren Häusern und ihrer Bequemlichkeit herausgekommen waren. Die Gattin von López Iglesias, Encarnación Fuentes, war sehr schweigsam. Sie sah vor sich hin und sagte kein Wort. Aber die Mutter weinte die ganze Fahrt über und machte den anderen das Leben sauer.
– Ich kann kein Unglück mehr sehen. Ach, heilige Jungfrau, beschütze uns!
Und so auf der ganzen Reise. Dann wollte sie, ich sollte auf die Hupe drücken, ich sollte schneller fahren, was weiß ich. Ich glaube, ehe ich diese Straße noch einmal fahren würde, stiege ich lieber ins Flugzeug. Bei meiner verstorbenen Mutter!
Als wir nach Perpignan kamen, verlasen uns die französischen Gendarmen wie verfaulte Kartoffeln. Die Eltern und

die Frau von Iglesias schickten sie an einen Ort in Frankreich. Mir verlangten sie die Dokumente ab, die ich bei mir hatte, und das Geld. Ich mußte es auf der Stelle hinlegen. Als ich zurücksah, rauchte der Chrysler schon wieder durch den Auspuff. Ich habe diese Herrschaften nicht wieder gesehen. Und den Wagen nahm die französische Gendarmerie, wie man sich denken kann. Mich traktierten sie mit Fußtritten, und wenn ich Fußtritte sage, meine ich Tritte in den Hintern, das sind keine Märchen oder Übertreibungen. Für sie waren wir die Ruchlosen, die über Spanien Zerstörung gebracht hatten, wo doch jeder weiß, daß es nicht so war. Das Wort Rot reichte aus, um uns zu beleidigen. Rot, das hieß damals soviel wie der Teufel mit Dreizack und allem.

Sie steckten mich sofort in das Internierungslager von Argelès-sur-Mer. Die Regierung Léon Blum hatte mehrere Lager für die Exilierten eingerichtet. Eines davon, das größte, glaube ich, war dieses. Wir waren dort ungefähr achtzigtausend Menschen aus der ganzen Halbinsel. Es war ein riesiges Sandgelände mit Strand an der ganzen Seite entlang. Durch die Vegetation und das Meer erinnerte es ein bißchen an Cuba, klar. Die Lageraufseher waren Senegalesen, groß wie Türme und ordinär gegen die Flüchtlinge. Sie schrien:

– Reculez, reculez! wenn sie sahen, daß jemand aus der Reihe trat oder sich dem dreifachen Stacheldrahtzaun näherte.

Denn das war keine Kirmes, sondern ein Internierungslager. Da waren nichts als Verwundete, Zerlumpte, Ausgehungerte. Kalamitäten, wohin man sah. Die ersten Nächte mußte ich in einer Grube schlafen, die ich mit einem Stock im Sand gegraben hatte. An der gleichen Stelle pißte ich, schiß ich, machte alles ...

Die Gendarmen demütigen einen auf französisch. Später erfuhr ich, daß sie Mörder zu uns sagten. Und daß wir die Henker der Geistlichkeit wären, weil wir reaktionäre Pfarrer

getötet hatten, aber daß die Pfarrer ihre Zungen wetzten und die Gewerkschaftssekretäre anzeigten, damit sie hingerichtet wurden, das übersahen sie. Ich will mich an Argelès nicht mehr erinnern.
Nie habe ich Leute gesehen, die zerlumpter waren, die mehr Krätze, mehr Flöhe und Läuse hatten als diese. Ich weiß nicht, was schlimmer war, der Krieg oder die Zeit, die ich im Internierungslager verbracht habe.
Ein paar Tage nach unserer Ankunft fingen sie an, Fragen zu stellen. Wer ist Spengler, wer Maurer, wer Tischler . . .?
Ich meldete mich auf der Stelle.
– Ich bin das alles, sagte ich.
Da gaben sie mir ein paar Bretter und ein paar starke Nägel, und damit sollte ich Schlafbaracken aufstellen. Mit dem Hunger im Bauch sah ich schwarz, wenn ich tagsüber die Baracken aufstellen sollte und nur ein paar in Rinderfett gekochte Linsen bekam. Mein Magen ist wirklich aus Stein. Manchmal hätte ich am liebsten alles hingeschmissen und wäre auf und davon, aber dann dachte ich, ich würde es vielleicht bereuen. Die Ausreißer hatten auch nichts zu lachen. Wenn man sie erwischte, wurden sie mit dem Gewehrkolben geschlagen, und zwei Tage lang wurde ihnen die Ration gestrichen. Man mußte sich das gut überlegen. Wasser gab es fast keines. Um ein paar Tropfen zu bekommen, mußten wir an eine Handpumpe gehen, die im Sand stand. Und manchmal kam da nur ein dünner Faden heraus. Die Leute kratzten sich, schlugen sich, nur um ein bißchen zu trinken. Vor dem Stacheldrahtzaun liefen die Franzosen zusammen, um Brot und Kondensmilch an die zu verkaufen, die Franken hatten. Es war ein schwungvoller Handel. Sie verkauften auch Schuhe und Kleider. Ich konnte nichts kaufen, weil ich nichts hatte. Ich war wirklich völlig blank. Deshalb habe ich in Argelès mehr Hunger ausgestanden als im Krieg. Ich habe nie gestohlen, ich konnte nicht, mein Gewissen ließ es nicht zu. Aber eines Tages sah ich ein Paar schwarze Schuhe am Rand des Stacheldrahtzauns stehen und

nahm sie. Als ich in die Baracke kam, wollten sie sie mir abkaufen. Ich taxierte sie auf fünfundzwanzig Franken. Das war meine Kalkulation, damit ich mir etwas Milch und Brot kaufen konnte. Aber niemand gab mir soviel. Also suchte ich einen senegalesischen Aufseher auf und sagte:
– Monsieur, fünfundzwanzig Franken.
Der Senegalese steckte die Hand in die Jackentasche und holte einen nach dem andern fünfundzwanzig Franken heraus. Tagelang konnte ich mich besser ernähren. Sogar zwei Dosen Sardinen besorgte ich mir. Das Schönste war, daß die Schuhe zwei gleiche waren, und der Aufseher hat es nicht gemerkt.
Ich hatte einen Bart wie ein Räuber, ich stank und war hungrig wie nie in meinem Leben. In der Ferne sah ich die Bäume und das Meer, und Havanna kam mir in den Sinn. Ich konnte es keinen Tag länger hier aushalten. Zufällig kam ich auf den Gedanken, José Gundín über das Rote Kreuz einen Brief zu schicken. Ich sagte mir: »Kommt der Brief nicht an, gut, kommt er an, um so besser.« Ich war schon ganz am Boden. Ich wollte sterben.
Argelès war eine Hölle ohne Latrinen. Der Gestank überflutete alles. Wir waren keine Menschen mehr, wir waren Skelette. Mein Brustkorb lag direkt unter der Haut. Der Bart überwucherte mir das ganze Gesicht. Ich weiß nicht, wie ich diese Zeit überlebt habe. Ich hatte den Kopf schon in der Schlinge, als mich die Vorsehung rettete. Ein Wunder geschah, anders kann ich es nicht verstehen.
Ich wachte auf vom Läuten der Glocke, und da hörte ich, wie über den Lautsprecher vier- oder fünfmal mein Name gerufen wurde. Es war noch dunkel, etwa fünf Uhr früh.
– Manuel Ruiz, Manuel Ruiz!
Wenn sie jemand durch Lautsprecher riefen, mußte man sofort zur Lagerleitung gehen. Ich zitterte von Kopf bis Fuß. »Das überlebe ich nicht«, sagte ich mir. Ich glaubte, sie würden mich einsperren wegen der Sache mit den Schuhen. Hast du gedacht! Ein wahnsinniges Glück hatte ich! Als ich

ans Tor kam, traf ich auf einen Franzosen von der Französischen Transatlantischen Gesellschaft, der mich fragte, ob ich die gesuchte Person wäre. Ich zeigte ihm meine Dokumente, und er gab mir die Hand. Dann fing er an und erklärte mir, er hätte für mich eine bezahlte Fahrkarte bis Saint Nazaire, den Einschiffungshafen, dazu dreitausend Franken in bar und eine Schiffsüberfahrt nach Havanna. Ich konnte es nicht glauben. Der Franzose ging mit mir ins Lager und teilte es jedem mit, der es hören wollte, Freunden und Kriegskameraden. Sie schüttelten mir die Hand, sie umarmten mich, es war ein Mordsgeschrei. Alle wollten mir Briefe mitgeben und flehten mich an, ich sollte sie hier herausholen, nach Havanna, nach Mexiko, wohin immer. Ich sagte ja. Etwas anderes brachte ich nicht heraus, obwohl ich mir vorstellte, daß es schwer sein würde, so viele Leute herauszuholen. Der Franzose begleitete mich bis Perpignan. Ich nahm ein Zimmer in einem Wirtshaus, rasierte mich, badete mich, kaufte ein Paar Schuhe und atmete eine so allerliebste Freiheit, daß ich es nicht beschreiben kann. Der Franzose hatte mir einen alten Mantel und eine Baskenmütze geschenkt. Ich erinnere mich noch gut, daß ich in ein Restaurant neben dem Bahnhof ging. Ich setzte mich an einen Tisch, um auf den Zug nach Paris zu warten, der um drei Uhr nachmittags abing. Zwei Stunden lang aß ich, ohne aufzuhören. Ich bestellte Fleischsuppe und Würste. Als der Zug kam, platzte mir fast der Bauch, und der Kopf schwindelte mir vom Rotwein. Anderntags kam ich in Paris an. Über Paris kann ich nichts sagen. Ich kannte keinen Menschen, und es war mir gleich, ob ich nach rechts oder nach links ging. Das allerdings sah ich, daß es größer war als Havanna und mehr Einwohner hatte. Aber ich lernte nichts kennen. Ich wollte nur so rasch wie möglich hier weg und nach Havanna. Paris gefiel mir nicht. Alles mußte man hier mehr als bezahlen. Eines Tages gehe ich in eine unterirdische Toilette, richte mich ein bißchen her, und wie ich herauskomme, höre ich, wie mich der Hausmeister ruft:

– Monsieur, Monsieur!
Ich sage ihm, ich hätte mich schon bedient, aber er ruft mich wieder. Da merkte ich, daß er einen Franken haben wollte, und gab ihm einen. Ein Raubüberfall. Das war Paris für mich.
Von hier aus nahm ich den Zug bis zum Einschiffungshafen. Ich schiffte mich auf der *Flandres* ein, dem letzten Passagierdampfer, der vor dem Ausbruch des Zweiten Weltkriegs in Havanna ankam. Ich reiste Dritter Klasse und hatte einen großen Kummer.
Meine Familie mußte glauben, ich wäre tot. Ich hatte ihnen nicht einmal ein Telegramm geschickt. Ich hatte sagen hören, nach Spanien kämen keine Nachrichten durch. Und da ich kein überflüssiges Geld hatte, wartete ich, bis ich in Havanna war. Von dort schickte ich ihnen einen langen Brief mit allen Erklärungen. Und mein Großvater antwortete mir sofort, und man merkte seinem Brief an, wie froh er war.

DIE RÜCKKEHR

> Hora con grande sosiego
> Durmo na veira
> d'as fontes . . .
>
> *Rosalía de Castro*

Als ich die Lichter im Hafen sah, denn bei Nacht kam ich an, wurde mir ganz warm ums Herz. Es war wie ein Traum. Die polnischen Juden, die auf dem Schiff reisten, auf der Flucht vor der faschistischen Verfolgung, begriffen nicht, warum ich so glücklich war. Denn ich sah sie an und lachte ganz allein. Durch Zeichen versuchte ich ihnen zu sagen, daß Havanna fröhlich war, aber sie verstanden es nicht. Als wir anlegten, trennten sie die Polen und mich. Nach über zwanzig Jahren landete ich wieder in Tiscornia. Es war der gleiche Zirkus: Papierkrieg, Untersuchung, den Kopf drehen, den Rücken wenden . . .

– Strecken Sie die Zunge heraus. Machen Sie hinten auf, den Arsch, meine ich.

Tausend Schweinereien. Die Polen brachten einen Keuchhusten-Virus mit und blieben im Lager. Ich kam am nächsten Tag heraus. Gundín und Veloz holten mich im Wagen der Señora de Conill ab. Als wir uns umarmten, standen uns die Tränen in den Augen, ich bekenne es.

– Hab ich dir nicht gesagt, daß du zurückkommst, Manuel, sagte Gundín.

– Donnerwetter, du siehst ja aus wie ein wandelnder Leichnam, rief Veloz.

Sie waren meine Freunde, sie hatten die Überfahrt und das Geld geschickt. Einen Freund haben ist, wie wenn man eine Zuckerfabrik hat. Das ist eine große Wahrheit, über die sich nicht streiten läßt. Ich erzählte ihnen vom Krieg und von Argelès. Gundín lachte nur immer. Er machte sich über mich lustig.

– Gib nicht so an, Manuel, gib nicht so an.
Wir fuhren die Anhöhe von Tiscornia hinunter in einer Brathitze. Gegen zehn Uhr waren wir an der Mole San Francisco. Alles war wie früher. Havanna war sich gleich geblieben, wenn auch mit mehr Automobilen. Diesmal kam ich wirklich bettelarm an. Ich schwöre, daß ich nicht mehr mitbrachte als ein Bündel Wäsche, von Taschen und Koffern keine Rede. Aber ich wurde besser empfangen. Gundín nahm mich in die Stockwerke über der Garage der Señora de Conill mit. Ich fing an, im Haus und in der Nachbarschaft die Autos zu waschen. Ave Maria, war der Cubaner versessen auf Autos! Es war ein Fieber, das erst mit dem Ausbruch des Zweiten Weltkriegs nachließ. In den Häusern der Reichen standen drei oder vier Autos. Den Führerschein hatte ich im Handumdrehen, aber er nützte mir nichts. Ich fand keine Stelle als Chauffeur. Und doch kam ich gut voran. Mit dem Autowaschen und ein bißchen Gärtnerarbeit kaufte ich mir wieder Werkzeuge. Das Tischlerhandwerk ist individueller und reinlicher. Außerdem konnte ich auf die Freunde und ziemlich gute Beziehungen zählen. Also legte ich mich ins Zeug und fing wieder von vorne an. Ich ließ mich nicht einschüchtern. Jetzt noch weniger, mit einem Fell, das so gegerbt war wie das meine.
Als erstes leimte ich alle Möbel der Señora de Conill. Dann machte ich dasselbe bei der Familie Fernández de Castro und bei den Loynaz, die eine Eßzimmergarnitur für siebzehn Personen hatten. Ich führte mich in einer Möbelfabrik in Miramar ein. Die Quinta Avenida nahm einen großen Aufschwung. Hier bauten die Kinder der Reichen ihre Häuser. Das Vedado mochten sie schon nicht mehr. Ich weiß nicht, wieviel Fenster ich in diesen Häusern eingesetzt habe. Ich tischlerte Bars, Vitrinen, Konsolen, Holzgitter ... den Teufel und die Kerze. Da, ja, da bin ich zu etwas Geld gekommen. Gleich schickte ich den Kindern, soviel ich konnte. Unter der Uhr in der Calle Catorce in Miramar ließ ich mich fotografieren, damit sie sahen, wie kräftig und

gesund ich war. Jetzt, wo ich mich vom Krieg erholt hatte, sah ich nicht mehr aus wie ein wandelnder Leichnam.
Ich zog in ein Zimmer in der Quinta y Dos um, im Hinterhof des Hauses der Vázquez Bello. Sehr ruhig war es da und sehr hygienisch. Ich machte der Familie alle Tischlerarbeiten und sogar ein bißchen Gärtnerarbeit, und sie verlangten mir für das Zimmer nicht einen Centavo ab. Dieser Teil des Hauses hieß die Baracke, weil dort die Dienerschaft wohnte. Der einzige Weiße war ich.
– Caballero! Haben Sie schon einmal eine weiße Bohne in einem Teller schwarzer Bohnen gesehen? Da haben Sie sie.
Niemand rief mich bei meinem Nachnamen. Ich war und bin immer Manuel, der Tischler.
Das Haus stand manchmal leer. Die Besitzer reisten nach Europa. Die Dienerschaft blieb allein zurück. Da ich mir eine Frau suchen mußte, nutzte ich eine von diesen Reisen, um mit América bekannt zu werden. Die Arme hatte keine Ruhe; solange die Herrschaft in Cuba war, tat sie kein Auge zu. Vormittags wusch sie die Wäsche der ganzen Familie und machte die Einfahrt und die Terrassen sauber. Nachmittags führte sie eine Enkelin der Besitzer im Parque de Paseo spazieren, und nachts fiel sie todmüde ins Bett.
América schlief bei ihrer Mutter, die seit über vierzig Jahren Köchin im Haus war, im hintersten Zimmer der Baracke. Vom ersten Tag an flog ich auf sie wie die Fliege auf Süßes. Sie war zwanzig Jahre jünger als ich und bereits Witwe. Ihr Mann, ein Tuberkulöser, hatte ihr ein Mädchen von drei Jahren hinterlassen, María Regla. Das Kind fiel mir von Anfang an auf, weil es ein Paar große Augen hatte, die wie zwei Jettknöpfe in der zimtfarbenen Haut standen.
Eines Nachts vergiftete sich das Mädchen durch meine Schuld. Sie war den Nachmittag über bei mir gewesen und hatte mir beim Tischlern zugeschaut, und da bekam sie Schwellungen, anscheinend von dem Alkohol- und Harzgeruch, und obendrein das Sägemehl, und wir mußten zum

Arzt laufen. Es war nichts. Als wir durch Línea zurückfuhren, nahm ich mir ein Herz und sagte zur Mutter:
– Hör zu, Mädchen, du arbeitest zuviel. Geiz sprengt den Sack. Du wirst deine Gesundheit zugrunde richten.
– Sack hin, Sack her, Manuel. Sie wissen doch, daß wir nicht einmal genug Geld haben für die Beerdigung.
– Schau, sagte ich, wenn du mich immer per Sie anredest . . .
– Das ist, weil ich Ihnen sehr dankbar bin.
– Dann beweis es mir, Mädchen.
Sie bewies es mir reichlich. Von da an änderte sich mein Leben total. Wir taten uns zusammen, und nach und nach kam sie in mein Zimmer. Ich richtete es so hübsch her, wie ich konnte. Wir lebten praktisch in der Familie. Mutter und Tochter nebenan, und der Rest der Dienerschaft in seinem Teil.
Die Ehe schloß ich mit América erst nach der Revolution, als unsere Tochter, die von uns beiden, Caridad Sixta, schon dreizehn Jahre alt war. Diesen Namen gab ihr die Großmutter. Ich wollte, sie sollte Sixta heißen, wie meine verstorbene Mutter, aber meine Frau bestand auf Caridad, ein Vorname, der in Cuba so häufig ist wie Sand am Meer. Aber jeder hat seine Marotten, und wir müssen uns mit ihnen herumschlagen. Seit ich meine jetzige Gattin kennengelernt hatte, befand ich es nicht mehr für gut, mit anderen Frauen zu gehen. Ich kam zur Ruhe, weil sie es verstand, eine echte Frau zu sein. Und als Frau verdient sie noch heute Beachtung, trotz ihren gut sechzig Jahren.
Wären nicht die wirtschaftlichen Rückschläge gewesen, hätten wir sagen können, unser Leben ist glücklich gewesen. Aber bei diesem ganzen Wirrwar in den vierziger und fünfziger Jahren konnte niemand in Ruhe leben. Da ich immer sage, rollender Stein setze kein Moos an, zog ich mit América und den Mädchen in eine Zweizimmerwohnung im Vedado um. Ich arbeitete als Tischler, und sie wusch für Laufkundschaft. Ich bekam allmählich Erfahrung in meinem

Beruf. Ich war schon nicht mehr jung genug, um ein anderes Handwerk zu ergreifen, falls die Situation faul wurde. Jahre hindurch arbeitete ich so viel, daß ich erst um zehn Uhr nachts nach Hause kam, einen Teller Bohnen aß und mich aufs Bett warf. Ein Tischler kennt keine Ruhe, er ist wie der Arzt, zu jeder Stunde wird er gerufen. Ich sage immer, daß ein gut ausgeübter Beruf Opfer verlangt. Manchmal verdient man noch nicht einmal. Man wird doch für das Leimen eines Möbels kein Geld verlangen von einer Señora, die nichts als ihre Pension hat! Das ist der Fall bei Ofelia, der Tochter der Galicierin. Da ich ihrer Mutter dankbar bin, die zum ganzen Viertel gut war wie eine Heilige, gehe ich hin, sooft Ofelia mich ruft. Alles in allem für eine Lappalie. Da haben die Chihuahuas die Stuhlbeine angefressen, da haben sie auf den Bettrand gepinkelt, und man kann doch nichts dafür verlangen, daß man ein Stück Holz abschmirgelt oder ein bißchen Leim an ein Tischbein schmiert. Deshalb sage ich, die Tischlerei ist beinahe ein humanitärer Beruf. Vor allem für den, der an seinen Nächsten denkt und ein gutes Herz hat.

Meine zwei Töchter, denn alle zwei habe ich sie aufgezogen, haben gehabt, was im Haus armer Leute ein Maximum ist. Noch bis vor kurzem wusch ihre Mutter täglich Tröge voll Wäsche für Laufkundschaft. Und ich suche mir noch immer mein Geld mit ambulanter Tischlerei zusammen. Sie haben in der Schule *Concepción Arenal* studiert, sie haben Ärzte und Kleider gehabt, wie ich sie nicht gehabt habe. In meinem Haus wurde immer die rosa Quittung der Krankenkasse bezahlt und der Beitrag für die Gesellschaft der Töchter Galiciens und der für das Strandbad, in das die Mädchen gern und oft gingen. Ich ging lieber mit meiner Frau ins *Aires libres* im Prado, nicht um zu tanzen, sondern um Bier zu trinken. Unter freiem Himmel zu tanzen kommt mir lächerlich vor, aber dem Frauenorchester zuhören und im Prado spazierengehen, das schon. Einmal band ich mir eine weinfarbene Krawatte um, wie sie gerade in Mode waren,

und da ich so kurz gewachsen bin, rief mir so ein Schuft zu:
– Sie, passen Sie auf, Sie treten auf Ihre Krawatte!
Ich mußte lachen und gab keine Antwort. So ist der Habanero. Das war in der Prado y Teniente Rey. Meine Frau, das ist wahr, ist wesentlich größer als ich, aber unserer Ehe tut das keinen Abbruch. Allerdings, wenn man auf die Straße geht, exponiert man sich, das ist das Schlimme. Um auszugehen, muß man das von Zeit zu Zeit machen, obgleich nicht mehr so oft wie früher. Die Kinder binden die Eltern ans Haus. Trotzdem, das Domino und den Kegel hat mir niemand genommen. Hinkend, wie ich war, ging ich jeden Donnerstag in die Veintitrés y Doce, um mit Gundín, Veloz und den anderen zu spielen. Dann gingen wir einen trinken, bei Popeye oder in der Casa Azul, wo Gordomán noch immer Dudelsack spielte, obwohl er schon keine Luft mehr in den Lungen hatte, weil er älter war als eine Steinmühle.
Mein Leben nahm einen geregelten Gang. Ich stabilisierte mich in meinem Beruf und widmete mich ganz meiner Familie. Ich hatte geglaubt, ich würde mich für eine Familie nicht eignen, bis ich América kennenlernte und wir unsere Tochter bekamen. Die Wasser fallen immer auf ihren Spiegel zurück.
Die Politik fand außerhalb meines Hauses statt. Nie hörte ich ein größeres Geschrei als damals, als sie Grau San Martín wählten. Das war am 10. Oktober 1944. Ich vergesse das nicht, denn an demselben Tag rief mich Gundín an, um mir zu sagen, er hätte im Haus der Señora de Conill einen Brief für mich. Das wunderte mich. Seit zwei Jahren hatte ich von daheim nichts mehr gehört. Der Brief hatte einen schwarzen Rand. Da erschrak ich noch mehr. Meine Schwester Clemencia teilte mir den Tod meines Großvaters mit. Nichts hat mich in meinem Leben so geschmerzt. Ich ging den Paseo hinunter unter dem Gejohle der Leute, die über die Diecisiete y Jota heraufkamen, um den Sieg von Grau in seinem

Haus zu feiern. Am nächsten Tag schickte ich ein Telegramm und zweihundert Pesos ins Dorf. Ich erfüllte ihnen gegenüber meine Pflicht, so gut ich konnte. Der Tod meines Großvaters ging mir sehr nahe. Er war mein Vater gewesen und liebte mich wie einen Sohn. Ich wollte nach Galicien fahren, aber ich bekam Angst. Wenn man Kinder hat, überlegt man es sich zweimal. Das alles trug ich mit mir herum. Da meine Töchter ihn nicht einmal auf Fotografien gesehen hatten, sagte ich ihnen nichts.
– América, der Großvater ist gestorben. Was sagst du?
– So was, was kannst du machen.
So ist das Leben. Die Familie hier kennt die Familie drüben nicht. Deshalb schluckte ich das mit dem Großvater allein.

Kaum war Grau an der Macht, kam ein Zyklon, fast so stark wie der von 1926. Der Sturm pfiff durch die Fenster und die Bretter, und die Dachziegel flogen durch das ganze Vedado. Es war ein ausgewachsener Zyklon. Ich nagelte Bretter fest in der ganzen Nachbarschaft. Das Rote Kreuz suchte mich auf, damit ich ihnen zur Hand ging. Meine Frau war immer eine glückliche Natur, sie hatte vor nichts Angst. Unter dem Zyklon sprach sie in einem fort von Grau. Sie hatte nichts im Kopf als diesen Alten mit seinem scheinheiligen Lächeln. Ich hielt ihn für einen Schmierenkomödianten. Aber die Leute hier verehrten ihn. Für viele war Grau die Hoffnung. Wenn man zur Arbeit ging, war das Thema immer dasselbe: Grau und Grau und Grau.
– Ich habe noch für keinen Präsidenten gestimmt und werde auch nicht stimmen.
– Weil du Ausländer bist und es ist dir gleichgültig.
– Nein, weil keiner was taugt von diesen Arschlöchern.
Meine Frau stimmte für Grau. Die Frauen stellten ihn geradezu auf einen Altar. Am Tag der Unabhängigkeit gingen sie bei den Meetings und den Kundgebungen vorneweg. Sie trugen Grau auf der Brust wie einen Orden. »Ein

schlauer Fuchs«, sagte ich mir immer im stillen, »ein schlauer Fuchs«. Sie werden schon sehen, daß der nur schweigt, weil er doppeltes Spiel treibt. Geschwiegen hat er nicht, aber er hat das Land ins Gangstertum gestürzt. Er war sehr gebildet und sehr intelligent, deshalb hetzte er die Leute gegeneinander auf, um Personal aus dem Kabinett zu schmeißen. Ein Schlauberger ersten Ranges. Und dieses süßliche Lächeln und diese kleinen Händchen, alles an ihm war Heuchelei. Ich weiß es, denn ich reparierte Möbel bei einer seiner Sekretärinnen. Sie war sehr fromm und seine Freundin, aber sie wußte, auf welchem Fuß der hinkte. Sie sagte nichts, weil es ihr Beruf war, ihm zu dienen. Jeder hier sah, wie der *Partido autentico* verkam. Durch die Verbrechen in Orfila kam alles heraus.
Es stimmte, der Zuckerpreis stieg. Wenigstens gackerten das die Zeitungen alle Tage. Es hieß, Grau hätte den amerikanischen Präsidenten überredet, den Preis zu erhöhen. Batista, der verkommenste von allen, schenkte den Amerikanern den Zucker, denn anderthalb Centavos für das Pfund war schon eine Schande. Grau gewann die Wahl sauber. Seine Urnenverbrennung hatte er zwar auch, irgendwo in San José de Layas; Pilar García, dieser Sbirre, hat die Urnen verbrannt, aber er ist dabei erwischt worden. Auf jeden Fall wurde Grau Präsident. Es stimmte, der Weltkrieg kam ihm über den Hals und war ein Dolchstoß für die Regierung, aber er erlaubte ihnen auch, sich an den Geldern der Staatskasse und mit dem Märchen von der Verknappung der Waren zu bereichern. Es gab keine Seife, kein Fleisch, kein Brot.
Ein Gangster von der schlimmsten Sorte, der Colorado, eröffnete schwarz eine Seifenfabrik. Die Polizei wäre da hingegangen? Nein, Mann, dahin gingen nur die Kaufleute, um zu kaufen und weiterzuverkaufen. Ich mußte hin, weil meiner Familie die Seife nicht ausgehen durfte, aber ich ging zähneknirschend. Es war der reinste Raub. Dann kostete das Pfund Butter einen Peso. Und Butter aufzutreiben war schwerer, als am Strand eine Münze zu finden. Da kam

allerhand vor, ich sage es ohne Groll, aber schon allerhand.
Und seine Reden, die mußte man gehört haben! Immerzu wiederholte er nur: »Gewiß, warum es nicht sagen«, in diesem Stil. Er beklagte sich, die Hände täten ihm weh, weil er sie so vielen Leuten aus dem Volk gegeben hätte. Ich weiß nicht, was sie an ihm fanden. Mir war er nie sympathisch. Als Arzt, ja, da war er gut, aber als Präsident hat er die Leute mit Versprechungen betrogen, sí Señor. Die Straßen waren mit Blut bespritzt. Die Gangster brachten sich wegen jeder Kleinigkeit gegenseitig um. Orfila war Zeuge bei dem dümmsten aller Gemetzel in diesem Land. Das war wirklich ein Blutbad nur zum Spaß. Noch heute geht einer herum, der blind geworden ist, weil ihm Schießpulver in die Augen gekommen ist. Er hat mir erzählt, wie es war, denn ich selbst habe nichts gesehen. Er schon, er hat einen guten Teil miterlebt. Noch heute ist er ein Draufgänger. Um unter dieser Regierung Polizist zu sein, mußte man bei jedem Schlamassel mitmachen ... Er nahm an der Schießerei teil, wenn auch erst gegen Ende. Das Ganze dauerte über drei Stunden. Sie übertrugen es im Radio. Man hörte ganz deutlich die Schüsse, ich weiß nicht, wie sie es gemacht haben, aber man hörte sie. Der Sprecher erzählte, was im Haus des Majors Morín Dopico geschah. Ganz Havanna horchte nur noch auf die Schießerei. Die Leute wichen nicht vom Radio. Der Cubaner hatte viel übrig für die rote Chronik, und die Sache in Orfila war das: eine rote Chronik. Mein Freund kam hin, als die Schießerei schon über anderthalb Stunden gedauert hatte. Grau ließ es zu, daß sich die Leute gegenseitig umbrachten. Er sagte, er wolle mit dem Gangstertum Schluß machen, und dabei hat er selber es gefördert. Als er das Heer hinschickte, mit Panzern und schweren Fahrzeugen, waren schon eine ganze Reihe tot. Sie fielen einer hinter dem anderen. Sie deckten sich, und wenn der Vordermann fiel, war der nächste schon ein Sieb. Die Leute rotteten sich vor dem Regierungspalast zusammen,

aber Grau streckte den Kopf nicht heraus. Paulina, seine Schwägerin, war es, die die Abgesandten empfing und ihnen mitteilte, der Präsident hätte vierzig Fieber. Das war eine Frau, die Haare auf der Brust hatte und die ihren Bruder kommandierte. So ging die vox populi. Manche Leute glauben sogar, daß niemand anders als Paulina selber auf die Idee mit der Schießerei gekommen war. Sicher ist, daß die Sache das Volk aufgerüttelt hat.
Mario Salabarria ging als erster los. Er war ein junger Major, ein Hetzer ersten Ranges. Er erfuhr, daß Emilio Tro, ein anderer Bandenboß, der im Zweiten Weltkrieg mitgekämpft hatte und ein ernsterer Typ war, sich im Haus von Morín Dopico aufhielt. Da ging er mit einer kleinen Gruppe hin und ballerte, was das Zeug hielt. Er war bis an die Zähne bewaffnet. Dopico und Tro schossen auch. Der Kampf war hart und dauerte lang. Das Haus war groß. Außenherum war eine Hecke aus Lorbeerbäumen, die etwas Deckung gab, und dahinter versteckten sie sich, um zurückzuschießen. Aber die Schüsse gingen leicht durch. Als die Polizei ermittelte, fand sie Patronenhülsen sogar im Badezimmer. Dopico und Tro ergaben sich nach einer Weile. Die Frau von Dopico schwenkte ein weißes Tuch, um zu verhandeln, aber es nützte ihr nichts. Salabarria durchsiebte sie mit Dum-Dum-Geschossen, obwohl sie schwanger war. Als sie zu Boden fiel, packte Tro, der hinter ihr stand, sie an den Fußgelenken, um sie hochzuheben. Ich sage, er war nervös. Und genau da zertrümmerten sie ihm den Schädel mit sieben Maschinengewehrgarben. Das war Verrat, denn sie wollten sich ja ergeben. Morín Dopico sprang mit einem ein- oder zweijährigen Mädchen vor. Er konnte sich in ein Polizeiauto werfen und entkommen. Das kleine Mädchen war verletzt, aber nicht tödlich. Er selber war erst vor ein paar Tagen in den Ruhestand getreten. Er hat bei der Sache am wenigsten abbekommen. Er verlor die Frau und die Freunde, aber er blieb am Leben. Salabarria, der Schlimmste von allen, wollte nach oben kommen. Als sie ihn untersuchten, fanden sie

elftausend Pesos, die er in den Schuhen versteckt hatte. Sicher hatte er vor, in ein anderes Land zu gehen und sie dort zu verjubeln, nachdem er die Leute umgebracht hatte, wer weiß. Die Leidtragenden waren die Angehörigen. Die Mutter von Tro kam fast um den Verstand. Sie gab Grau an allem schuld. Sie erklärte, einzig und allein er wäre verantwortlich für das Gemetzel. Aber Grau sagte kein Wort. Er war ein Schlauberger. Er wollte seine Rivalen mit Blut vertilgen. Deshalb war das Volk von ihm enttäuscht. Er hielt eine kleine Rede, die niemand verstand, und wusch sich die Hände in Unschuld. Warum hat er nie eingestanden, daß Paulina den Diamanten vom Kapitol gestohlen hat? Und das steht außer Zweifel, denn eines Tages lag der Diamant auf dem Tisch von Grau neben den Büchern und den Papieren. Ob er selber gestohlen hat oder nicht, weiß ich nicht, aber auf jeden Fall waren diejenigen, die ihm zur Seite standen, durch die Bank Berufsdiebe. Das Schlimmste war, daß er sie deckte. Er war ein Feigling und ein bißchen ein Topfgucker. Was der Topfgucker nicht tut, wenn er kommt, tut er, wenn er geht. Als Grau den Regierungspalast verließ, riefen sie ihm Schimpfwörter nach wie einem schlappschwänzigen Torero. Er hat das Volk begaunert. Chibás sagte es bei einem Meeting im Parque Central. Und der nahm kein Blatt vor den Mund.

Als Carlos Prío Socarrás die Wahlen gewann, weinte meine Frau vor Rührung. Ich sagte zu ihr:
– Zum Donnerwetter, merkst du denn nicht, was für dummes Zeug du sagst? Der ist noch schlimmer, weil er jünger ist und ehrgeiziger.
Und sie gab mir wütend zurück. Sie warf mir meine Nationalität vor.
– Du bist Spanier, das interessiert dich nicht.
– Doch interessiert es mich, aber nicht mit diesen Falschspielern.
Nicht einmal, als das Fünfzig-Prozent-Gesetz kam, wurde

ich cubanischer Staatsbürger. Für die Tischlerei brauchte ich das nicht. Ich arbeitete allein, ohne Teilhaber und ohne Chef. Andere Spanier mußten Cubaner anstellen und mit ihnen zusammen arbeiten, bei den Kohlekarren, in den Cafés, in den Reinigungen. Aber ich als Einzelgänger hatte es nur mit mir zu tun. Mich ließ das Gesetz kalt.
Meine Frau wollte, ich sollte ein Mann der Politik werden. Genau betrachtet, war sie genauso wenig politisch wie ich. Es machte ihr Spaß, zu den Kundgebungen zu gehen, den Kandidaten zuzurufen, ihre Gesichter zu sehen, bei den Volkstänzen zuzuschauen. An dem Tag, als Manolete starb, der beste Stierkämpfer, den Spanien je hatte, war jedermann traurig. Bei mir zu Hause schlug diese Nachricht wie eine Bombe ein. An diesem Tag nämlich fand ein Meeting statt, und meine Frau verlangte, ich sollte mit ihr hingehen. Ich machte gerade ein Puppenhaus für die Tochter eines Freundes fertig. Es war das einzige Mal, daß wir aneinandergerieten. Ich sagte, sie wäre unverschämt usw. Sie stieß mich gegen den Tisch, und ich stand wieder auf, fuchsteufelswild, und versetzte ihr einen Schlag, daß sie zu Boden flog. Sie fing zu schreien an, weil sie glaubte, ich wäre verrückt geworden. Da kamen die Nachbarinnen angerannt, aufdringliche Weiber, und fingen an, mich auszuschimpfen. Meine Frau drohte, sie würde sich anzünden. Und da bekam ich einen Schrecken. Es war ein großer Skandal, denn wir waren sonst sehr still in unserem Gebäude. Aber sie schwatzte mir den Kopf voll mit ihren Meetings und mit der Politik, und ich mußte reagieren, sonst hätte sie mich unter der Fuchtel gehabt. Als ich sah, daß sie in die Küche ging, um die Flasche mit Alkohol zu holen, warf ich alle Nachbarinnen aus der Wohnung. Sie zogen ab wie verschreckte Hühner. Da war ich wirklich gut. Ich nahm die Flasche Alkohol und schmiß sie auf den Boden, und América packte ich bei den Schultern.
– Hier gibt es keine andere Politik als meine Arbeit. Wenn dir das paßt, gut, wenn nicht, werden wir sehen.

Und da, obwohl sie größer ist als ich und sehr kräftig, besann sie sich eines Besseren.

– Also gut, ich tu's um der Kinder willen.

– Tu's für wen du willst, aber diese politischen Tänze hören mir hier auf.

Sie ging, kniete nieder, betete zur heiligen Jungfrau, weinte, na, schön, alles, was die Frauen immer tun. Nach anderthalb Stunden fragte sie mich, ob ich irgendeine Süßigkeit haben wollte, ich weiß nicht mehr welche. Die Mädchen kamen ins Wohnzimmer, und alles war wieder in Butter. Deshalb sage ich, im Haus kann man alles mehr oder weniger in Ordnung bringen. Draußen kostete es schon mehr Mühe. América und ich vertrugen uns gut. Und die Nachbarn hielten wir uns ziemlich vom Leib. Selbst meine Freunde besuchten mich nie. Ich bin es, der sie besuchen geht, oder wir setzen uns in die Anlage am Paseo oder gehen Domino spielen. Aber mein Haus ist immer für meine Frau und für meine Töchter da gewesen. Es hat mich viel gekostet, es zu bekommen und ein Heim daraus zu machen. Vielleicht habe ich das hier gemacht, weil ich dieses Glück in meiner Heimat nicht gehabt habe, und viel Schweiß hat es gekostet, das kann man sagen. Meine Hände sind härter als Guajakholz. Die Innenflächen sind schwielig, und in den Fingern ist fast kein Blut. Manchmal lange ich hin und fühle überhaupt nichts. Das kommt wohl daher, daß ich mir so oft mit dem Hammer draufgeschlagen habe. Aber trotz allem habe ich weiterhin Freude am Holz, ich mag es gern, und wenn es cubanisches Holz ist, noch mehr. Ich habe mein Handwerk gerne betrieben, ich habe mich über die Zustände draußen beklagt, aber nicht über die Arbeit. Noch heute, wenn sie zu mir sagen:

– Manuel, ein Stühlchen für das Kind; Manuel, eine Apotheke für die Fabrik XY . . .

Geh ich gern hin und mache es. An dem Tag, wo ich das nicht mehr kann oder keine Lust dazu habe, soll mich der Tod holen. An diesem Tag will ich nicht mehr leben.

Das erste, was Prío sagte, als er sich in den Präsidentensessel setzte, war: »Ich will ein herzlicher Präsident sein.« Das war ein Trick, um die Leute zu täuschen. Herzlich war er, aber getan hat er nichts. Und Herzlichkeit brauchte hier niemand. Was jeder hier wollte, war, daß endlich Schluß gemacht wurde mit dem Gangstertum und daß es Essen und Arbeit gab. Aber das – nicht mal per Zufall. Prío, im Gegenteil, war ein Verschwender, was der im Sinn hatte, war, Geld für Schweinereien auszugeben, und dazu zog er einen Tourismus ins Land, der noch mehr Korruption brachte, als es schon gab. Er war selber korrupt. Ich sage niemandem gern Böses nach, aber daß Prío drogensüchtig war, wußte selbst die Katze. Sogar an dem Tag, an dem sie ihn stürzten, war er am Feiern oder trieb weiß Gott was. Jedenfalls hat er sich nicht zur Wehr gesetzt. Die Studenten kamen zu ihm, und er tat, als hätte er sie überhaupt nicht gesehen. Als er mit seiner Frau ins Flugzeug stieg, trug er seine dunkle Brille, die er nie abnahm. Mit ihr verdeckte er die Ringe unter den Augen, die er von der Schlaflosigkeit und dem schlimmen Leben hatte. Er war nicht vorbereitet auf seinen Sturz, und meiner Ansicht nach war er froh, weil er mit vollen Taschen ging. Keiner von denen wußte, was es heißt, um fünf Uhr früh einen Karren zu nehmen und Kartoffelsäcke oder Baumwollsäcke zu laden. Keiner hat sich abgeplagt. Deshalb waren sie Präsidenten im Gehrock und standen dem Volk fern. Keiner hat zu irgendwas getaugt. Aber der Schlimmste war Batista. Der war der größte Janitschare. Nicht einmal Primo Rivera konnte dem das Wasser reichen. Die Leute haßten ihn sehr, deshalb machte er den Putsch. Anders hätte er die Wahlen nicht einmal mit Betrug gewonnen. Er zog seinen Uniformrock an und betrat Bau sechs der Columbia-Kaserne. Prío begab sich in die Botschaft von Mexiko und flog nach Miami. Vor Batista hatte ich immer Angst. Seinetwegen geschah hier, was geschah. Jedermann weiß es. Batista glaubte nicht einmal an seine Frau Mutter. Jeden, der ihm in den Weg trat,

tötete er. Im Vergleich zu ihm war Machado ein Zwerg. Der einzige, der hier gegen das Gangstertum und den Diebstahl kämpfte, war Chibás, aber der schoß sich eine Kugel in den Kopf und starb. Ich sage, er hätte viel Blutvergießen verhindern können, wenn er nicht die Nerven verloren hätte. Er ging direkt auf den Präsidentensessel zu, aber er schickte sich selber auf den Friedhof und verdarb alles. Die eingebürgerten Spanier hätten für Chibás gestimmt. Das spürte man auf der Straße. Der letzte Schlag mit dem Türklopfer war ein unüberlegter, zur Unzeit abgegebener Schuß. Sie veranstalteten ein großes Begräbnis für Chibás. Um in den Friedhof zu kommen, mußte man eine Genehmigung einholen. Meine Frau war mit den zwei Mädchen dort, aber ich blieb zu Hause bei der Arbeit. Auch die Polen aus den oberen Stockwerken gingen nicht hin, und das wurde übel vermerkt. Die Leute dachten gleich, daß man mit den andern unter einer Decke steckte. Keineswegs. Chibás nannte die Dinge bei ihrem Namen, aber für mich war er ein Fragezeichen. Um eine Rede zu halten, stieg er einfach auf irgendwas, eine Mauer, das Dach eines Autos. Die Krankenschwester, die ihn pflegte, wohnt im Haus neben dem meinen. Sie hat sich tagelang die rechte Hand nicht gewaschen. Sie sagte, Chibás hätte sie ihr geküßt, ehe er starb.
Hätte ich nicht energisch durchgegriffen, hätte selbst meine Frau Trauerkleider angelegt, denn in diesem Land waren alle Regierenden Buschräuber, und wenn dann ein Leader kam, der aus seinem Herzen keine Mördergrube machte, wurden die Leute fanatisch. Das Fernsehen war aufgekommen und gab der Politik noch mehr Auftrieb. Die Leader erschienen auf dem Bildschirm, und das Volk schlug sich die Köpfe ein.
An demselben Tag, an dem Batista den Putsch machte, am 10. März 1952, kam Veloz in mein Haus und schlug mir vor, ein Café zu kaufen. Er hatte das Geld, aber er war schon alt.
– Einen schönen Tag hast du dir dafür ausgesucht, sagte ich.

Ich ging das Café ansehen. Es war eine finstere Bude voller Fliegen in der Calle I. Ein Geschäft, das eingegangen war. Deshalb gaben sie es billig. Ich dachte, daß wir es hochbringen könnten. Es lag nahe am Parque Martí. Da gingen viele Leute hin, um Sport zu treiben, und dann kamen sie hungrig und durstig heraus. Veloz gab die Hälfte des Geldes. Ich sollte die andere geben, als ich auf den Gedanken kam, Gundín zu beteiligen. Veloz ärgerte sich.
– Gundín ist ein Knicker. Keinen Peso wird er geben, er wird das nicht ernst nehmen. Laß ihn in Ruhe.
Der Knickrige war Veloz. Gundín nahm alles sehr ernst. Er gab den vierten Teil, und die Sache war abgemacht. Wir gaben ihm einen sehr hübschen Namen: »Café La Toja«, nach den Sandfeldern in der Nähe meines Geburtsortes. Die ersten Fotografien, die sie dort von uns machten, schickte ich Clemencia. Sie schrieb mir zurück: »Bruder, ich möchte dich sehen, du bist alt geworden.« Ich bekam nämlich graues Haar, sogar am Kinn. Meine Schwester wollte nicht, daß ich alt aussah. So sind alle Geschwister. Aber die Zeit vergeht nicht umsonst. Ich habe in meinem Leben viel gearbeitet. Etwas anderes habe ich nie getan . . . Der Pole vom Oberstock, der Elektriker, sagte immer:
– Manuel, Sie sind jüdischer Abstammung.
Davon war mir nichts bekannt, aber wenn der Jude einer ist, der viel arbeitet, dann bin ich Jude. Sie waren sehr mürrisch und sehr fanatisch. An den Freitagen mußte man ihnen das Licht anzünden, und ich tat es. Man mußte ihnen das Brot schneiden, und ich tat es. Die jüdische Religion ist so, sie hat ihre Verbote. Ein Jude verheiratet sich mit einer Jüdin, geht in die Synagoge, ißt jüdisches Essen, versammelt sich mit Juden . . . Sie sind stark und arbeitsam, aber sehr auf ihre Unabhängigkeit bedacht. Havanna füllte sich mit jüdischen Diamantenschleifern und Textilhändlern. Unser Haus nannten sie die polnische Kolonie, und es stimmte, denn sogar im Treppenhaus lag ein besonderer Geruch, halb säuerlich, halb süßlich und sehr feucht. Es war ihre Haut, die an die Kälte

gewöhnt war und in der tropischen Hitze allmählich ihr Fett ausschwitzte. Viele verließen das Land, als Fidel kam. Sie trugen das Peso-Zeichen auf der Stirn. Sie wollten um jeden Preis Geld machen. Und dabei geht es meiner Ansicht nach nicht ums Wollen, sondern ums Können. Mein Fall ist ein Beispiel. Ich habe mich halb totgearbeitet, und das Geld ist mir immer durch die Finger gelaufen. Das Café hat manches Problem gelöst. Meine Frau arbeitete nun im Lokal und wusch nicht mehr für Laufkundschaft. Aber was mehr Geld einbrachte, war der Verkauf von Lotterielosen. Deshalb eröffneten wir einen Schalter gegenüber. Da hieß es den ganzen Tag: »Hund läuft Nonne nach; Pfau raucht Pfeife; Schiff sinkt auf hoher See; Pfarrer, der keine Messe liest«. Manchmal kam die Polizei und machte Rabatz. Die schmarotzten gern. América hat sie immer verachtet, sie traute ihnen nicht über den Weg. Da drohten die Kerle, sie würden Schluß machen mit dem Laster. Sie machten aber nicht Schluß, weil hier jedermann Scharade spielte. Also was denn, Donnerwetter.

So verdorben die Regierung Prío war, die von Batista war noch viel schlimmer. Batista brachte haufenweise Leute auf der Straße um. Da, wo ich wohne, trugen viele Leute schwarze Kleider. Mit der Freude war es vorbei. Jedermann hatte einen Toten in seinem Haus. Bei dem Angriff auf die Moncada-Kaserne herrschte schon in ganz Havanna Trauer. Ich sah, wie ein Eisverkäufer seinen Karren mit Handgranaten füllte und sie vor der achten Polizeistation in der Malecón Jota in die Luft jagte. Und ich sah, wie die Schwestern Giralt bluteten, als sie in Mehlsäcken über die Stiegen des Hauses in der Diecinueve Veinticuatro geschleift wurden. Ich kenne das Vedado, ich habe überall gearbeitet. Kein Gebäude ist so besucht wie das meine. Deshalb ist das, was ich erzähle, kein Märchen, ich habe es mit eigenen Augen gesehen.

Eines Nachts, während wir im Haus eines Nachbarn Freistilringen ansahen, hörten wir Schreie in dem Gebäude

nebenan. Es war die Mutter eines achtzehnjährigen Jungen, den sie auf der Autostraße nach Guanabo zusammengeschossen hatten. Mit dem Maschinengewehr hat ihm der Hauptmann Larraz in den Kopf geschossen, weil er der Bewegung *Veintiseis de Julio* angehörte. Dann legten sie die Leiche auf den Rücksitz und füllten den Kofferraum voll Kokain, damit sie bei der Gerichtsverhandlung sagen konnten, er wäre drogensüchtig gewesen. Der Hauptmann ging straffrei aus, obwohl jedermann wußte, daß der Junge nichts anderes trank als Materva und Bons für die Bewegung verkaufte, sonst nichts.
Durch die Tischlerarbeiten und den Losschalter waren wir immer auf dem laufenden über die Situation. América war wie ein Schwamm:
– Manuel, sie werden Jabao verhaften; Manuel, im Haus der Nobregas hält sich einer versteckt.
Jede Nacht ist etwas anderes passiert. Bomben, Morde am Laguito, Schießereien im Morgengrauen. Eine Hölle, wie zur Zeit von Machado. Ich habe nie ein unruhigeres Land als dieses gesehen. Wer hier geboren wird, kommt mit heißem Blut in den Adern zur Welt. Das kommt von der Mischung aus Afrikanischem und Spanischem. Denn was der Chinese in seinen Adern hat, ist Lindenblütentee. Die Chinesen sind immer ruhig gewesen. Als sie dem Chinesen Joaquín den Gemüsekarren umwarfen, um zu sehen, ob er unter den Salatköpfen Waffen versteckt hatte, sagte der Polizist:
– Wenn ich dir auf die Spur komme, schlag ich dir den Schädel ein, Scheißkerl.
Joaquín sah sich den Zirkus an, mit hängenden Armen. Als der Polizist ging, las er die Gemüse vom Pflaster auf. Er war ganz allein, weil sich die Leute verdrückt hatten. Kurz darauf schob er seinen Karren an, und als er in die Calle Calzada kam, fing er zu schreien an:
– Klaut, Salat, flische Kalotten!
Am nächsten Tag tuschelten die Frauen: »Der Chinese kommt nicht mehr, schade, er hatte immer so guten Salat.«

Und da kommt Joaquín daher mit seinem Karren, der bis oben voll ist, und ruft sein Gemüse aus, als ob sich niemand mit ihm angelegt hätte.

Veloz starb 1956. Er bekam Typhus-Fieber, und seine Beine schwollen an. Schuld war ein grüner Mango, den er gegessen hatte. Die Señora de Conill zahlte die Beerdigung. Er war der Mann ihres Vertrauens gewesen. Als die aus seinem Dorf, Ortiguera, gebürtigen Leute kamen, um Geld und Hilfe anzubieten, trat sie an die Tür und sagte:
– Ich übernehme alles. Dieser Mann hat mir mehr als vierzig Jahre gedient und gehörte sozusagen zur Familie.
Veloz war ein Sklave gewesen, wie Gundín. Seine Gattin starb zwei Tage später, als sie sich das Gesicht wusch. Sie war Andalusierin, sie konnte sich nicht abfinden. Mit den Händen schlug sie sich den Kopf auf den Eßtisch. Gundín und ich verbrachten die ganze Nacht bei der Totenfeier. Veloz hatte seine Fehler, aber er war unser Teilhaber im Café gewesen, und wir kannten ihn seit 1916. Nun waren Gundín und ich allein. Dank meiner Frau blieb das Café offen. Es kostete uns Blut und Schweiß. Alle beide waren wir starrköpfig, aber Gundín war ziemlich nachlässig im Geschäft. Er spielte eine Partie Domino nach der andern und verlor immer, sonst tat er nichts. Ich wollte meinen Töchtern eine Bildung geben, und mit den Tischlerarbeiten und dem Café gab ich sie ihnen. Mir redet man nichts ein, ich setze meinen Kopf durch. Deshalb haben es alle beide zu etwas gebracht. Eine als Krankenschwester und die andere als Botanikerin, Caridad Sixta, die jüngere. Ich sage das nicht jedem, aber sie hängt mehr an mir als Reglita. Was für Töchter ich habe! Das hätte ich mir nie träumen lassen. Caridad hat immer nur Bücher über Pflanzen gelesen. Schon als kleines Mädchen mußte man sie in den Zoo und in die botanischen Gärten führen. Mir ist sie nicht nachgeschlagen. Ich wäre gern Brückenbau-Ingenieur geworden. Es gibt nichts Schöneres, als wenn da eine eiserne Brücke oder sogar eine Holz-

brücke so richtig gerade steht. Oder ein Staudamm, den man selber gemacht hat. Aber ich bin von allem etwas gewesen und zuletzt gar nichts. Das war mein Schicksal. Jetzt sehe ich meine Töchter und sage mir: »Donnerwetter, Manuel, du bist mit einem Jahrhundert Verspätung auf die Welt gekommen.« Ich finde mich ab, denn es gibt nichts Schlimmeres als einen spinnigen Alten. Es reicht schon, daß man alt ist, wer wird da auch noch verbittert sein.
Meine Frau und meine Töchter zu sehen macht mich glücklich. Das ist etwas aus der eigenen Fabrikation. Viele Dinge machen mich glücklich. Noch heute freue ich mich, wenn ich einen Brief von meiner Schwester oder von meinem Neffen erhalte, das Blut steigt mir in den Kopf. Clemencia bestand so sehr darauf, ich sollte in mein Haus zurückkommen, daß ich kam. Sie wollte mich auf jeden Fall sehen, und ich tat ihr den Gefallen. Wie hätte ich meiner Schwester nein sagen sollen. Nach zwanzig Jahren mein Land wiederzusehen war etwas ganz Großes. Ich hatte jetzt weißes Haar, hinkte mehr denn je und ging sogar etwas gebückt. Fidel Castro war schon in Havanna eingezogen, und der Zank und Hader begann. Mich konnte nichts erschrecken, versteht sich. Im Gegenteil. Ich mochte die Revolution, und mir schien, daß Fidel ein Mann war, radikal und ohne Halbschatten. Er kam, um von Grund auf zu sanieren, nicht wie die früheren, die mit dem Magen regierten.
Wir nahmen ein Flugzeug, meine Tochter Caridad und ich. Zum erstenmal in meinem Leben fühlte ich mich als Herr. Mit meinen sechzig Jahren flog ich mit den Ersparnissen aus meiner Arbeit in mein Land. Die Freude an der Reise ist in der Luft nicht so wie auf dem Meer. In der Luft sieht man nichts als Wolken. Die Vögel bleiben weit unten zurück, und wenn es regnet, wird alles dunkel, man sieht kein Wasser. Schön ist die Ankunft, denn Madrid hat einen Regenbogen hinter dem Flughafen, der wie ein Kompaß aussieht. Mit den Straßen hatte Spanien Fortschritte

gemacht, aber Franco, dieser Sohn einer Hündin, verhaftete und tötete nach wie vor.
Bei feinem Nieselregen, wie er für Galicien typisch ist, kam ich in meinem Dorf an. Meine Tochter holte sich einen Mordsschnupfen und jammerte in einem fort. Clemencia empfing uns festlich mit Freunden und Bekannten. Alle zwei waren wir schon erledigt. Sie mehr als ich. Die Kinder waren erwachsen, verheiratet und hatten selber Kinder. Angelita zeigte mir die Sparbüchse aus Ton, in die ich ihr Centimos und Peseten hineingeworfen hatte. Sie hatte zwei stramme Buben. Manuelillo, mein Lieblingsneffe, fing schon an, kahl zu werden.
– Das habe ich von Ihnen, Onkel.
– Ich sehe es, Mann, ich sehe es.
Drei Monate lang hatten wir viel Vergnügen, meine Tochter und ich. Etwas anderes war das Dorf. Fast alle Freunde waren drüben in Amerika, zurück blieb meine Schwester, um zu weinen.
– Sei doch nicht traurig, Clemencia.
– Ich sehe dich, und es tut mir weh, wenn ich denke, daß du nicht mehr zurückkommst.
– Warum soll ich nicht zurückkommen?
– Hier hast du deine Familie, Manuel, und ich bin alt, ich habe die Beine voller Krampfadern.
– Ich weiß es, Clemencia, aber ich muß heimfahren.
– Das hier ist dein Land, Manuel.
– Ich weiß, ich weiß, aber drüben habe ich Frau und Tochter. Versteh doch, Clemencia, das dort ist auch mein Land. Und ich muß zurück.
Im Dorf sprachen sie von nichts als von Cuba. Ave Maria, immer wird in Spanien von Cuba gesprochen. Zuerst wegen der Flucht von Auswanderern wie ich und jetzt wegen der Revolution. Aus dem einen oder andern Grund führt der Spanier immer Cuba im Mund. Als ich im Juli 70 von Arnosa wegfuhr, tat es mir in der Seele weh. Immer noch hoffe ich zurückzukehren. Diese Hoffnung verliere ich nie,

denn einer, der sein Land nicht liebt, ist wie jemand, der seine Mutter nicht liebt oder der seinen eigenen Sohn brandmarken läßt.

Havanna aus der Luft zu sehen ist nicht das gleiche, wie wenn man durch die Bucht einfährt, obwohl auch so die Aufregung groß ist. Um so mehr, wenn einen die Frau und die Tochter abholen. Wir kamen an, und die Leute mit Überseekoffern und Reisetaschen fuhren ab nach Norden. Ganze Familien waren auf dem Flughafen. Reiche Leute, Bankiers, Kaufleute, Ärzte. Sie konnten es keine Minute länger aushalten. Die Revolution rückte die Dinge zurecht. Ich hatte keine Angst, denn alles in allem: Nackt war ich auf die Welt gekommen, ich hatte ein Handwerk gelernt und ein Café gekauft, das mir viel Kopfschmerzen bereitete.
Gundín, der Arme, verfiel. Das Alter weichte ihm das Hirn auf. Für ihn gab es nur noch das Domino und dunkles Bier. Nach dem Tod von Veloz war er ins Café gekommen, um mit meiner Frau zu arbeiten. Die Señora de Conill wollte ihn nicht mehr haben. Er zog in ein Zimmer in einem Haus auf der Quinta y Dos, und dort hauste er allein wie ein Hund. Ich mußte früh um sechs hingehen, um ihn aufzuwecken, denn die Räusche, die er sich antrank, waren furchtbar.
– José, steh auf, gehen wir arbeiten, Alter.
– Schweig, Manuel, schweig.
Er zählte die Pesos nicht mehr, kaum daß er den Kopf auf den Schultern halten konnte. Das Trinken tötet den Geist und sogar die Mannesehre. Daß ein Mann, der sich sein Leben lang aufgeopfert hatte, der wie ein Lastesel gearbeitet hatte, immer als Diener, daß der in einem solchen Verfall endete, tat einem weh.
Meine Töchter liebten ihn, wie wenn er zur Familie gehört hätte, und meine Frau gab ihm immer sehr gute Ratschläge. Sie wußte, was er alles für mich getan hatte. Aber es half alles nichts. Wer nicht hört, ist wie einer, der nicht sieht. Ich besuche ihn von Zeit zu Zeit im Altersheim. Ich rede ihm zu,

er soll auf die Straße hinaus, Leute sehen, spazierengehen, frische Luft schöpfen, leben. Aber er hört nicht. Er setzt sich mit mir an einen ausgetrockneten Brunnen und wirft den Möwen Brotkrumen hin, sonst nichts. Er ist wie geistesabwesend. Das ganze Bier, das er getrunken hat, kommt ihm zu den Pupillen heraus. Mir tut es weh, ihn so zu sehen, aber was kann man machen mit einem Mann, der keinen Willen mehr hat. Und zu denken, daß er nicht einmal seine Familie wiedersehen kann.

Das Café hatten wir so lange, bis die Intervention kam. América fing zu heulen an, sie glaubte, die Welt ginge unter. Ich sackte zuerst ein bißchen ab, aber dann richtete ich mich wieder auf und schickte alles zum Teufel. Sie ging in eine Fabrik, um den Ruhestand beantragen zu können, und ich verdiente mir wieder mit Tischlerarbeit einen Centavo da und einen dort. Dreizehn Monate nach der Intervention boten sie mir eine Arbeit als Nachtwächter an, damit ich den Ruhestand beantragen konnte. Ich nahm an und wurde cubanischer Staatsangehöriger. Ich arbeitete, ein paar Häuserblocks von meinem Haus, in einer Sprachakademie. Da war ich an die sechs Jahre, und viele gebildete Leute zogen an meinen Augen vorüber, meistens junge. Ich bekam so viele Auszeichnungen, daß es in keinen Sack geht. An Avantgarde-Zeugnisse und solches Zeug hatte ich nie gedacht. Wer hier studiert hat, erinnert sich an mich als Manuel, den Nachtwächter, nicht an den Tischler. Die Tischlerei ist kein Handwerk mehr für mein Alter. So daß ich nur noch kleine Reparaturen mache. Als Nachtwächter setzte ich mich vor kurzem zur Ruhe. Ich bekomme nicht viel, aber ich habe mich abgefunden, weil ich nicht auf die Welt gekommen bin, um reich zu sein. Mein größter Reichtum sind meine Tochter. Die, die Botanik studiert hat, sagt in einem fort, sie wird mich nächstens nach Galicien bringen. Da sie schon einmal dort war, hat sie es liebgewonnen und möchte zu Besuch wieder hin.

– Warte nur nicht zu lange, bald werd ich abkratzen.

– Sagen Sie das nicht, Papa; Sie stehen noch immer wie ein Mast.
Und so ist es, denn jeden Tag gehe ich in den Kaufladen und trage Körbe von zehn und zwanzig Pfund.
Meine Schwester schreibt mir weiterhin, und es ist immer dasselbe Lied: Ich soll doch zurückkommen, ehe sie stirbt. Ich habe ihr schon geschrieben, daß wir bald kommen, Caridad und ich. Und jetzt im Ernst. Ich habe vor nichts Angst, aber ich führe lieber mit dem Dampfer. Meine Tochter lacht. Für sie ist das Flugzeug, als wäre es das Faltboot von Regla. Ich fliege nicht gern so hoch. Aber um die Familie wiederzusehen, würde ich sogar in einen Zeppelin steigen. Zum Donnerwetter, sage ich mir, wenn es noch wie früher wäre, wo man den Dampfer hier an der Mole hatte, aber was soll's, jetzt muß man eben an den Flughafen gehen. Die Entfernung ist groß, natürlich, und da es eine Brücke nicht geben kann …
Wenn ich mich in die Anlage setze, denke ich nur noch an meine Heimat. Und das, obwohl ich Cuba liebe, als ob ich hier geboren wäre. Aber meine Heimat kann ich nicht vergessen. Manche kritisieren mich, weil ich noch immer mit galicischem Akzent spreche. Schön, den Akzent verliert man nicht. Ich kam mit sechzehn Jahren hier an. Jetzt bin ich achtzig und spreche noch genauso. Die galicische Sprache ist schwer zu vergessen. Nur gibt es niemanden mehr, mit dem ich sie sprechen könnte. Und in diese Anlage kommen nur Cubaner. Am liebsten komme ich am Morgen her, wenn die Sonne noch nicht so stark auf die Bank scheint. Wenn ich am Nachmittag komme, setze ich mich unter diesen Baum, den schattigsten, einen Lorbeerbaum. Die Leute wissen schon, daß ich diese beiden Bänke habe, und halten sie mir frei. Am Morgen die eine und am Nachmittag die andere. Sogar bei Regen bin ich schon in die Anlage gegangen. An den Sonntagen herrscht hier der meiste Betrieb. Die Kinder kommen im Kinderwagen, die Hunde, die Wägelchen, das ganze Viertel. Manchmal kommt mir der eine oder der

andere mit dummen Scherzen. Aber ich tu, als wäre ich nicht gemeint. Was ich will, ist Ruhe und Frieden, und hier finde ich sie.
Manchmal kommen die Buben und rufen mir zu:
– Was ist los mit Ihnen, Manuel?
Das kommt, weil ich nachdenke, und sie glauben, es geht abwärts mit mir oder ich schlafe ein. Aber nichts da. Ich habe die Augen gut offen. Und ich werde leben, bis meine Stunde kommt. Dann kommen sie wieder:
– Was sagen Sie, Manuel?
Und ich sage nichts. Was sollte ich dann schon sagen?

Seite 7
Rosalía de Castro (1837-1885), die größte Lyrikerin der spanischen Romantik, schrieb auch in galicischer Sprache. Sie ist sehr berühmt in Cuba, ihre Gedichte werden schon in der Volksschule gelesen.

Seite 8
Der Unabhängigkeitskrieg Cubas gegen Spanien, 1895-1898.

Meine Heimat ist meine Heimat: »Wenn die Wirkungen der Seele tief innerlich und stark sind, wenn jene Empfindungen sich in unserem Herzen regen, aus denen innigste Zuneigung und große Liebe entstehen, und uns hindrängen zum Leben, dann wird in unserem Sein etwas Neues erkennbar, etwas wie das Wesen, wie die Seele, die alles belebt, anspornt und erfüllt. Deshalb ist unsere Liebe zu Galicien, die heiligste von allen, eine Art Delirium fanatischer Verehrung. Ich jedenfalls, das bekenne ich, habe nie eine innigere Zuneigung empfunden als die zu meiner engeren Heimat. Vielleicht weil die großen Gefühle, die im Allerheiligsten unserer Liebe keimen und gären, warten müssen, bis einer ein Mann wird, um sich in ihrer ganzen Erhabenheit zu äußern.
Neue Herzensfreundschaften, die uns enger und enger an unsere Landsleute binden, Bande von unaussprechlicher Zärtlichkeit, die uns unserer Erde verhaften, bewirken, daß einer, der mit Herz und Seele Galicier ist, der diese überschwengliche Heimatliebe besitzt, sein Land nicht gleichmütig und ohne Tränen verlassen kann. Wie sollte man also nicht Mitleid haben mit dem armen Auswanderer?
Galicien ist für mich, was für den Liebenden die Liebkosungen der Geliebten sind, das Paradies meiner Träume, der Himmel meiner Schimären, das Land, in dem alle meine Wünsche und alle meine Illusionen zusammenfließen, in dem die Seele gebannt die Schönheiten seiner Felder, seiner Berge, seiner kargen und romantischen Küsten betrachtet. Deshalb fühlt meine Seele sich Galicien verhaftet, ihm mit dem süßesten Band einer großen Liebe verbunden. Und wenn ich denke, daß ich eines vielleicht nicht fernen Tages als ein unglücklicher Zigeuner ohne Frieden und ohne Heimstatt

durch die Welt ziehen und fern von meinem Land und den Menschen, die ich liebe, den Gesetzen des Wanderlebens gehorchen muß, fühle ich, wie mein Herz fiebriger und stärker schlägt, spüre ich in einem Gefühl verzückter Innigkeit, als wären sie durch die Wirkung einer optischen Illusion reproduziert, die traurigen und unverletzlichen Episoden meines Lebens wiedererstehen – auch der Schmerz hat seine Anziehungskraft – und wiedererstehen auch die schönen Bilder der geliebten Wesen, die meine Existenz für eine kurze Zeit mit Wonne erfüllten, und die verführerischsten Träume, die mein Gehirn zur Nachtzeit sich insgeheim erdachte.

Meine Seele weint Tränen von ätzender Bitterkeit, und Blutkügelchen, wie Feuerteilchen, treten auf meine zuckende Stirne.

Galicien ist das Nest meiner Kindheit, die Welt meiner Liebe, deshalb drängt sich in ihr all meine Innigkeit und mein ganzes Glück zusammen. Und wenn ich ein Schiff sehe, überfüllt mit Auswanderern, das in den Wellen sich hebend und senkend davonzieht wie eine Hoffnung, die im unermeßlichen Dunst verraucht, seufze ich traurig, weine vielleicht und denke an die Zukunft, der unser abgöttisch geliebtes Land entgegengeht.«

José R. de Páramo. Galicien, den 24. Februar 1907.

Seite 16

Mit Liedern und allem . . .: »Wieviel Poesie liegt in den galicischen Liedern! Ach, arme Feder, der es nicht gelingen will, all das auszudrücken, was eine galicische Seele empfindet, wenn sie unter dem erregenden Raunen von *muñeiras* und *alalás* die Flügel spannt.

Besingt Meere und Wälder, besingt Vögel, besingt verliebte Seelen, besingt Dichter. Besingt nicht immer die Melancholie der unerfüllten Wünsche, besingt auch die Freude am Leben, die Sonne, die alle Räume mit Licht durchflutet, die Liebe, die das Leben schön macht, den Himmel, der so viele Geheimnisse birgt.«

Isidro Bugellad. Galicien, den 1. Dezember 1917.

Unsere Sprache ist älter als das Römische Reich. Das Galicische ist eine sehr alte Sprache lateinischen Ursprungs, aber mit suebischen Einflüssen. Mit dem Baskischen gehört es zu den ältesten Sprachen Spaniens. Es entstand zur Zeit des Feudalismus aus zersplitterten

Dialekten und konsolidierte sich wie das Portugiesische zu einer selbständigen Sprache. Charakteristisch für das Galicische sind der Wohlklang seiner Phoneme und die Zartheit seiner Redewendungen.

Rodrigo de Triana, Matrose auf der Karavelle des Kolumbus, hat nach der langen Überfahrt als erster Land gesehen.

Coño, ein sehr gebräuchliches, obszönes Schimpfwort.

Seite 17
Fandango, ein besonders in Andalusien gefeiertes Fest, das in Cuba mit Streit und Messerstechereien verbunden sein kann ... »Es gab einen fürchterlichen Fandango«, sagt man in Cuba umgangssprachlich nach einer Rauferei.

Seite 22
In Dampfern von größerem Fassungsvermögen, deutschen und holländischen. »Aufruf zum Boykott. Die deutschen Dampfer nehmen in den Häfen unseres leidgeprüften und vielgequälten Galicien die größte Anzahl von Passagieren auf, die nach Südamerika oder auf diese Insel ausreisen. In Anbetracht der schlechten Behandlung der Auswanderer auf diesen deutschen Dampfern müssen wir, altruistisch und humanitär empfindende Menschen, uns alle in lateinisch-spanischer Solidarität zusammenschließen, damit sich künftig kein Passagier mehr auf dem Schiff einer deutschen Seefahrtgesellschaft einschifft.«

Anonym. Galicien, den 17. Mai 1907.

Seite 23
... die von Cadiz oder Vigo ausliefen. Der Hafen von Vigo war in bezug auf das Volumen der Einschiffungen der bedeutendste. La Coruña lag während der ersten Jahrzehnte dieses Jahrhunderts an dritter Stelle nach Barcelona, dem zweitgrößten Ausfallstor der spanischen Auswanderer.

Seite 26
Buñuelos, ein Gebäck aus Yucca und Zuckersaft oder Sirup, das zu einer Acht geformt wird.

Seite 27
... glaubt er, die Erde läge ihm zu Füßen. »Die Auswanderung. Seit dem Morgengrauen und früher stehen sie auf dem Deck des Dampfers. Aus innerer Unruhe und aus dem brennenden Wunsch heraus, das verheißene Land zu erblicken, haben sie die ganze Nacht kein Auge zugetan. Manche haben während der langen Tage der Überfahrt entsetzlich gelitten. Schweren Herzens, traurig, mit schmerzendem Kopf und dem Brechreiz der Seekrankheit im Magen meinten sie, sie würden nicht lebend ankommen. Nie hatten sie das Meer gesehen. Der Schiffsarzt erhebt Einspruch. Der Spanier antwortet mit Geringschätzung. Die Unglücklichen, die noch untersucht werden müssen, sehen sich entsetzt an. Dieser fürchterliche Durst, diese grauenhafte Hitze! Die armen Auswanderer, die da geholt und hergeschleppt werden, können sich vor Müdigkeit kaum auf den Beinen halten. Nun müssen sie noch an den Beamten der Einwanderungsbehörde vorbei. Schließlich erhalten die einen die Erlaubnis, an Land zu gehen, die anderen werden, wie Sträflinge bewacht, nach Tiscornia gebracht. Dort erwartet sie das Duschbad und ein ekelhafter Fraß aus Reis und Kichererbsen. So betreten die Auswanderer das gelobte Land, wo die einen das Leben gewinnen, andere den Tod finden werden.«
Constantino Piquer. Galicien, den 27. Oktober 1917.

Seite 28
Da wir Vierter Klasse fuhren ... Die Lebensbedingungen in der Dritten und Vierten Klasse der Überseedampfer waren die übelsten. Um 1910 wurden sie allmählich etwas besser. Ein Auswanderer aus Arca mußte unter Umständen seine sämtlichen Ersparnisse zusammenlegen, um Zweiter Klasse reisen zu können. Die Erste Klasse war ausschließlich sehr zahlungskräftigen Personen vorbehalten.

Seite 31
Siete y media, ein Kartenspiel.

Airiños, typisch galicische, sehr melancholische Lieder bzw. Weisen. *Muñeira*, ein galicischer Tanz. *Jota*, in Galicien und Aragon verbreiteter Tanz mit Kastagnetten-Begleitung. Die Choreographie besteht hauptsächlich aus Schwüngen und Drehungen auf den Füßen.

Seite 33
... *sah ich, daß sie ihn abführten.* »Streit mit den Einheimischen. Die Einwanderung, die wir brauchen, ist die europäische, aber diese nimmt wegen der Hindernisse, die man ihr bei der Einreise in den Weg legt, ständig ab. Dem gesunden weißen Element, das unsere Insel bevölkern will, werden Schwierigkeiten über Schwierigkeiten bereitet, und umgekehrt wird an der Ostküste der aufsässigen und üblen Einwanderung aus Jamaica Tür und Tor geöffnet, die dem Einheimischen die Arbeit wegnimmt.«
Fernando Berenguer. *La Discusión.* 20. August 1916.

Seite 35
El Morro, eine von den Spaniern erbaute Festung. Das Wahrzeichen von Havanna.

Seite 38
Vedado, ein großes, sehr bevölkertes Stadtviertel von Havanna, ein Zentrum kultureller, politischer und administrativer Tätigkeit. Früher vor allem ein Viertel der Mittelklasse. Reich an Anlagen und Promenaden.

Seite 39
... *und in Tiscornia legten wir an.* Tiscornia war ein Umsiedlungslager ohne finanzielle Mittel und ohne jede Hilfe für die Insassen. Reisende aus allen Teilen der Welt wurden dahin geschickt. Eine besonders grausame und mißbräuchliche Behandlung wurde dort stets den spanischen, den asiatischen und den jüdischen Einwanderern zuteil. Tiscornia war eine Brutstätte des Verbrechens und der Korruption. Die Verwalter brachten es zu Vermögen durch das Geschäft mit den Einreisegenehmigungen. Tiscornia gehört in die schwarze Legende der Einwanderung in Cuba.

Seite 43
Castillo de la Fuerza, die älteste, von den Spaniern gegen Piraten erbaute Festung in Cuba. *La Cabaña*, eine ebenfalls sehr alte spanische Festung in der Bucht von Havanna.

Seite 45
Mein Spanisch war dürftig. Der Galicier war ein Ausländer, der ohne Kenntnis der spanischen Sprache auf diese Insel kam. Der Akzent seiner Muttersprache, den er immer beibehielt, trug ihm

ungerechte Kritik und Spott ein. Aber die Cubaner übersahen, daß Galicien eine Sprache hatte, die ungeachtet der gemeinsamen lateinischen Wurzel vom Spanischen stark abwich. Im Vergleich zu anderen Nationalitäten, die ebenfalls nach Cuba auswanderten, assimilierte der Galicier das Spanische rasch und gut.

Galleguibiri oder *galleguiri*, liebesvolles, aber auch etwas despektierliches Diminutiv von *gallego*, Galicier.

Seite 47
Die Trambahnen waren sehr beliebt. Die elektrische Straßenbahn wurde in Havanna im Jahr 1901 mit nordamerikanischem Kapital von Maximilian Steinhardt eingerichtet.

Seite 48
Tamales, Maisbrei mit Schweinefleisch oder Geflügel, in Maisblätter eingewickelt.

General Mario García *Menocal* war zweimal kubanischer Präsident, von 1912-15 und von 1915-19.

Seite 50
San Isidro, Stadtviertel an den Molen, früher ein Zentrum der Prostitution in Havanna.

Seite 51
La Toja, Ort in Galicien, wegen seiner Heilquellen berühmt; die größte Stadt in der Nähe von Arnosa, dem Geburtsort des Manuel Ruiz.

Seite 58
Botellas, Sinekuren im öffentlichen Dienst, wurden 1908 von dem Militär-Inspekteur Mr. Margoon in Cuba geschaffen. Beamte und Angestellte des öffentlichen Dienstes übten sie aus, ohne zu arbeiten. Auf Kosten der Bevölkerung war ein Regime politischer und administrativer Unredlichkeit entstanden, das in höchstem Grad alarmierend war. Die »botella« war eine Institution, die bis zum 1. Januar 1959 erhalten blieb.

Seite 64
La Chambelona, Lied, das auf die Melodie eines cubanischen Volkstanzes *(la conga)* gesungen wurde, und Name einer von den Liberalen angeführten, oppositionellen politischen Bewegung, die von 60% der Bevölkerung getragen wurde. Es kam zu einem Aufstand, der durch den Einmarsch nordamerikanischer Truppen in Camagüey und Oriente niedergeworfen wurde. Das Volk erinnert sich der Chambelona als einer Flamme der Rebellion ... Der Text: »Ich habe weder die große Schuld noch auch die kleine Schuld, aé, aé, aé, aé, la chambelona.«

Seite 66
Ñañigos, Anhänger des Geheimbundes Abakué, der nur Männer aufnimmt und den Kult des Machismo pflegt. Er ist nigerianischen Ursprungs, eine Gesellschaft zur gegenseitigen Unterstützung seiner Mitglieder. *Santeros,* Anhänger eines Heiligenkults. Die *santería* ist eine Mischung aus Yoruba-Religion und Katholizismus.

Seite 67
Casa Azul, ein Café, das in den ersten Jahren der Republik hauptsächlich von Spaniern und ihren Abkömmlingen besucht wurde. Viele galicische und asturische Dudelsackspieler spielten dort.

Seite 71
... sich eine goldene Medaille zu kaufen. Goldene Medaillen mit dem Bild der heiligen Jungfrau vom Kupfer, als Anhänger am Hals getragen, galten als Symbol für Reichtum, Macht und Männlichkeit.

Bahía Honda, ein Dorf in der Nähe von Pinar del Río. Die Bucht ist dort voll von Ausbuchtungen und mangrovenbewachsenen Inselchen. *Ciénaga de Zapata,* an die Provinz Las Villas angrenzendes Gebiet, in dem Holzkohle hergestellt wird. Während der Schlacht an der Playa Girón (Schweinebucht) wurde es von nordamerikanischen Bomben verwüstet. Die Revolution hat in diese Zone der Provinz Matanzas viel investiert.

Seite 73
El progreso, der Fortschritt.

Seite 74
Pantelitas borrachas, ein sehr süßes Gebäck aus Mehl, Eiern und viel Sirup. *Boniatillos,* eine Süßspeise aus Süßkartoffeln, Milch und Zimt. Eine typisch einheimische Nachspeise.

Seite 75
Die Galicische Gesellschaft schickte Geld. 1871 wurde in Havanna die Galicische Gesellschaft gegründet, die erste in Cuba und in Amerika. Zu dieser Zeit bestand bereits das *Centro Gallego de la Habana,* die »Gesellschaft der Töchter Galiciens« und der Wohltätigkeitsverein, auch er für Galicier und ihre Angehörigen, aber mit freiem Zutritt für cubanische oder in Cuba geborene Mitglieder. Auch Schulzentren und Freizeit-Gesellschaften gab es bereits in Havanna. Sie genossen hohes Ansehen.

José Miguel *Gómez,* General im Unabhängigkeitskrieg und Führer der Liberalen, war von 1909-12 Staatspräsident von Cuba.

Seite 76
Geld für die Dorfschulen. Die Mitglieder der regional-spanischen Gesellschaften in Cuba und anderen Ländern Amerikas trugen erheblich zum Schulwesen in ihren jeweiligen Ländern bei. Mit den zu diesem Zweck gesammelten Geldern gründeten sie Schulen. Auch im sozialen und technologischen Bereich leisteten sie Beträchtliches. Sie steuerten zur Elektrifizierung vieler Dörfer bei, zur Kanalisierung und zum Gesundheitswesen. Das *Centro Gallego* in Havanna trat durch seine diesbezüglichen Aktivitäten besonders hervor. Der galicische Auswanderer ließ seine dörfliche Familie durchaus nicht im Stich. Soweit es ihm möglich war, sie finanziell zu unterstützen, tat er es immer.

Manzana Gómez. Manzana hieß das von Gómez erbaute Handelszentrum, weil die Gebäude ein Areal von einer manzana einnahmen. 1 manzana = 4 cuadras; 1 cuadra = ein Geviert von Häusern zwischen parallelen Straßen.

Seite 80
Dafür galt der Galicier damals. »Es besteht kein Zweifel, daß die Cubaner eine große Sympathie für die Galicier empfinden und eine Vorliebe für sie haben. Eben deshalb lassen sie sich keine Gelegenheit entgehen, sie lächerlich zu machen ... Unter dem Titel «La Gallega en La Habana« publiziert die satirische Zeitschrift *La Política Cómica* in ihrer letzten Nummer ein boshaftes Porträt, ein witzloses Geschreibsel der übelsten Sorte, gezeichnet mit dem pompösen Namen Fontanills. Dieses törichte und fade Geschmier möchte sich als Kritik ausgeben und ist in Wirklichkeit eine Schande, eine Beleidigung der galicischen Frau ... Wenn diese Galicierinnen »mit der dicken Wampe«, wie der Kollege sich ausdrückt, nicht luxuriös gekleidet gehen, weil ihr Lohn ihnen das nicht erlaube, sondern dezent gekleidet, so verdanken sie dies allein ihrer Arbeit. Daß sie Freunde haben? Ist der Umstand, daß ein junges Mädchen einen Freund hat, ein Grund, sie mit unanständigen Epitheta zu bewerfen und zu beschimpfen? ... Möge dieser Herr »angehender« Kritiker sich merken, daß diese Galicierinnen aus Betanzos ebenso ehrbar und respektabel sind wie die ehrbarste Tochter dieses Landes.«

José M. Lange. Galicien, 17. Mai 1916

Seite 83
Bollitos de carita, gebratene Malanga (Arum suculentum) mit Petersilie, eine Spezialität der Negersklaven und der chinesischen Einwanderer. *Cusubé* wird aus Mehl und Milch mit Mandeln oder Erdnüssen zubereitet.

Seite 84
Malecón, die Uferpromenade von Havanna. Sie ist berühmt für ihre Schönheit und kommt in der ganzen cubanischen Literatur als Zentrum verschwörerischer und amouröser Aktivitäten vor. Die Straßenverkäufer, die dort ihre Waren verkaufen, geben dem Malecón einen besonders malerischen Anstrich.

Seite 90
Churros, spanisches Gebäck, ähnlich den buñuelos; typisch für Madrid, in Cuba sehr verbreitet. *Churrero,* einer, der churros verkauft.

Seite 92
Pitos de auxilio, ein billiges Gebäck in Form einer Polizisten-Pfeife.

Kid Chocolate, 1902 in Cuba geboren, Weltmeister (1920 und 1930) im Fliegengewicht. Er war besonders berühmt, weil er im großen Dandy-Stil kämpfte und wie ein Fürst gekleidet ging. 1930 wurde er zu einem der zehn bestgekleideten Männer der Welt gewählt. Er lebt in Cuba und hat vor kurzem seine Biographie veröffentlicht.

Steinhardt, der Besitzer der Trambahnen. Frank Maximilian Steinhardt (1864-1938), geboren in München, jüdischer Abstammung, wanderte in die Vereinigten Staaten aus, wo er sich 1882 vom Heer anwerben ließ und unter den Generälen Brook und Sheridan in der Division Missouri diente, wobei er sich durch seine Tätigkeit als Kutscher des letztgenannten Generals auszeichnete. Nach Cuba verlegt, diente er bis zum 20. Mai 1902 als Feldwebel in der Militärverwaltung. Er wurde zum Generalkonsul ernannt und übte dieses Amt bis 1907 aus. Mit einer Anleihe des Erzbischofs von New York erwarb er die Havana Electric Railways. Er wurde Präsident der Havana Electric and Utilities Company. Ebenso Präsident der Brauerei Polar und anderer Unternehmen.

Seite 95
Alfredo *Zayas,* General im Unabhängigkeitskrieg, Präsident von Cuba von 1921-24. Ein bedeutender Intellektueller, der sich vor allem als Linguist ausgezeichnet hat.

Seite 98
Parque de Palatino, ein großer Park, in dem spanische Vereine ihre Volksfeste abhielten und der immer sehr besucht war. Heute gehört er der Geschichte an, da er seine frühere Anziehungskraft und Farbigkeit verloren hat. Modernere und größere Vergnügungszentren haben ihn ersetzt.

Malarrabias, ein einfaches Gebäck aus Mehl und Rosinen. *Alegrías de coco,* aus Kokosnuß, Zucker und Sirup hergestellt, zu Kugeln geformt und in Papier gewickelt. Eine für die Karibik und Nicaragua typische Süßigkeit.

Seite 99
Alalás, an Melismen besonders reiche Melodien, typisch für die ländlichen Bereiche Galiciens.

Seite 101
Sainetes, lustige Stückchen oder sketches, typisch für das volkstümliche cubanische Theater.

Seite 102
Da ich nicht besonders historisch bin. »Die massive spanische Einwanderung trug eine Zeitlang dazu bei, das im Unabhängigkeitskrieg errungene Nationalgefühl zu schwächen. Sie half mit beim Landesverrat des einheimischen Bürgertums, beeinflußte auch einen Teil des Kleinbürgertums ... Aufgrund seines schlecht verhohlenen Grolls über die Niederlage Spaniens und vor allem durch die Auswanderung nach dem Schwalben-Prinzip bewies der spanische Einwanderer in den ersten Zeiten nach dem Unabhängigkeitskrieg nicht die gleiche Fähigkeit zur Anpassung wie der neu angekommene Neger. Die spanischen Kolonien mit ihren Tageszeitungen, ihren prunkvollen Häusern und ihren gut organisierten Dienstleistungen stellten für die beginnende cubanische Nationalität eine weit größere Gefahr dar als ihre folkloristischen Nationalversammlungen und ihr durchaus harmloser Gebrauch der spanischen Fahne.«
Juan Pérez de la Riva. La República neocolonial. Anuario de Estudios Martianos. Bd. I, S. 13-14.

Seite 103
Changó, eine in Cuba kultisch verehrte Yoruba-Gottheit. Mit der heiligen Barbara verschmolzen, ist Changó der Gott des Feuers, des Geschlechts und der Musik. Ein Gott, halb Prometheus, halb Jupiter. Seine Farbe ist Rot, sein Symbol das Schwert.

Seite 105
Es lebe der Bolschewismus. Dr. José A. Muñiz redigierte einen Entwurf zur Bildung einer Sowjetrepublik Cuba. Dieser Entwurf wurde von der Polizei entdeckt und beschlagnahmt. Am 21. Mai 1919 wurde er von dem Notar Aurelio Fernández de Castro zu Protokoll gebracht.

Seite 106
Que viva la pepa! Seit 1814 und während des ganzen letzten Jahrhunderts tarnte der Ruf »Viva la Pepa!« den Ruf »Viva la Constitución de Cádiz!« und war lange Zeit ein subversiver Ruf. La Pepa wurde die Verfassung von Cádiz genannt, weil sie am 19. März 1812, also am Josephstag, beschworen und ausgerufen wurde. Besagte Pepa ist keine Dame von besonders fröhlichem Gemüt, wie ein Folklore-Forscher glaubt. Die Pepa spielt auf die am 19. März beschworene Verfassung von Cádiz an. Als Ferdinand VII. nach Spanien zurückkehrte, schaffte er am 21. Juli 1814 diese Verfassung ab, und da der Ruf »Viva la Constitución!« unter schwersten Strafen verboten war, tauften die Patrioten, die gegen den Absolutismus opponierten, das Grundgesetz des Staates auf den Namen *La Pepa.*

Seite 108
Das Zuckerrohr habe ich nicht kennengelernt. »Der galicische Zuckerrohrschneider ist einer der vielen Mythen unserer Geschichte. Der Spanier, war er nun ein Auswanderer oder ein Reisender, glitt rasch in einen unterentwickelten Tertiärbereich ab, in den er weder Kapital noch Technik einbrachte, und seine Ersparnisse führte er in größerem Umfang als jede andere Einwanderergruppe nach Spanien ab. Aber seien wir nicht zu streng: Der Einwanderer gehört der Vergangenheit an und seine Kinder haben unser sozialistisches Vaterland aufgebaut.«
Juan Pérez de la Riva. Anuario de Estudios Cubanos. Bd. I, S. 43-44.

Seite 109
Die Poliere waren Kaziken. »Vorwärts, galicische Bauern, erklärt unseren Unterdrückern den Krieg, den Kaziken, die uns das wenige wegnehmen, was wir ernten, und uns in die Auswanderung treiben oder, besser gesagt: in die Verbannung. Seid versichert, daß von dem Tag an, an dem es uns gelingt, diese schöne Gegend von den Kaziken oder Schmarotzern zu säubern, der galicische Bauer bequem leben kann, auch nachdem er gezahlt hat, denn dann gibt es nur noch eine gerecht verteilte Gemeindesteuer, und die vom Kaziken auferlegte Steuer entfällt. Räuber! Nehmt einen Stutzen, geht auf die Straßen hinaus, beraubt den, der des Weges kommt,

das ist nobel, aber nicht aus dem Hinterhalt, wie ihr es tut, Kanaillen!«

Manuel Pérez. Galicien, den 29. Oktober 1908.

Seite 117
Regla, ein großes Dorf an der Bucht von Havanna und ebenfalls ein Zentrum der Santería und anderer Religionen afrikanischen Ursprungs. Regla ist sozusagen der Inbegriff einer folkloristischen Stadt in der Karibik.

Seite 124
Marsfeld. (Campo de Marte), ein Vergnügungs- und Erholungspark auf dem ehemaligen Exerzierplatz. Heute steht dort das Capitolio Nacional.

Rumba de cajón. Anders als der kommerzialisierte Salon-Rumba, wird der authentische, volkstümliche Rumba auf Kabeljau-Kisten und Ledertrommeln gespielt.

Seite 126
Dulce de leche, eine Süßigkeit aus saurer Milch, die zu Vierecken oder Rhomben geformt wird.

Seite 135
Julio Antonio *Mella*, in den zwanziger Jahren Studentenführer, ein bedeutender Intellektueller, Gründer der Kommunistischen Partei Cubas. (1925) Der Diktator Gerardo Machado (1925-1933 cubanischer Staatspräsident) ließ ihn 1929 in Mexico-City ermorden.

Seite 137
Coplas, Gedichte und Lied-Texte in der traditionellen Form des Vierzeilers.

Seite 140
Parque Maceo, eine Anlage, benannt nach dem General Antonio Maceo y Grajales, einem Helden des Unabhängigkeitskrieges, der dort auch sein Reiterstandbild hat.

Seite 144
Juventud asturiana, asturische Fußballmannschaft in Cuba.

Piñata, ein mit Süßigkeiten oder kleinen Geschenken gefülltes Gefäß, das zerschlagen werden muß, damit die guten Dinge herausfallen. Vor allem auf Kinderfesten üblich.

Verein Celanova, Club der aus Celanova gebürtigen Spanier in Cuba.

Seite 154
Colectivo, Taxi für mehrere Personen.

Seite 185
Aires libres, eine Bummel-Zone in Havanna entlang den Straßen Paseo und Prado, die es noch heute gibt. Überall waren Tische und Stühle aufgestellt, auf Podesten spielten die jeweils beliebtesten Orchester.

Seite 186
Ramón *Grau* San Martín, Arzt, Leiter der »Authentischen Revolutionären Partei Cubas«, war Präsident von 1944-48. Ein besonders demagogischer und zynischer Präsident.

Seite 188
Fulgencio *Batista* kam 1952, gestützt auf die Armee, durch einen Staatsstreich an die Macht und war Präsident bis 1958. Er war bereits von 1940-44 Präsident des Landes gewesen.

Seite 191
Carlos *Prío Socarrás,* Führer der »Authentischen Revolutionären Partei Cubas«, von 1948-52 Präsident von Cuba. Socarrás, dessen Regierung besonders korrupt war, hat nichts fürs Volk getan. In völligem moralischem Ruin schoß er sich in Miami eine Kugel in den Kopf.

Das *50%-Gesetz* verlangte, daß in allen Betrieben und Fabriken die Hälfte der Belegschaft aus cubanischen Staatsangehörigen bestand. Unter der Regierung Grau wurde streng auf Einhaltung dieses Gesetzes gesehen.

Seite 195
Chibás, Führer einer politischen Gruppe, die sich von der cubanischen Revolutionspartei abgespalten hatte. Nach einer Radioansprache, in der er die Korruption angeprangert hatte, beging er vor dem Mikrophon Selbstmord.

Seite 197
Guillermo *Moncada*, General im Unabhängigkeitskrieg. Nach ihm ist die Kaserne benannt, die Fidel Castro 1953 angegriffen hat. Der Sturm auf die Moncada-Kaserne am 26. Juli 1953 war der Auftakt zur cubanischen Revolution. Fidel Castros Anhänger nannten sich seitdem »Bewegung des 26. Juli«.

Seite 198
Materva, Erfrischungsgetränk auf der Basis von Mate-Tee.

Seite 203
... bis die Intervention kam, d. h. die Enteignung aller privaten Betriebe.

DANKSAGUNG

Ein großer Teil der in diesem Buch enthaltenen Information ist den reichen Archiven der Sektion Galicien des Instituts für Sprache und Literatur der *Academia de Ciencias de Cuba* entnommen. Diesem Institut und dem galicischen Schriftsteller Xose Neira Vilas spreche ich meinen Dank aus für die Unterstützung, die sie mir bei Forschungsarbeiten im Zusammenhang mit diesem Buch gewährt haben.

ÜBERTRAGUNG DER ORIGINALZITATE

Seite 7
Galicien ist arm,
ich geh nach Havanna,
Leb wohl, leb wohl,
du Unterpfand meines Herzens

Seite 24
Das Meer erteilt Strafen
stürmisch

Seite 44
In diesem Leben geschehn
recht wunderliche Dinge.

Seite 137
Fern von der Heimat, wie sehne ich mich,
ihr, die ihr heimfahrt, nehmt mich mit.

Es sind die Rosenfelder, duftend und schön,
ach, stärken würden sie mich, und wären sie
Brennesselfelder geworden.

Seite 146
Wohin ich gehe,
immer fällt auf mich
ein dichter Schatten

Seite 181
Jetzt, mit gelassener Ruhe,
schlaf ich im Schatten
der Quellen . . .

INHALT